Christiane Neudecker
Das siamesische Klavier

Christiane Neudecker

Das siamesische Klavier

Unheimliche Geschichten

Luchterhand

FSC

Mix

Produktgruppe aus vorbildlich
bewirtschafteten Wäldern und
anderen kontrollierten Herkünften

Zert.-Nr. SGS-COC-1940
www.fsc.org
© 1996 Forest Stewardship Council

Verlagsgruppe Random House FSC-DEU-0100
Das FSC-zertifizierte Papier *Munken Premium* für dieses Buch
liefert Arctic Paper Munkedals AB, Schweden.

© 2010 Luchterhand Literaturverlag, München
in der Verlagsgruppe Random House GmbH
Satz: Greiner & Reichel, Köln
Druck und Bindung: GGP Media GmbH, Pößneck
Alle Rechte vorbehalten. Printed in Germany
ISBN 978-3-630-87313-8

www.luchterhand.de

Inhalt

Für Eleonore Herlerth

Das siamesische Klavier

Sie haben es im Urwald entdeckt. Bestimmt war es eingesponnen in einen Kokon aus Schlingpflanzen, dachte ich erst, von Lianen umringt, mit Bananenstauden verwachsen und von kleinen Äffchen und herumbaumelnden Faultieren bewohnt. Oder es war halb im Morast versunken und nur noch das obere Drittel lugte neben misstrauisch dreinblickenden Alligatoren aus dem Schlamm.

Ich habe mir vorgestellt, wie es da seit Jahren im Dschungel herumsteht. Die Pedale mit Pilzflechten und Froschlaich überzogen, die abartige, gedoppelte Klaviatur von Termiten zerfressen und auf dem Resonanzboden: lauter Wasserschlangennester. Vielleicht wurde auch sein ganzer Korpus in die Höhe gehoben, weil sich unter ihm die langsam wachsenden Stelzwurzeln der umstehenden Bäume aufeinanderschachtelten, höher, immer höher hinauf, bis es schließlich in einer der riesigen Baumkronen aufkam und da oben einfach sitzen blieb. Irgendwer ist dann mit seiner Motorsäge zum Abholzen angerückt und der staunte nicht schlecht, als mit tiefem Stöhnen der Baum zur Erde sank und zwischen dem Krachen und Splittern der brechenden Äste und dem Kreischen aufflatternder Papageien plötzlich ein anderes, ein ganz anderes Geräusch zu hören war: ein dissonanter Akkord. Da stand dann der Holzfäller und kratzte sich am Kopf. Er legte die Säge zur Seite und bog die

Zweige auseinander, krabbelte auf den riesigen, nachzitternden Stamm und folgte dem langsam ausklingenden Ton. So fand er es. Es hing in einem Nistplatz aus Blättern und verflochtenen Ästen, seine Klappen waren aufgeflogen, der Mechanikbalken verzogen. Die Saiten waren natürlich verrostet, ein paar von ihnen hatten vielleicht dem Aufprall nicht standgehalten. Sie waren mit lautem Schnalzen gerissen und hatten im Peitschflug zwar nicht den Holzfäller, aber immerhin ein paar aus den Zweigen aufsteigende Riesenlibellen erlegt.

Aber so war es natürlich nicht. So einen Sturz hätte es ja niemals überlebt. Wobei: der tatsächliche Fundort klingt mindestens genauso erlogen. Wahrscheinlich basteln sie sich schon einen Mythos. Wer weiß, wo sie es wirklich herhaben, dieses merkwürdige Klavier. Man kann niemandem mehr trauen.

Ihre Version ist mindestens genauso unglaubwürdig: bei einer Urwald-Expedition, behaupten sie, kamen ein paar deutsche Touristen abhanden. Deren einheimischer Führer, irgendein glutäugiger Brasilianer namens Gonzales, hatte sich mit einer mitreisenden Dame mal eben kurz ins Farnkraut geschlagen – vorgeblich um ihr eine besonders seltene Orchideenart zu erörtern –, und als die beiden mit erhitzten Gesichtern zurückkamen, war von den Teilnehmern der Expedition nur noch die Hälfte da. Gonzales raufte sich die schwarzen Locken, schickte Klagelaute in die feuchte Urwaldluft und sank dann an einen hinter ihm befindlichen Mangrovenbaum, um sich fortan nicht mehr zu rühren. Auch die eilige Versicherung der übrigen Teilnehmer, dass weder Leoparden noch Anakondas schuld an der Minimierung der Gruppe seien, sondern lediglich ein ungesundes Maß an Neugier und Erkundungslust, konnte Gonzales nicht dazu bewegen, die abtrünnigen Mitglieder wieder einzufangen. Ratlos stand man also um den nun still vor sich hinbrütenden Gruppenleiter herum. Wie sich erst später herausstellte, war ihm sowas schon einmal passiert – allerdings mit ungleich unglücklicherem Ausgang – und er fürchtete nun um seine Einnahmequelle und das Wohl seiner Frau und seiner zehn Kinder (»Frau?«, rief die mitreisende Dame empört). Wie dem auch sei: da es langsam dämmerte und die ersten hungrigen Nachttiere im Waldgehölz zu rumoren begannen, schulterte einer der Teilnehmer, ein resoluter Schlachtermeister aus Kulmbach, den erschlafften Gonzales, griff sich dessen Machete und stapfte voran. Dass er keine Ahnung hatte, wo er hinging, zeigte sich, als die Gruppe wenig später vor einem irgendwie quadratisch aussehenden, aus dem Humusboden aufquellenden Hügel stand. Gerade wollte man zur Umrundung des Hindernisses ansetzen, als Gonzales plötzlich seinen Kopf vom Hintern des Schlachtermeisters hob und verwundert rufend auf ein paar Fenster deutete, die sich in dem giftgrünen Hügelwirrwarr aus Lianenvorhang, Kletterefeu und Moosbewuchs abzeichneten.

So also fand unsere Expedition das zugewachsene Haus. Denn das war es, was der Hügel eigentlich war: ein Haus. Eine Villa, um genauer zu sein. Und um noch genauer zu sein: die vergessene Villa von Kautschukbaron Álvaro Luperce de Sanharó. Wie sich später rekonstruieren ließ, war Herr de Sanharó ein einsiedlerischer, mürrischer Mann gewesen, der – so will es die Legende – mit Vorliebe Piranhasuppe verspeiste. Dessen anschwellender Reichtum hatte ihn noch geiziger und unleidlicher gemacht als er laut geflüsterten Überlieferungen vorher ohnehin schon gewesen war. Das Ableben des griesgrämigen Barons war daher von niemandem weiter bemerkt worden und die abgelegene Villa, die hatte man eben einfach vergessen.

So etwas passiere manchmal im Amazonasbecken, behaupten sie. Die Natur hole sich die Stadt zurück, ständig verschöben sich die Grenzen. Ganze Straßenzüge seien schon im Dschungel verloren gegangen – und vielleicht stimmt das ja auch. Denn diese Stadt, wie soll ich es sagen, dieses Manaus: es stinkt. Ich weiß nicht, wo das herkommt. Die Schwaden von Schimmelgeruch sind überall, ein Gestank nach Fäulnis, nach Verwesung in den modernden Straßen, in den Läden alles voller schwärzlicher Schimmelflecken, die Speisen gespickt mit Maden. Die ganze Stadt scheint kurz vor dem Verfall, sie verrottet und erstirbt und verwelkt – und es ist doch nun wirklich kein Wunder, dass hier nichts so läuft, wie es soll. Aber so weit sind wir noch nicht.

Das Skelett des ehemaligen Barons jedenfalls lag auf einem der moskitonetzbespannten Betten im oberen Stock. Warum unsere Touristen da überhaupt hochgegangen sind, kann mir keiner zufriedenstellend erklären. Angeblich hat wiederum der tapfere Schlachtermeister die Truppe geführt. Er schlug vor, man solle, da nun auch der wieder munter gewordene Gonzales keine Ahnung mehr hatte, wo sie sich befanden, in der Villa nächtigen. Und müsse zu diesem Zweck das Gebäude erkunden.

Die Zwischendecke muss in einem bedenklichen Zustand gewesen sein. Überall Risse und Löcher, die faulenden Deckenbalken von Wurzeln durchbrochen. Mundgeblasene Kronleuchter hingen zersplittert von rostenden Ketten und in allen Ecken flatterte und wuselte es. Schlangen glitten zischend aus wurmstichigen Kommoden, Bockkäfer und Hautflügler krabbelten über zerfressene Wandteppiche und aus einem halbgeöffneten Schrank blinkten zwei wachsame Augen. Trotzdem marschierten unsere wackeren, deutschen Entdecker mal eben einfach da hoch. Die Treppe zerbröselte unter ihren Schritten, französische Kacheln fielen aus der Wand und zerklirrten auf dem nachgebenden Boden und das ganze Gebäude ächzte und wankte unter der ungewohnt gewordenen, menschlichen Last.

Der Baron lag mit den Füßen auf dem Kopfteil des Betts. Diese Stellung erweckte das Interesse von Gonzales, der zu genauerer Betrachtung das erstaunlich gut erhaltene, weiß schimmernde Moskitonetz über dem Bettgestell beiseite schieben wollte. Überflüssig zu erwähnen, dass er sich statt in einem Moskitonetz in einem riesigen, klebrigen Spinngewebe verfing und schreiend vor Ekel fast aus dem verwitterten Zimmerfenster gesprungen wäre.

Interessant allerdings war, dass das nun freigelegte Skelett den linken Arm leicht erhoben zu haben schien. Die Elle schwebte fast frei über dem zerfallenen Gewebe der Matratze. Die leeren Augenhöhlen starrten in eine bestimmte Ecke des Raums und das löchrige Gebiss schien mahnend gefletscht. Es war, so schworen es später die in allen Medien zitierten, andächtigen Touristen, als wollte der Baron noch dringend etwas sagen. Und worauf, was meinen Sie, meine sehr verehrten Damen und Herren, deutete der knöchrige, anklagend ausgestreckte Zeigefinger des Skeletts? Genau.

Ich bin mir nicht einmal sicher, wie man es nennen soll. Das ist noch so eine Sache: sie nennen es Piano. Und natürlich ist mir bewusst, dass wir da sprachliche Differenzen haben, aber ich habe es schon immer mit dem nicht ganz so melodiösen, aber viel ehrlicheren, deutschen Wort gehalten: Klavier. Wobei ich mich frage, ob das Ding, das sie da fanden, diese Bezeichnung tatsächlich verdient.

Es ist wirklich hässlich. Auch wenn ich anscheinend der Einzige bin, der so denkt. Wenn man es von vorne betrachtet – aber was ist hier schon vorne –, dann sieht es ja noch halbwegs normal aus. Die Klaviatur wirkt dann vielleicht ein bisschen plump, das Holz hat diese billige, blassbraune Laminatbodenfärbung – ich versichere Ihnen: Edelholz ist das nicht – und der Resonanzkörper scheint aus dieser Perspektive lediglich ein wenig uneben. Kein besonders ungewöhnlicher Anblick also. Mittlerer Durchschnitt, sowas finden Sie doch daheim in jedem zweiten, gutbürgerlichen Haushalt. Aber gehen Sie mal um das Ding herum. Wie ein riesiger Fehlwuchs beult sich auf der gegenüberliegenden Seite die zweite Klaviatur heraus. Richtig abartig ist das. Sie wissen auf einmal nicht mehr, wo vorne ist und wo hinten, plötzlich verlieren Sie die Orientierung. Und jetzt erkennen Sie auch, wie überdimensional das Gehäuse proportioniert ist, wie ausufernd der Gussrahmen, wie überlang gezogen die Breitseite. Es ist ein heimtückischer Januskopf, dieses Klavier, alles ist gedoppelt: das Spielwerk, die Mechanik, die Stimmwirbel, die Saiten, die Tastatur. Nur der verwachsene Korpus und der gemeinsame Resonanzboden halten es zusammen. Wäre es ein Mensch, ich sage Ihnen: man hätte längst versucht, es operativ von sich selbst trennen. Denn es ist eine Missgeburt, ja, es hat ein Gebiss mit zu vielen Zähnen. Achtundachtzig Tasten sind das auf jeder Seite, hundertvier weiße und zweiundsiebzig schwarze insgesamt. Selbst die Pedale sind gedoppelt, drei pro Spielseite: je ein Fortepedal, ein Pianopedal und ein Moderatorpedal in der Mitte. Ich habe es deswegen einmal Sechsfüßler genannt, aber da hätten sie mich fast entlassen.

Dass es wegen dieses Instruments nun so einen weltweiten Wirbel gibt, ist wirklich lächerlich. Eine Sensation, rufen die Marketing-Strategen, eine musikalische Rarität! Viel besser noch als der auch schon so seltene Pleyelsche Doppelflügel: ein siamesisches Piano! Kaum waren unsere Touristen – sowie ihre verloren gegangenen Kollegen – heil wieder aus dem Urwald heraus, kaum war Gonzales zum nächstbesten Fernsehsender gerannt, da ging das Geraune auch schon los. Sie wissen das ja, Sie haben es sicher mitbekommen, egal, aus welcher Ecke unserer immer kleiner werdenden Welt Sie kommen. Aber ich sage Ihnen etwas: so faszinierend, so einmalig, so grandios und umwerfend, wie man es Ihnen aus all den Reportagen und Filmbeiträgen und Zeitungsberichten und Radiofeatures entgegenplärrt, ist das Ding nun wirklich nicht. Es ist auch kein Sinnbild für irgendetwas. Es ist nicht auferstanden. Es ist nicht einmal einmalig. Und eine metaphysische Ebene besitzt es schon gar nicht. Glauben Sie mir.

Ich weiß das. Ich muss es wissen. Auch wenn ich es – es ist wirklich lächerlich! – nicht einmal anfassen darf. Das ist nun wirklich absurd, denn ich sitze ja davor, ich sitze hier und drücke unter der vom Zuschauerraum aus gesehen rechtsseitigen Klaviatur, dort, wo es niemand überblicken kann, meine Knie gegen das vibrierende Holz. Sogar einen eignen Bewacher haben sie für mich abgestellt, stellen Sie sich das vor. Sie müssen sich nur umdrehen, dann können Sie ihn dort sitzen sehen, in seiner Samtloge im ersten Rang. Es ist der Herr mit der vielen Pomade in den Haaren, der sich seinen Operngucker viel zu fest gegen die zusammengekniffenen Augen presst. Offiziell hat man mir ihn nie vorgestellt, aber ich weiß natürlich, was er da tut. Die denken wirklich, sie könnten mit mir machen, was sie wollen. Aber sie werden sich noch wundern. Alle werden sich wundern, Sie werden schon sehen.

Nun aber die große Frage: wie bekamen sie das Klavier aus dem Urwald heraus. Das wollen Sie doch sicher wissen. Einfach war es nicht, das kann ich Ihnen sagen. Den Weg zur Sanharó-Villa wiederzufinden, war eine Sache. Aber das Instrument aus der wachsamen Obhut des Skeletts zu entfernen – das war beinahe unmöglich. Die Luftfeuchtigkeit war schuld. Tatsächlich kann sich niemand erklären, wieso das Instrument überhaupt noch spieltüchtig ist. Es hätte faulen müssen. Es hätte – so meine Meinung – sich selbst zersetzen, sich vernichten sollen. Zumindest aber hätten die Metallbauteile in dieser heißfeuchten Regenwaldluft Rost ansetzen müssen und der Hammerfilz verschimmeln.

Manche denken, dass Trockenheit schlimmer gewesen wäre. Das Holz hätte sich dann zusammengezogen. Knackend hätte sich der Rahmenbalken verzogen, wahrscheinlich wäre der Resonanzboden unter der Überspannung gebrochen und das ganze Gebilde wäre mit großem Gepolter in sich zusammengestürzt. Stattdessen mussten sie gerade mal ein paar Stimmwirbel nachziehen und ein paar Saiten auswechseln. Der alteingesessene brasilianische Klavierbauer, der zur ersten Besichtigung in die bald weiträumig abgeriegelte Villa vorgelassen wurde, konnte es kaum glauben. Zuerst weigerte er sich, die Tasten anzuschlagen. So Furcht einflößend fand er den Anblick des siamesischen Klaviers – oder den starren Blick des skelettierten Barons, der noch immer auf seinem Bettgestell herumlag, das weiß nun keiner so genau. Da der Klavierbauer, ein reizender Herr namens da Silva, aber nicht zugeben wollte, dass er das Instrument für eine Ausgeburt des Bösen hielt, kam er offiziell zu einer anderen Schlussfolgerung. Die Feuchtigkeit – so da Silvas Theorie – habe das sonderbare Instrument irgendwie konserviert. Zudem habe sich ein Schutzfilm aus Harz und Wachs auf der Holzoberfläche gebildet, der für optimale Haltbarkeit gesorgt habe. Eine außergewöhnliche, noch nie da gewesene Konstellation. Mit allerdings einem Nachteil.

Anscheinend hatte sich das Klavier so sehr an die hohe Luftfeuchte gewöhnt, dass es beim Transfer in ein weniger gut

durchwässertes Raumklima unweigerlich drohte, in sich zu-
sammenzubrechen. Es war tatsächlich so: je weiter sie es von
der verwachsenen Villa des Barons entfernten, desto mehr
verschlechterte sich sein Zustand. Es zog sich zusammen, es
krümmte sich und begann, laut knackend zu protestieren.
Brachte man es dann eilig wieder ein Stück zurück, tiefer in
den Urwald hinein, so schien es sich sofort wieder zu erholen.
Vor und zurück fuhr das Spezialfahrzeug, das das sicher fünf-
hundert Kilo schwere Klavier durch eine eigens geschlagene
Schneise zum Konzerthaus in Manaus bringen sollte, wo es von
eilig anreisenden Schaulustigen schon sehnsüchtigst erwartet
wurde. Vor und zurück, während da Silva nachts im Feuer-
schein in seine Schnapsflasche starrte und flüsterte: »Er lässt es
nicht gehen, der Baron lässt es nicht gehen.« Vor und zurück
und zurück und vor. Nach Manaus kam es nicht.

Da war das Geschrei groß. Inzwischen war der Fund schon
stolz in alle Welt hinaustrompetet worden und die Brasilianer fürchteten um ihren Ruf. Die fachgerechte Verpflanzung
des Klaviers wurde zur Staatssache mit oberster Priorität. Eilig
suchte man internationale Hilfe. Es kamen also irgendwelche
Japaner angeflogen, die gelten da ja jetzt als Spezialisten. In
klimatisierten Boxen transportieren sie schließlich die ganzen wertvollen Konzertflügel um die Welt: all die Bechsteins,
die Steinways, die Fazioli, Bösendorfer und Yamahas. Aber so
einen Fall hatten auch die noch nicht gehabt. Ratlos standen die
Japaner und die Brasilianer und all die anderen herbeigerufe-
nen Fachmänner um das Klavier herum. Bis da Silva schließlich kopfschüttelnd sagte: »Begreifen Sie doch. Sie müssen es
hierlassen.«

Hier könnte diese Geschichte zu Ende sein. Dann säße ich
jetzt zu Hause in meiner Wohnung im Schwarzwald und könn-

te die Singvögel in meinem neuen Vogelhäuschen beobachten und dabei eine schöne, heiße Tasse Holunderbeersaft trinken. Dann hätte ich mich nicht noch einmal darauf eingelassen, für die Romanows zu arbeiten, ich wäre nicht in dieser elenden Stadt und hätte vor allem nichts mit diesem verdammten Klavier zu schaffen. Aber wie es manchmal eben so ist: plötzlich kommt von irgendwo eine neue Figur daher und schon läuft alles anders als gedacht.

Unser deus ex machina war in diesem Fall ein Scheich. Ein Prinz, um genauer zu sein. Er kam aus einem dieser kleinen Golfstaaten, das haben Königssöhne ja heute so an sich. Sein Name war Ahed, und dass ich mir das merken kann, liegt nur daran, dass wir jetzt in dem nach ihm benannten Konzerthaus sitzen: der Prince-Ahed-Hall. (Gonzales war ein wenig verärgert, er fand, man hätte das Klavier ohne ihn nie entdeckt und deshalb seinen Namen auswählen müssen, aber das nur am Rande.)

Diese reichen Emiratis, die bringen ja alles durcheinander, finde ich. Das war schon immer so: früher haben sie mitten im Sand nach Wasserstellen und Oasen gesucht, jetzt lassen sie eben in ihren aufgeheizten Wüstenstädten Sessellifte durch künstliche Skihallen schaukeln. Sie bringen den Schnee in die Wüste, den Winter in den Sommer, sie bauen Hotels unter Wasser und schütten künstliche Inseln ins Meer. Sie akzeptieren keine von der Natur vorgegebene Grenze und vielleicht gibt es deshalb keine Sackgassen in ihrer Phantasie. Oder sie haben einfach nur genug Geld.

Prinz Ahed also, ein großer – wenn auch selbst völlig unmusikalischer – Musikliebhaber, hörte von dem Problem des nicht aus dem Dschungel herauswollenden Klaviers. Ach, rief da Prinz Ahed, das ist doch kein Problem! Wenn das Klavier nicht zum Konzerthaus kommt, dann kommt eben das Konzerthaus zum Klavier!

Ich weiß schon, woran Sie jetzt denken, sehr verehrtes Publikum. An Fitzcarraldo denken Sie. Und dass das doch alles schon einmal da gewesen ist. Aber was soll ich sagen: so ist es nun mal. Ich habe die Wirklichkeit ja nicht erfunden.

Denn es war tatsächlich so. Sie setzten das Klavier an dem Punkt im Dschungel ab, an dem es sich halbwegs wohlzufühlen schien: nicht zu weit von der Villa des Barons entfernt, aber dennoch etwas näher an der Infrastruktur der Stadt. Der Rio Negro schlängelte sich nur wenige Meter an dem neuen Standort vorbei, vergammelte Dampfer dümpelten zwischen Wasserschweinen und schlecht gelaunten Seekühen auf der anderen Seite des Ufers, Tukane spähten aus den Blattdächern der Bäume und ölfarbene Panther lauerten hinter dicken Gummibäumen. Und nachts, so erzählten sich die Einheimischen, gingen hier eine Menge ertrunkener Flussgeister an Land und huschten durchs Dickicht.

Dort also setzten sie es ab. Sie beschirmten es mit irgendeiner gut durchlüfteten Spezial-Abdeckung, damit sie es nicht versehentlich im Baustaubnebel verlören oder mit Mörtel übergössen. Dann begannen sie mit dem Bau. Sie fingen bei der Bühne an und arbeiteten sich langsam über das Parkett, über die ansteigenden Zuschauerränge und die Privatlogen bis hin zur Außenhülle. Eine völlig verdrehte Bauweise: von innen nach außen. So war das. Sie bauten die Prince-Ahed-Hall einfach um das Klavier drum herum.

Verrückt, sagen Sie? Sie glauben mir nicht? Ich glaube mir ja selber kaum. Demnächst werden sie noch eine Sekte um das Ding gründen. Dann wird das Konzerthaus zum Tempel und alle beten es an. Weit davon entfernt sind sie ohnehin nicht mehr. Schon jetzt versuchen sie, die Zeichen zu deuten, die da Silva in den Untiefen der Spielmechanik entdeckt hat: ein mit dem Messer in die Verschalung geritztes C. Und dann die Zahl 1603. Wildeste Spekulationen sind da jetzt im Gange. Große Verschwörungstheorien, waghalsigste Interpretationen. Die meisten möchten gerne glauben, dass die Zahl eine Jahreszahl ist. Das ist natürlich Unfug, denn jeder weiß doch, dass der italienische Instrumentenbauer Bartolomeo Cristofori die ersten klavierähnlichen Cembali erst viel später erfand. Aber die Welt will betrogen sein.

Warten Sie. Ich muss hier mal eben … So, da bin ich wieder. Der Bau des Konzertsaals dauerte übrigens gerade mal ein halbes Jahr. Schon erstaunlich, wie schnell die können, wenn sie wollen. Prinz Ahed ließ einen ganzen Stab von hochkarätigen Spezialisten anheuern. Architekten und Sounddesigner, Statikexperten und Klimatologen, Musikwissenschaftler und Raumklang-Forscher. Dass das Endergebnis trotz so vieler Köche einigermaßen gelungen ist, ist schon erstaunlich.

Das Wichtigste ist natürlich die Innentemperatur. Erst wollten sie das Außenklima künstlich kopieren, sie wollten die Luftfeuchtigkeit mit irgendwelchen Hightech-Apparaten steuern und ein Bouquet aus genmanipulierten Orchideen auf der Bühne anpflanzen. Aber Prinz Ahed ließ das nicht zu. Er hörte lieber auf den Rat des alten da Silva und entfernte ein paar Wandelemente, damit das Klavier nach draußen blicken kann. Deswegen ist die Architektur des Gebäudes so filigran. Und deswegen läuft mir, während ich hier sitze, in Strömen der Schweiß im Anzug herum. Aber ich bin da nicht der Einzige. Der ganze Zuschauerraum schmort und backt vor sich hin. All die neureichen, herausgeputzten Schnösel mit ihren aufgedonnerten Begleiterinnen schwitzen da auf ihren überteuerten Samtsitzen, sie fächeln und sie japsen, sie zerren an den zu eng geknöpften Krägen ihrer Designerhemden oder lüpfen heimlich ihre Rüschenröcke und tupfen sich das davonfließende Make-up aus den verschmierten Gesichtern. Selbst schuld. Die wussten doch, wo sie hingehen. Ab und zu – bekommen Sie das mit? – gleitet im Parkett mal jemand zu Boden und wird von den bereitstehenden Helfern leise und fachgerecht aus dem Saal entfernt. Nur Prinz Ahed macht das alles nichts aus. Der sitzt da in seinem bodenlangen, weißen Dischdascha in der Königsloge und lächelt zufrieden vor sich hin.

Aber Madame Romanowa neben mir schwitzt. Ich kann es riechen. Sie dünstet etwas aus. Einen Geruch nach eingeschweißtem Parfüm, nach Sex, nach dem Sperma ihres Mannes. Ihre Finger rutschen über die Tasten und ich warte nur auf den Moment, in dem sie abgleitet. Und sogar die Partitur wellt sich in der Feuchtigkeit, die schwarzen Notenköpfe blähen sich auf, in Kaskaden stürzen sie über die sich verziehenden Notenlinien. Dabei haben wir extra dickes Papier genommen. Bei der Generalprobe ist eine der Seiten an meinem Mittelfinger kleben geblieben und ich konnte mit dem Gelächter gar nicht aufhören. Die Romanows fanden das weniger lustig.

Ich persönlich glaube übrigens, dass sie irgendwo hier die Knochen von Baron de Sanharó in die Wände eingemauert haben. Dafür hat da Silva bestimmt gesorgt. Wenn man die Augen schließt, kann man es spüren. Wahrscheinlich hoffen sie, das Klavier so beruhigen zu können. Beweisen kann ich das natürlich nicht.

Vielleicht ahnt da Silva, was auch ich glaube: dass nämlich das Klavier schuld am Tod des Barons ist. Ich bin mir ziemlich sicher, dass es ihn umgebracht hat. Es hat so etwas Heimtückisches an sich. Daher auch der anklagend ausgestreckte Arm des Skeletts und das Entsetzen in den leeren Augenhöhlen. Wer weiß, was de Sanharó da sah, als er auf das Klavier blickte. Wer weiß, ob ihm dabei nicht vor Entsetzen das Herz stolperte und einfach stehen blieb. Ich selbst halte das für durchaus denkbar. Das Ding ist verflucht. Man hört das auch an seinem Klang.

Etwas stimmt nicht mit dem Ton. Hören Sie das? Er ist viel zu klar. Technisch gesehen ist das gar nicht möglich. Klaviere geben ihren Klang ja nicht wie Flügel nach oben und unten ab. Die Ausrichtung des Resonanzbodens ist beim Klavier vertikal, der Schall tritt vor allem an der Rückseite aus. Deswegen stehen Klaviere so oft an der Wand. Vorne prallt der Klang auf das Gehäuse und den Körper des Spielers. An der Rückseite aber wirft die Wand den ausgestrahlten Ton großflächig zurück auf den Resonanzboden, die Farbe wird voller.

Hier ist nun alles anders. Es gibt keine vernünftige Abstrahlfläche. Der Klang wird auf beiden Seiten von den Spielern reflektiert. Er müsste dünn sein, dieser Klang, irgendwie gedämpft. Aber er ist glockenrein. Er ist eine anatomische Unmöglichkeit. Deswegen werden solche Klaviere ja auch gar nicht erst hergestellt. Jeder Instrumentenbauer weiß, wie grässlich das klänge. Schon der Doppelflügel von Pleyel ist ja eher eine Kuriosität als eine musikalische Bereicherung. Aber ein Klavier, ein solches siamesisches Klavier, das müsste plump klingen und irgendwie flach. Es kann nicht so klingen wie dieses hier. So pur. So – charmant. Ich wiederhole: das ist technisch nicht möglich. Auch wenn die ganzen Banausen da unten – ja, auch Sie gehören dazu! – das natürlich nicht einmal merken.

Vielleicht liegt es an mir. Daran, wie ich meinen Körper gegen die Romanowa lehne. Vielleicht bilden wir eine gute Resonanzfläche, die Romanowa und ich. Denn natürlich wird der

Klang nicht nur von den beiden Pianisten reflektiert, sondern auch von mir. Und dem Typen mir gegenüber.

Ich kann ihn nicht ausstehen, den Speichellecker da drüben. Sehen Sie, wie eilfertig er jetzt schon wieder aufspringt! Wie beflissen er dem Romanow signalisiert, dass er das Ende der Seite kommen sieht, dass er bereitsteht. Unterwürfig beugt er sich vorwärts, er buckelt vor dem Spieler, vor dem Publikum. Und jetzt: sehen Sie das! Wie ein Geist huscht er zurück auf seinen Hocker und schlägt, während er die teigigen Hände in seinem Schoß faltet, die Augenlider sittsam zu Boden. Keinen Funken Selbstachtung hat der im Leib. Immer muss alles rechtzeitig stattfinden, immer muss alles perfekt sein, perfekt und unauffällig. Sein Anzug ist genauso grau und unscheinbar wie sein Gesicht. Seine Haut ist so bleich, dass er sich gegen weiße Wände nicht abhebt, sondern einfach verschwindet. Überall passt er sich an, er blendet sich in jeden Hintergrund ein. In einer Menschenmenge würde ich ihn nicht wiedererkennen. Ich könnte seine langweiligen Gesichtszüge nicht herausfiltern. Dabei sehe ich ihn viel zu oft. Sie haben uns einander direkt gegenüber gesetzt. Ich hatte ja gehofft, sie würden eine Frau engagieren, dann hätten wir zwei Paare auf jeder Seite. Aber nein, das hat die Romanowa nicht zugelassen. Sie will die einzige Frau in diesem Vierer sein. Und deswegen hockt mir da jetzt der Lakai vor der Nase. Ich blättere von rechts, er von links. Damit das Publikum freie Sicht auf die Spieler hat. Er sitzt mir gegenüber wie ein verdammtes Spiegelbild, eine Horrorversion meiner selbst. Und er kann, das weiß ich, nicht einmal spielen. Seine Notenkenntnisse sind perfekt, sein Timing unterwürfig und punktgenau. Aber er hat noch nie selbst ein Klavier berührt. Hat noch nicht einmal den Flohwalzer gespielt. Nicht die ganzen kinderleichten Sonatinen, keins von den Menuetten, nicht Für Elise, Pour Adeline, all diese dämlichen Anfänger-Präludien von Bach, Chopin, Fischer. Nichts davon. Nicht einmal Tonleitern, behauptet er, kann er spielen. Der ist da auch noch stolz drauf. Er hält das für Berufsehre. Früher wäre er wahrscheinlich Diener geworden. Oder Schuhputzer. Er ist ein Kriecher. Der perfekt dressierte, gehorsame Hund.

Da bin ich anders. Warten Sie, ich zeige Ihnen etwas. Gleich nähern wir uns dem Ende der Seite, die Noten rauschen schon auf den Umbruch zu. Aber ich rege mich nicht, ich springe nicht auf. Im Gegenteil: ich gehe in Unterspannung, lasse meinen Körper unmerklich ein klein wenig in sich zusammensacken. Und? Sehen Sie es? Wie sie plötzlich unruhig wird neben mir. Wie ihr der Schweiß noch schneller über den Körper läuft. Wie sie aus den Augenwinkeln zu mir herüberschielt. Da: auf der Stirn, direkt unter dem blondierten Haaransatz, entspringen gleich vier neue Schweißtropfen. Ihre Oberlippe beginnt zu zittern, ihr Atem wird flatterig. Und jetzt, ja, jetzt hebt sich unter dem Klavier ihre Schuhspitze vom Pedal und sie kickt mich gegen das Schienbein. Ich lächle. Ich rege mich nicht. Und erst im letzten Bruchteil der möglichen Sekunde erhebe ich mich. Im Englischen gibt es dafür ein schönes Wort: I arise. Ich hebe mich in die Höhe, das Publikum blickt auf mich, nur auf mich. Alle halten den Atem an. Und auf dem Siedepunkt der Spannung – kurz bevor die dumme Romanowa, die sich mit ihrem beschränkten Spatzenhirn keine einzige Notenzeile merken kann, aufhören müsste, zu spielen –, da schlage ich mit einem eleganten Ruck die Seite um. Da sitzt alles, das ist Präzisionsarbeit. Jeder Muskel, jede Faser meines Körpers weiß, was sie zu tun hat. Beachten Sie die Selbstverständlichkeit in meiner Bewegung. Sehen Sie die Erleichterung in den Augen der Romanowa aufglimmen, hören Sie die Energie, mit der sie sich jetzt in den neuen Notenlauf stürzt, wie spannend ihr vorher so langweiliges Spiel plötzlich wird, molto vivace. Und wenn ich mich jetzt auf die Bank zurücksetze, honorieren Sie, mit welcher Lässigkeit ich das tue, mit welcher Präsenz. Noch immer verströme ich eine Aura des Besonderen, eine Selbstbewusstheit, die immer noch Unerwartetes zulässt. Ja. So ist das: ohne mich ist die Romanowa aufgeschmissen. Ich kontrolliere alles.

Das sieht man übrigens schon an der Bestuhlung. Haben Sie es bemerkt? Während der Romanow-Butler da drüben schön abseits auf einem separaten Hockerchen platziert ist, teilen die Romanowa und ich uns eine Bank. Darauf habe ich bestanden. Am Anfang wollte sie mir das nicht zugestehen. Aber dann hat sie begriffen, dass sie ohne mich nicht kann. Ich verbessere ihr Spiel. Meine Unberechenbarkeit hält sie wach. Das ist auch den Musikkritikern schon aufgefallen. Seit ich dabei bin, beschreiben sie das Spiel der Romanowa als tiefgründig und vielschichtig. Das war vorher nie der Fall. Ohne mich war sie noch dröger als sie ohnehin schon ist. Der Romanow ist zweifellos der bessere Pianist in diesem Duo. Was natürlich nicht heißt, dass er in dieser Ehe irgendetwas zu sagen hätte. Die Romanowa lässt ihn ihre Stiefel lecken, da bin ich sicher. Auch wenn sie irgendwie etwas Devotes an sich hat.

In einem Londoner Bondage-Club sah ich einmal eine nackte Frau von der Decke baumeln. Das Seil, mit dem man sie verschnürt hatte, schnitt ihr tief in das weiche Fleisch. Ihr Körper war voller blauer und grüner Flecken und um den schlanken Hals hatte sie ein paar Würgemale. Im Halbdunkel des Clubs konnte ich die Augen hinter ihrer ledernen Maske nicht erkennen. Vielleicht hatte sie sie auch geschlossen. Ich habe sie angestupst, bis sie ein bisschen hin und her zu schwingen begann. Da drehte und wand und ringelte sie sich von mir weg und ich war plötzlich sicher: das ist sie. Am nächsten Tag dann trug die Romanowa einen hochgeschlossenen Rollkragenpullover zur Probe. Und ihr Mann blickte so merkwürdig selbstgefällig drein.

Dass nun ausgerechnet diese beiden das Eröffnungskonzert in der Prince-Ahed-Hall spielen dürfen, kann ich nicht verstehen. Die müssen Beziehungen haben. Oder sie haben da jemanden bestochen. Ja, das muss es sein. Anders lässt sich das kaum erklären. So viele weltberühmte Duos hatten Interesse signalisiert. Alle wollten sie die Ersten sein, die auf dem siamesischen Klavier konzertieren dürfen. Sie halten es für eine Besonderheit. Sie wissen nicht, wie abstoßend es in Wirklichkeit ist. Was für ein Monstrum. Die meisten von ihnen wären sogar zu einem Bruchteil ihrer sonstigen Gage angereist. Die wussten genau, wie viel Aufmerksamkeit das Ding bekommen würde. Und man hätte ja schließlich auch zwei Solopianisten für das Eröffnungskonzert miteinander kombinieren können. Stellen Sie sich mal vor: Lang Lang mit der Argerich, oder Barenboim mit dem Scherbakov-Jüngelchen. Lang Lang ließ sogar durchblicken, dass er da nicht abgeneigt gewesen wäre. Aber Prinz Ahed wollte die Romanows. Unbedingt. Das kapiere, wer will. Er war es auch, der auf die Neunte bestanden hat: Beethovens 9. Symphonie opus 125 in d-Moll. Bearbeitet für zwei Klaviere von Franz Liszt.

Oh, der Jubel! Sie können sich nicht vorstellen, wie die Romanows sich aufgeführt haben, als sie die Zusage bekamen. Sie hat gekreischt, dass einem die Zähne wehtaten. Und er ist grunzend herumgehopst, wie einer von diesen albernen Fußballspielern nach dem entscheidenden Elfmeter. Selbst mein blässliches Gegenüber vergaß mal für einen kurzen Moment seine Unterwürfigkeit und patschte wie wild seine Hände ge-

geneinander. Nur ich saß damals still in einer Ecke des Probenraums und versuchte, mein Grinsen zu unterdrücken. Denn
wissen Sie: dass der Prinz nun ausgerechnet die Neunte aus-
gewählt hat, das hätte mir besser nicht in den Kram passen
können. Das war der Moment, in dem ich begriff, wie ich es
den Romanows heimzahlen kann. Ein für alle Mal. Ich konnte
mein Glück kaum fassen! Angeblich hat Prinz Ahed sich ja für
den Liszt entschieden, weil man in einer luftdicht versiegelten
Truhe unter dem Bett des Barons eine handschriftliche, ver-
gilbte Partitur dazu fand. Sie lassen, sagen sie, gerade prüfen,
ob es sich da gar um eine Originalhandschrift handeln könnte.
Aber das glaube ich nun wirklich nicht. Irgendwann ist es dann
auch genug mit der Legendenbildung.

Haben Sie den Liszt vor heute Abend schon mal gehört?
Wahrscheinlich nicht. Sie kennen bestimmt nur Beethovens
Original: die Hymne, klar, den ganzen, wuchtigen Choral. Und
die berühmten Takte aus dem zweiten Satz: Clockwork Orange.
Die können Sie wahrscheinlich mitsummen. Aber so wie jetzt
gerade haben Sie die Neunte noch nie gehört, stimmts? Deswegen sitzen Sie da auch so stumm und dumm und glotzen be-
wundernd auf die Romanows. Als wären das Clara Schumann
und Johannes Brahms. Oder Liszt höchstpersönlich. Aber warten Sie nur. Das wird Ihnen schon noch vergehen.

Sie halten das da für gut? Ich muss es Ihnen sagen: Sie haben
keine Ahnung. Hören Sie doch mal hin. Gerade steigen wir
in den dritten Satz ein. Ja, blättern Sie das nur nach in Ihren
feuchtgeschwitzten Programmzetteln. Das Adagio soll das sein,
Adagio molto e cantabile! Das kann die Romanowa nicht. Die
ist zu sowas gar nicht fähig. Weich müsste das klingen, ganz
weich. Und dann im Zwischensatz: hell und beschwingt. Da
liegt ein Walzer darunter! Aber die Romanowa plumpst nur

so von Ton zu Ton. Selten habe ich so etwas Ungraziöses gehört. Und das von einer Frau. Manchmal frage ich mich, ob sie wirklich eine Frau ist. Vielleicht war sie mal ein Typ und hat sich umoperieren lassen, damit sie sich als Ehepaar verkaufen können. Das zieht mehr beim Publikum. Zuzutrauen wäre es den beiden. Die haben keinerlei Skrupel.

Er ist übrigens im Adagio gar nicht so schlecht. Wenn Sie sich auf ihn konzentrieren, dann werden Sie das merken. Achten Sie einfach auf seine Hände – wie die da über die Tasten tapsen. Dann begreifen Sie leichter, welche der Töne er erzeugt. Bei diesem Klavier ist das gar nicht so leicht zu unterscheiden. Kommt ja alles aus demselben, feisten Klangkörper. Wirklich, der Romanow, heute gar nicht so übel. Aber im Zusammenspiel mit seiner Frau kann er sich mühen, wie er will: sie bringen das Ding nicht zum Tanzen. Und jetzt, hier, diesen leisen Aufwärtslauf: den müsste man auf die Tastatur hintupfen. Stattdessen poltern die da hoch als wären die Noten eine Lieferrampe. Und dann hat man auch noch das Nachscheppern des zweiten Satzes im inneren Ohr. Den spielen sie immer viel zu laut. Umkreisen müssten die sich da, sich necken. Darauf kommen die aber gar nicht. Sie hetzen und sie jagen nebeneinander her – und hämmern dann nach der Generalpause die Oktavsprünge, als müssten sie jemanden vertreiben. Aber trotzdem klingen sie, das muss ich zugeben, heute interessanter als sonst. Das Klavier ist das. Das Klavier macht sie besser, als sie sind.

Ich kann den Urwald riechen. Das ist das Schöne an diesem Konzerthaus. Alles ist offen. Der Blütenduft ist schwer und süß. Gärende Beeren, Affenkot. Die herumstäubenden Blütenköpfe der vielen, vielen Orchideen. Mit einer erdigen Note: der scharfe Geruch der Opossums. Das faulende Wasser, das sich in den Blatt-Zisternen der Bromelien sammelt. Draußen ist es noch hell. Oben an der Dachluke torkelt gerade ein riesiger, rot-gelb schillernder Schmetterling vor dem Fliegengitter herum.

Sie haben ziemlich früh angefangen mit dem Konzert, ist Ihnen das aufgefallen? Seine Hoheit Prinz Ahed wollte das so. Damit der Dschungel nicht etwa Radau macht, wenn die Sonne untergeht, und womöglich das Spiel unserer Virtuosen übertönt. Kann aber auch sein, dass er dem Klavier nicht traut. Dass er sich fragt, wie es sich wohl im Dunkeln so verhält. Da ist er nicht der Einzige. Ich sehe schon die Schatten von draußen hereinkriechen, all die verzerrten Formen der ineinander verklammerten, erwachenden Tiere. Vielleicht sind es aber auch Triebe von Würgefeigen. Pflanzen wachsen hier schnell. Man kann ihnen fast zuhören dabei.

Aber ich muss mich jetzt konzentrieren. Ich muss arbeiten. Denn langsam wird es spannend. Bald ist es soweit. Bald kommt mein Moment. Da. Das Achtungszeichen. Die Crescendi. Der gemeinsam gehackte Akkord gegen Ende des dritten Satzes, eine Fanfare im Original. Jetzt bleibt nur noch das Finale. Da werde ich meinen Auftritt vorbereiten. Und dann zeige ich Ihnen, wie es wirklich geht.

Ein Donnern. Die Romanowa wirft sich in die Tasten, ihr knochiger Hintern hebt sich von der Sitzfläche. Der ganze Saal zuckt zusammen. Ja, jetzt ist nichts mehr mit Wegdämmern. Jetzt kommen die Götterfunken, jetzt brüllt das Klavier unter der Wucht des vierhändigen, Romanowschen Anschlags. Der Klang grollt durch den Saal, die filigranen Wände fangen an zu zittern, Stahlstreben schwingen, Operngläser klirren in ihren Gehäusen und auf den obersten Rängen halten die Sounddesigner und Architekten den Atem an. In den Privatlogen platzen Krawattenknoten von wulstigen Hälsen, prall gespannte Korsette reißen ein, glänzende Perlmuttspangen springen aus schweißverklebten Haaren. Unten im Parkett lässt in der dritten Reihe ein Schnösel sein übergeschlagenes Bein in den Mittelgang hängen. Gänzlich unbeeindruckt tut der, aber sein polierter, gewichster Schuh zuckt nervös in der Luft auf und ab. Ich sehe alles.

Erkennen Sie es wieder, das dahinplänkelnde Einstiegsgemurmel aus dem ersten Satz? Jetzt ist es da mit seiner ganzen Wucht. Es bäumt sich auf, mit einer Düsternis von fast Rachmaninowscher Qualität! Und die Romanowa wirft sich da rein, die glaubt sich jetzt in ihrem Element. Sehen Sie, wie sie sich mit ihren Spinnenfingern auf die Tasten stürzt, wie sie bei den Akkorden die Hände hochreißt und sich dann beim Anschlag mit gestreckten Armen vom Klavier abstößt, den ganzen Oberkörper vom Hexenbuckel in die Rückbeuge zurückzieht, den Mund leicht öffnet. Eine ihrer Haarklammern ist verrutscht und schwingt an der losgelösten Haarsträhne hin und her und gleich fliegt ihr noch ein Tropfen Sabber aus dem Mundwinkel und klebt mir dann nachher am Revers, das ist schon ein paar Mal passiert. Und ich blättere, ich blättere, während in der Partitur die Themen durcheinanderspringen, während Beethoven zurückwirbelt zu schon gespielten Tonfolgen. Alles wird angerissen: die Motive aus dem ersten, dem zweiten, dem dritten Satz. Aber Beethoven bricht es und Liszt zerhackt es, es kommt zu Verwerfungen, Überlagerungen, alles stürzt. Und ich blättere schnell und schneller, bin immer einen Bruchteil zu früh, bis in den Augen der Romanowa wieder die Panik aufblitzt, bis sie endlich ins Stolpern kommt und sie sich vergreift – ein Misston, der in all dem Krawall gar nicht auffällt –, und da lehne ich mich plötzlich zurück und verschränke sogar die Arme und lächle und die Romanowa japst neben mir auf vor Entsetzen über meine Verweigerung. Denn jetzt, ja, jetzt hat Beethoven es ja versaut, jetzt kommt sie, die grottenlangweilige, leiernde Freudenmelodie und selbst in der Klavierfassung hört man sie noch, all die quäkenden Chorstimmen, all die selbstgefälligen Sängerknaben und kreischenden Sopranistinnen. Und ich quäle jetzt meine Romanowa, mal blättere ich zu schnell, mal zu langsam und einmal zuckt schon ihre Hand hoch zur Seitenkante, immer mehr Fehler schleichen sich in ihr Spiel ein, ihre Finger schlittern über die Tasten, ganze Fingersätze bringt sie durcheinander, sie greift falsch, kommt da nicht mehr raus, ihre Hände verheddern sich in den Läufen, sie zittert am ganzen Körper. Und ich merke, wie das Lachen in mir aufsteigt, wie ich schon zu glucksen beginne, wie meine Bauchdecke hüpft, während Seiten um Seiten an uns vorüberfliegen, das Vivace, das Adagio cantabile, das Allegro moderato. Und auch im Pianissimo lasse ich sie nicht zur Ruhe kommen, kichernd blättere ich eine Seite zurück, sie keucht auf und bibbert und heult fast – noch nicht, noch nicht –, und an der leisesten Stelle – zu Beginn der gerade neu aufgeschlagenen Seite – gelingt mir eine angetäuschte Blätterbewegung und ihr rutscht vor Schreck der Fuß vom Pianopedal und es schnellt zurück und schlägt mit dumpfem Knallen in den nachbebenden Holzkörper des Klaviers. Und jetzt macht das gedoppelte Bauschema auch für mich Sinn, denn die ganze Spielmechanik gerät nun ins Klirren, die Saiten schwingen nach, die Störung pflanzt sich fort bis tief in die Eingeweide meines siamesischen Monsters.

Da wird es endlich unruhig in den Rängen, jemand zischelt etwas, Fächer werden schneller geschlagen, Gesichter drehen sich fragend den Nachbarn zu und in der Königsloge runzelt Prinz Ahed schon die arabische Stirn. Und auch Sie, ja, auch Sie haben jetzt wohl endlich begriffen, dass hier etwas nicht stimmt.

Das Klavier bleibt auf meiner Seite. Es ist in Unruhe geraten, seine Innereien haben zu rumoren begonnen, es grummelt und quietscht, es bockt, ist nicht mehr zu beruhigen. Immer lauter verstärkt es jetzt die falschen Töne der Romanowa, es plärrt sie heraus. Aber drüben auf der anderen Seite, man soll es nicht glauben: da hockt der Romanow und merkt das gar nicht. Ganz verzückt schwenkt er seinen Oberkörper über der Tastatur herum. Wie toll er sich vorkommt! An den dramatischen Stellen zieht er die wildesten Grimassen, er fletscht die Zähne und bläht die Nasenflügel und rollt die Augen, als hätte er eine Erscheinung.

Jetzt aber! Das Maestoso. Mein Glanzstück. Noch ein letztes Aufbäumen, ach du Freude schöner Götterfunken, und dann bringe ich die Romanows zum Sturz. Denn noch spielen sie, sie spielen noch, ich habe die Romanowa unterschätzt, sie hat sich besser vorbereitet als sonst, sie beißt sich durch, sie hechtet sich von Notenzeile zu Notenzeile, sie zappelt. Und sie schubst. Sie will mich loswerden. Sie schubst und tritt und drängelt, während sie spielt, auf der Bank herum, will mich mit ihrem Knochenhintern über die Sitzkante kippen, aber sie kriegt mich hier nicht weg, denn wer hier gleich gehen muss, das ist sie. Und endlich, beim nächsten Missgriff der Romanowa, kommt auch der Romanow durcheinander. Sein Akkord müsste sich zwischen die Klänge der Romanowa schieben, eine ineinandergreifende, sich verzahnende Setzung, aber der Romanow verfehlt. Entsetzt stockt er, sein Blick fliegt hoch, er kann es nicht verstehen, der Unglaube beleuchtet sein ganzes Gesicht. Denn ihm passiert so etwas nicht, ich weiß, dass ihm so etwas nicht passiert, er ist eine russische Präzisionsmaschine, er macht keine technischen Fehler, nicht in so einem Konzert. Und tatsächlich ahnt er sofort, wer der Schuldige sein muss, sein Blick schießt zu mir herüber, er kneift die Augen zusammen und würde mich jetzt wohl gerne schlagen und ich lächle freundlich und winke ihm zu. Das bringt ihn völlig aus der Fassung, er kommt jetzt nicht mehr rein, alles Kraut und Rüben, die Noten purzeln ihm in alle Richtungen, die Melodie wackelt und verzieht sich, sie zerfällt zu Tonsalat.

Da gerät auch mein Spiegelbild durcheinander, eine wunderbare Kettenreaktion: er versteht nicht mehr, wo wir sind, es ist zuviel für seinen kleinen Geist, er springt auf und setzt sich, springt auf und setzt sich wieder, hilflos zucken seine Patschehändchen an die Seiten und wieder zurück, sein Blick ruckt vom Romanow auf die Partitur, hinüber zur zappelnden, schwitzenden Romanowa, immer hin und her und hin, schneller und schneller, ein außer Kontrolle geratenes, überdrehtes Aufziehspielzeug.

Und das Murren im Saal schwillt an, erste Buhrufe werden hörbar, irgendjemand ruft etwas – bin das schon ich? –, draußen protestieren ein paar Papageien, eine Hyäne lacht auf, aber sie brechen nicht ab, die Romanows spielen, sie spielen weiter und weiter, seid umschlungen Millionen, diesen Kuss der ganzen Welt!, sie spielen und halten sich besser als geplant.

Das darf natürlich nicht sein. Aber ich bin ja noch nicht fertig. Mit meinen Fingerspitzen rücke ich meine Krawatte zurecht. Ich streiche über die Knöpfe meines Anzugs, prüfe ihren Sitz. Und dann, bei den letzten Prestissimotakten, stehe ich langsam auf. Kurz fixiere ich Sie, mein liebes, sehr verehrtes Publikum, ich verneige mich vor Ihnen. Und dann nehme ich mit einem geübten Griff die Blätter von der Ablage und werfe die ganze, dämliche Partitur hoch in die aufgeheizte, blütenschwangere Luft.

Das ist es. Unter dem wackligen, so gerade noch hervorgestoßenen Schlussakkord sinkt die Romanowa vom Klavierhocker. Ihr überschminktes, von zerronnenem Make-up überzogenes Gesicht fällt auf die Tasten, und das Klavier wehrt sich, es stößt sie von sich, bis sie – begleitet von den herabsegelnden Blättern – abwärts rutscht und mit dem Kinn voran ohnmächtig auf das gebohnerte Edelholzparkett schlägt. Das ist mein Glück, denn der Romanow ist schon hochgeschossen und kommt mit erhobener Faust auf mich zugestürmt. Er umrundet das Klavier, seine Augen sind jetzt blutunterlaufen und an seinem Hals pulst die Wut. Aber er verschätzt sich, er sieht nichts mehr, nur noch mich mit seinem Tunnelblick, und so stolpert er prompt über den Körper seiner Frau und fällt.

Die Zuschauer in den Rängen sind jetzt aufgesprungen, die Buhrufe schwellen an, das Stimmengewirr wird lauter, vereinzelt ist Applaus zu hören, Helfer eilen herbei, sie greifen nach den Knöcheln der liegenden Romanows und schleifen sie durch den einsetzenden Regen aus zerknüllten Programmheften, leeren Piccoloflaschen und sogar faulen Vogeleiern über das Parkett zur Garderobentür. Ihr rutscht dabei der Rock über die Hüften, sie ist noch immer ohne Bewusstsein, sie hört die Buhrufe nicht, er hingegen wehrt sich, er brüllt und windet sich, er deutet auf mich, aber seine Flüche sind russisch und niemand versteht ihn, niemand scheint zu begreifen, was er will.

Jetzt muss ich mich beeilen. Ich trete an das Klavier heran. Vorsichtig lege ich meine Hand auf das Holz, den viel zu breiten Körper. Es vibriert unter meiner Berührung. Die Oberfläche zittert unter meiner Hand. Dann, langsam, scheint es sich zu beruhigen. Es atmet im Takt mit mir. Ich tätschle den Deckel. Und setze mich.

Das war natürlich anders geplant. Ich wollte eine Rede halten. Ich wollte mich ankündigen, wollte all den Banausen unter

Ihnen erklären, was jetzt gleich kommt. Aber beim Anblick der Fäuste schüttelnden Ehrengäste war mir grade nicht danach. Und man muss doch spontan bleiben. Also lasse ich stattdessen das Klavier für mich sprechen.

Einen kurzen Augenblick noch. Ich muss mir diesen Moment einprägen. Sehen Sie nur: ich habe endlich die ganze Sitzbank für mich allein. Das muss ich auskosten. Ich rutsche ein wenig hin und her, bis ich die richtige Position gefunden habe, bis meine Arschbacken eine schöne, bequeme Mulde in den Samtbezug drücken. Dann lege ich die Anzugjacke ab und öffne die Manschettenknöpfe meines Hemds. Zum Spielen brauche ich Bewegungsfreiheit, das werden Sie gleich verstehen. Jetzt atme ich ein. Ich schließe die Augen. Ich hebe die Hände. Ich schlage an.

Wissen Sie: Liszt war ein Angeber. Die Bearbeitung für zwei Klaviere hat ihm ja nicht gereicht. Oh nein. Monsieur mussten beweisen, dass man das ganze Chor-Brimborium, all das große Orchester-Getöse nicht nur auf zwei Pianofortes, sondern sogar auf nur ein einziges Klavier herunterkomprimieren kann. Wozu all die anderen Hampelmänner, dachte sich der ruhmsüchtige Liszt, das kann ich auch alleine, denn: dann gehört der Schlussapplaus nur mir, mir, mir allein. Und er setzte sich an sein Pult, zückte seinen Federkiel und schrieb. All die Soprane und Tenöre, all die Bratschen und Hörner und Geigen und Oboen und Klarinetten und Flöten – er deutete sie in seine schwarz-weißen Tasten hinein, er falzte und kniff, er stopfte und drückte, er köchelte und bündelte die Noten zu lustigen Schnürpäckchen. Und am Ende hatte er tatsächlich, was er wollte. Eine neue, eine virtuose Bearbeitung von Beethovens Neunter: für ein einziges Klavier.

Manche wissen das nicht. Andere halten die Bearbeitung für

zwei Klaviere für die gelungenere Transkription. Die glauben dann auch, die sei schwerer zu spielen. Keine Ahnung haben die. Prinz Ahed denkt das wahrscheinlich auch. Mich hat man ja nicht gefragt. Sie unterschätzen mich. Alle unterschätzen mich. Aber ab heute, das sage ich Ihnen, wird das anders. Ganz anders wird das.

Denn ich spiele! Hören Sie das? Wie das Klavier und ich harmonieren! Nie hätte ich das gedacht. Es gehorcht mir, es hat gleich erkannt, wer hier der wahre Meister ist. Sehen Sie, wie es sich fügt unter meiner Berührung. Wie anmutig die Tasten zurückschwingen, wie der ganze hässliche Holzkörper vor Freude vibriert. Die Töne perlen nur so unter meinen Händen hervor, die Noten fließen, das Klavier jubiliert! Noch wage ich es nicht, den Blick von der Tastatur zu heben – ja, ich spiele ohne Partitur! –, aber ich weiß genau, was jetzt um mich herum geschieht. Erst ist da ein Stutzen im Saal. Ein Moment aus Unglauben. Die Buhrufer halten plötzlich inne, die herbeistürzenden Klavierwächter erstarren mitten in ihrer Greifbewegung und aus den Rängen herabgeworfene Programmzettel bleiben verdutzt in der Luft stehen. Alle Gesichter wenden sich mir zu. Ein ehrfürchtiges Raunen durchzieht den Saal. Und dann sinkt ihr mit einem großen, gemeinsamen Ausatmen andächtig zurück in eure Sitzplätze, nicht wahr? Während draußen im Rio Negro die Flusspferde ihre Ohren spitzen, während den kleinen Pfeilgiftfröschen vor Staunen die breiten Mäuler offen stehen bleiben und Prinz Ahed in seiner Loge schnell überlegt, welche seiner drei verschleierten Schwestern er mir als Braut anbieten kann.

Aber was ist das! Was machen Sie denn da? Kommen Sie zurück! Und Sie da: wieso halten Sie sich die Ohren zu? Wissen Sie nicht, mit wem Sie es hier zu tun haben? Mit Beethoven, mit

Liszt! Und mit mir natürlich. Mit mir und dem siamesischen Klavier. Die heilige Vierfaltigkeit! Da brauchen Sie gar nicht so Ihren Kopf zu schütteln. Und dort drüben, die Dame in Rot, der die Perlenkette auf dem bebenden Busen herumwackelt: mit dem Finger zeigt man nicht auf Leute.

Ich verstehe das nicht. Was ist das denn jetzt für ein Schubsen und Drängen auf die Ausgänge zu? Gab es einen Feueralarm, habe ich den überhört? Eine Terrorwarnung, einen Anschlag gegen den Prinzen? Und wieso haben alle die Hände auf den Ohren, da können Sie mich doch gar nicht mehr hören! Bleiben Sie. Setzen Sie sich, ich beschwöre Sie, das Beste wird erst noch kommen.

Denn wissen Sie: auch Großmaul Liszt kam an seine Grenzen. So viele Stimmen, so viele Instrumente – alle dargestellt von einem einzigen Klavier? Purer Größenwahn. Das konnte nicht gut gehen, das war doch klar. Und Liszt musste es sogar zugeben: er hörte auf mit seiner Transkription, er stoppte sein Projekt nach dem dritten Satz. Nee, sagte Liszt, nee, geht doch nicht. Aber natürlich ließ ihm das keine Ruhe – dieser Gesichtsverlust! – und wochenlang wälzte er sich nachts in seinen Daunenkissen hin und her und suchte nach einer Lösung. Er hatte doch alles so fein geplant: so hübsch hatte er den Orchestersatz vom Chorsatz abgetrennt, eins links, eins rechts, und plötzlich kam da das blöde Finale daher und Meister Beethoven machte ihm mit seiner Vielstimmigkeit einen Strich durch die selbstgefällige Rechnung. Aber Liszt wäre nicht unser Liszt, wenn er nicht zumindest so getan hätte, als ob er wüsste, wie man das Problem behebt. Eines Morgens also hüpfte Liszt aus dem Bett und rief: jetzt hab ichs! Und er ging hin und notierte zu seiner Partitur einfach zwei neue Systeme hinzu: den Orchestersatz für die beiden Hände und dann noch ein paar extra Zeilen für die Vokalsolisten und den Chor. Danach beäugte er das Ganze ein bisschen schief, er blies die Backen auf und dachte sich: zweihändig kann man das jetzt nicht mehr spielen, aber mir doch wurscht, sollen sich ruhig die Interpreten damit herumschlagen, Hauptsache, mein Ruf ist gerettet. Und dann gab er der Magd ein paar Gulden und ließ sie verbreiten, dass er selber das übrigens komplett alleine spielen könne, und, hah, das solle ihm mal einer nachmachen.

Unspielbar ist das! Wir alle kämpfen uns daran ab. Die meisten lernen ja erstmal den Orchestersatz und versuchen dann, so viele von den zusätzlichen Noten mit einzufügen, wie es nur geht. Manche machen das gar nicht so schlecht. Der Scherbakov, ich muss es zugeben, ist da schon ziemlich weit gekommen. Aber ich bin natürlich besser, ich übe das seit Jahren, mir fehlen nur noch wenige Noten und Sie werden gleich –

Moment. Wo sind denn jetzt alle? Das kann doch nicht sein. Alles leer hier, der ganze Saal. Das Parkett, die Ränge, die Königsloge – keiner mehr da! Nur in der dritten Reihe sitzt noch einer. Sind Sie das? Habe ich mit Ihnen gesprochen? Warum sehen Sie mich denn so komisch an? Hören Sie doch: mein molto vivace, wie das fliegt! Wie leicht mir das Spiel von der Hand geht, wie elegant ich – aber jetzt, warum denn das, stehen auch Sie auf von Ihrem blöden Samtklappsitz. Und Sie lachen und lachen und wischen sich, als Sie an mir vorübergehen, die Lachtränen aus den Augenwinkeln.

So also ist das. Jetzt begreife ich es: Sie sind genau so ein Banause wie all die anderen. Sie haben nur so getan, als verstünden Sie etwas von Musik. Dabei ist Ihr Gehör genauso kaputt wie die Ohren der anderen. Von all dem Rockkonzertlärm, dem Computergefiepe, dem Klingeltongeleier. Gut. Dann gehen Sie. Gehen Sie. Ich brauche Sie nicht.

Und plötzlich sind da diese Männer, irgendwelche klein-wüchsigen Brasilianer, die rupfen mir mitten im Pianissimo an den Hosenbeinen herum. Wegzerren wollen die mich, sie versuchen uns zu trennen, das Klavier und mich, aber ich spiele, ich spiele und spiele und das Klavier hält mich, es lässt mich nicht los, egal, wie sehr sie an mir reißen. Und als sie das schließlich begreifen und aufgeben und mich loslassen und verschwinden, verliere ich fast meine Konzentration, das da capo wiederhole ich einmal zu oft, aber dann gleiten meine Hände wie von allein über die Tasten, sie werden schneller und schneller, sie jagen durch das Adagio hindurch, so schnell, viel zu schnell, sie springen hinüber in das Presto, in das Allegro des vierten Satzes und ich merke auf einmal, dass etwas nicht stimmt, das bin nicht mehr ich, der hier spielt, etwas zieht mich, jemand steuert mich und ich versuche, die Finger von den Tasten zu lösen, aber es gelingt mir nicht, ich habe auf meine Hände keinen Einfluss mehr, sie jagen durch das Vivace, durch das Adagio cantabile. Und längst sind wir mittendrin in den vielstimmigen Sequenzen, die kein Mensch alleine spielen kann, es müssten Bruchstücke der Melodie fehlen, aber ich höre die Töne doch, ich höre sie, sie sind da, sie klingen mit und schwingen durch den luftigen Saal der Prince-Ahed-Hall hinaus in den Urwald und auf einmal weiß ich, ohne dass ich es sehen kann: dort drüben, auf der anderen, auf der gedoppel-ten Tastatur bewegen sich die fehlenden Tasten von selbst auf und ab, schwarz, weiß, weiß, schwarz, ein Tanz ist das, auf und nieder springen die Tasten, das Klavier bleckt sein Gebiss, es grinst in den Raum hinein.

Und mein Blick fliegt in die Höhe, ich will rufen, will mich erheben, aber ich komme von meiner Sitzbank nicht los, und da sehe ich plötzlich den alten da Silva in der Königsloge stehen.

Sein Schatten fällt über die Brüstung, er blickt von da oben auf mich herab, sein zerknittertes Gesicht ist so müde und etwas ist in seinen Augen, irgendeine Erkenntnis, ein Bedauern, eine Ergebenheit in das, was gleich passieren wird. Und da weiß auch ich, was jetzt kommt, ich spüre es im Klavier, ich spüre das Gelächter in seinem Inneren, es kichert in sich hinein, während es mich spielen lässt, schneller und schneller, Wollust ward dem Wurm gegeben, und der Cherub steht vor Gott, und ich muss an den Baron denken, an den armen de Sanharó, wer weiß, wie es ihn erledigt hat. Und ich versuche noch einmal, mich loszureißen, ich biege und winde mich auf dem Sitz herum, aber meine Füße kleben am Pedal, sie sind mit dem Klavier verwachsen, ich bin schon Teil von ihm, meine Finger hüpfen nicht mehr über die Tasten, sie lösen sich nicht, sind Verlängerungen der Spielmechanik geworden, wir betreten feuertrunken, Himmlische, dein Heiligthum!, und auf einmal öffnet sich der Deckel des Klaviers und ich sehe die Schlingpflanzen auf mich zu kriechen, ich höre die Geräusche des dunkler und dunkler werdenden Urwalds, das Kreischen der Vögel, das Keckern der Geckos, das Zischeln der Schlangen und da steigt eine Wolke von schwarz schillernden Fliegen aus dem Bauch des Klaviers auf, sie sind riesig, so riesig, sie stoßen die Klänge aus ihren bezahnten Fängen, ihr Summen und Sirren übertönt fast das Maestoso, und oben in der Königsloge sehe ich, wie da Silva den Kopf senkt, und ich fange an zu schreien, ich schreie und schreie, aber niemand hört mich, niemand kommt, es ist, als wäre ich gar nicht hier –

Und, wissen Sie: vielleicht war ich das ja nie.

Gerufene Geister
oder: Der Carpenter-Effekt

Das Wasser war überall. Der Regen hörte nicht auf, er veränderte nur manchmal, für einige Stunden, seine Form. Dann fielen die Tropfen in weniger dichten Abständen, das Getrommel auf den Bungalowdächern wurde leiser und der von den Firsten herabperlende Schleier dünnte langsam aus. Auf der Pferdekoppel standen die Ponys bis zu den Fesselgelenken im aufgeschwemmten Rasen, sie drängten sich dicht aneinander, rieben sich mit nickenden Köpfen die Schlammspritzer aus dem tropfenden Fell. Niemand ging mehr in den Wald. Er war zum Sumpf geworden: Beerensträucher, Pilze und Steine versanken im Morast, an den nass schimmernden Baumstämmen wucherte das Moos. Unten, am Abhang zur Koppel, war der Bergbach angeschwollen und hatte den Hauptweg unterspült. Auch der Fischweiher war über die Ufer getreten, das Wasser sickerte in die Wiesen hinein und sog sich bis in den körnigen Sand des kleinen, in einen Abhang hineingedrängten Grillplatzes. Der Wind hielt alles in Bewegung. Die regenschweren Zweige der Trauerweiden schleiften über dem Weiher, sie zeichneten dort wirre Spiralen und Kreise. Der Bach floss noch schneller als sonst, er stürzte über die Felssteine abwärts, riss Blätter und Halme mit sich und die Wasservögel waren alle verschwunden. Im Geäst von herumtänzelndem Treibholz hat-

41

te sich der aufgedunsene Kadaver eines ertrunkenen Marders verfangen. Mit jeder Wellenbewegung schwappte er hin und her und verursachte im Widerstand gegen die Strömung ein Glucksen.

Auch in den Innenräumen war es feucht. Die Fensterscheiben der Bungalows waren seit Tagen beschlagen. Nasse Wollpullover hingen von den Hochbetten herunter, vollgesogene Handtücher lagen verkrüppelt in den Ecken und in den Papierkörben moderten braune Bananenschalen zwischen faulenden Obstgehäusen. Die Seiten von aufgeschlagenen Kinderbüchern wellten sich in der durchtränkten Luft, die Stofftiere auf den Kissen bekamen in ihren benetzten Knopfaugen einen verwässerten Blick. Selbst die Bettlaken waren klamm. Die Feuchtigkeit im Raum begann schon den Fußbodenbelag anzuheben, die Verklebung an den Rändern löste sich und die einzelnen Bahnen bogen sich nach oben. Im Speisesaal roch es nach nassen Strümpfen und Hagebuttentee. Durchweichte Schuhe, übereinander geworfene, quietschgelbe Friesennerze und nasse Strickmützen türmten sich im Eingangsbereich. Die abtropfenden Regenschirme der Betreuer hinterließen auf dem Linoleum riesige, auslaufende Pfützen.

Dass in diesem Klima etwas passieren musste, war, sagten einige später, zu erwarten gewesen. Es lag, sagen sie, geradezu in der Luft. Sie suchen nach Gründen, immer noch. Sie glauben, sie könnten vielleicht etwas finden, irgendetwas, aber da irren sie sich. So sehr sie auch suchen: es gibt keine Erklärung. Selbst wenn viele auch heute noch sagen: das Wetter war schuld.

Am Nachmittag, an dem es begann, war der Himmel genauso dunkel wie an den Tagen zuvor. Die Wolken stauten sich am gezackten Felsmassiv des Kaiser-Gipfels und drängten über die

Baumgrenze hinweg bis hinunter ins Tal. Sie senkten sich von oben auf den Karauschenhof ab und deckelten ihn ein.

Auf dem Hof war alles still. Seit ihrer Ankunft hatten die Kinder nichts von dem getan, womit die Krankenkasse in ihrem Prospekt geworben hatte. Die auf den verschlammten Wegen abrutschenden, einknickenden Ponys durften nur von hauseigenen Pflegern durch den Regen geführt werden. Im Fischteich zogen Rotaugen, Gründlinge und Silberkarauschen ungestört ihre Kreise, die Angeln lehnten unbenutzt an den feuchten, schon schimmelnden Wänden des Pferdeschuppens. In den Schuhregalen der Aufenthaltsräume standen die Wanderschuhe unbenutzt herum und auf der steinernen Tischtennisplatte des leeren Vorplatzes sammelte sich eine Spiegelfläche aus Wasser.

Für den späten Nachmittag hatten die Betreuer einen Spaziergang mit allen achtundvierzig Kurkindern angekündigt, aber jetzt, zur vorgeschriebenen Mittagsruhe, kam kaum ein Laut aus den einzelnen, in die Talsenke hinein verteilten Holzbungalows. In den Aufenthaltsräumen trockneten leise knisternd Figuren aus Pappmaché, im Speisesaal klapperte die Küchenhilfe beim Abräumen mit den Tellern und aus den Schlafsälen der Kleineren drang ruhiges Atmen und hin und wieder ein Husten, irgendwo übte jemand Klavier. Draußen, auf den Wegen, war niemand zu sehen.

Auch im Bungalow D blieb es zunächst ganz ruhig. Manchmal ein Schniefen, ein Umblättern oder Seufzen. Die sechs Mädchen lagen oder kauerten auf den drei Hochbetten, ihre Arme und Beine baumelten träge über das stählerne Gestänge. Die Blicke der Mädchen irrten über Buchseiten und unbeschriebenes Briefpapier oder verfolgten die lautlosen Slalommuster der über den Boden huschenden Silberfischchen. Keine von ihnen las wirklich oder schrieb. Später sprachen sie von einer Lähmung, die sie ergriffen habe. Aber so nannten sie es nicht. Sie sagten: wir waren so schlapp. Und: wir wollten, dass etwas passiert. So haben die, die das Wetter beschuldigen, vielleicht sogar recht.

Wer zuerst auf die Idee kam, kann heute keiner mehr sagen. Alle behaupten, dass es Melanie gewesen sein muss, aber Ulrike ist, wenn sie sich erinnert, fast sicher, dass Melanie beim ersten Versuch gar nicht dabei gewesen war. Vielleicht ist es Ellen gewesen, die später wegen dieser Sache in die Kirche eintrat. Oder Kerstin, die danach nie wieder im Dunkeln schlief. Dass es die kleine Sarah war, gilt als relativ unwahrscheinlich. Auch Berit traut es eigentlich keiner zu. Eine von ihnen aber muss gewusst haben, wie es ging. Eine muss damit begonnen haben. Und heute noch fragt sich jede Einzelne von ihnen, ob das möglich sein könnte: dass sie selbst es war.

Es gab einen Ruck, einen kleinen, heftigen Schub, als sich der Becher unter ihren aufgelegten Fingerspitzen plötzlich in Bewegung setzte. Der Becher war rot gewesen: ein knallroter, leicht zerkratzter Zahnputzbecher aus Plastik, mit dem Abdruck eines schaumverklebten Mundes am Becherrand. Bei den späteren Sitzungen säuberte jemand – Melanie wahrscheinlich – den Becher immer, bevor sie ihn umdrehten und auf die Tischplatte stellten. Sie war es auch gewesen, die irgendwann darauf bestand, dass sie die Zahlen und Buchstaben in Schönschrift auf zurechtgeschnittenen Kartonstücken aufmalten. Bei diesem ersten, nachmittäglichen Versuch aber hatten sie auf so etwas gar nicht geachtet. Sie hatten Papierblätter aus ihren Malbüchern klein gerissen, hatten das ABC auf die Schnipsel gekritzelt, das JA, das NEIN, hatten alles kreisförmig um den Becher angeordnet – die Zahlen aufsteigend, die Buchstaben von A–Z, JA und NEIN in der Mitte – und sich an den Tisch gesetzt. Kerzen hatten sie beim ersten Mal keine angezündet. Sie hatten sich nicht einmal besonders gut konzentriert. Jemand ahmte ein Gespensterheulen nach und die kleine Sarah stieß mit ihrem nervös zuckenden Fuß wieder und wieder gegen das Tischbein, so dass sie den umgeworfenen Becher mehrmals wieder aufrichten mussten. Erst in dem Moment, in dem sie ihre Zeigefingerkuppen auf den Becherboden legten und der Becher sich fast wie von selbst zu bewegen begann, waren sie alle auf einmal verstummt.

Sie starrten auf den Becher unter den Zeigefingern ihrer rechten Hände, sie verfolgten mit den Augen die Bewegung und hörten erstmals dieses schabende, aufquietschende Geräusch, mit dem der Plastikbecher über die Wachstuchdecke fuhr, um schließlich abwartend stehen zu bleiben. Den dumpfen Aufschlag des Regens auf dem Bungalowdach hatten sie vorher gar nicht mehr wahrgenommen. Jetzt war er laut, lauter sogar als die rasselnden Atemzüge Ellens. Und dann war es soweit. Eine von ihnen, wer war es gewesen, räusperte sich und holte Luft. Sie räusperte sich noch einmal, bevor sie schluckte und schließlich flüsterte: »Geist – bist du da?«

Keines der Mädchen bewegte sich. Sie saßen ganz still. Und atmeten erst wieder aus, als unter ihren zitternden Fingern der Becher kurz anruckte und dann langsam, ganz langsam auf den Zettel zufuhr, auf dem stand: JA.

Tatsächlich gilt als belegt, dass die kleine Sarah ganz am Anfang etwas erzählt haben muss. Anscheinend hatte die Betreuerin der Mädchen, die dreißigjährige Daniela Mann, sich darüber gewundert, dass Sarah ihren Eltern nicht mehr täglich schrieb.

Sie hatte das allerdings für ein gutes Zeichen gehalten: das Heimweh des ständig weinenden, viel zu mageren Mädchens, so dachte sie, sei endlich abgeklungen. Auch war ihr aufgefallen, dass die Bewohnerinnen von Bungalow D mehr miteinander sprachen. Sie wirkten vertrauter, flüsterten sich gegenseitig Dinge ins Ohr und brachen manchmal völlig unvermittelt – ein Blick schien zu genügen – in Gelächter aus. Normalerweise finde, sagte Daniela Mann, in diesen Kinderkur-Gruppen gerade bei den Älteren eine schnellere Durchmischung statt. Aber hier seien die Mädchen aus der Gruppe der Zweitältesten besonders lange vereinzelt geblieben. Es sei, sagte Daniela Mann, von Anfang an eine ungewöhnliche Zusammenstellung gewesen: Ulrike, die mit ihrem wolkigen, hellen Haar und lautlosen Gang immer ein wenig über dem Boden zu schweben schien, auch wenn sie gerade von einem ihrer Hustenanfälle geschüttelt wurde. Die kleine Sarah mit dem viel zu schwachen Immunsystem. Ellen mit dem geräuschvollen Atem, die mit ihren plumpen Gliedmaßen und dem dicken, geflochtenen Zopf fast aus dem Mittelalter zu kommen schien. Die von ihrer Neurodermitis ganz zerschorfte, ständig misstrauisch umherspähende Berit. Kerstin mit dem sehnigen Körper und dem scharf geschnittenen Profil, das von den immer wieder auftretenden Nebenhöhlenentzündungen so merkwürdig verformt wurde. Und dann Melanie, natürlich: Melanie mit ihren irritierenden Augen, mit einer grünen und einer blauen Iris, Melanie … Hier kam Daniela Mann, wann immer sie später davon sprach, ins Stocken. Dann schüttelte sie den Kopf und sah zu Boden. Meist war ihr dann nur noch ein Satz zu entlocken: sie hatte die neue Verschworenheit von Bungalow D für einen positiven Schritt gehalten.

Beim Verhör durch den Untersuchungsausschuss konnte

Daniela Mann gar nicht aufhören zu weinen. Mit blassem Gesicht und hochgezogenen Schultern saß sie auf der Stuhlkante und konnte vor Schluchzen kaum sprechen. Vom Ouija-Board hatte sie, versicherte sie immer wieder, noch nie gehört, auch der Begriff des Hexenbretts war ihr völlig fremd. Das Wort *Gläserrücken* sei, sagte Daniela Mann, nie gefallen. So wie Sarah es erzählt hatte, hatte es sich nach einem harmlosen, selbst erfundenen Zeitvertreib angehört, dessen Regeln Daniela Mann nicht ganz verstand. Sie hatte nichts Schlimmes daran entdecken können, dass ihre Mädchen heimlich einen umgestürzten Zahnputzbecher auf der Tischplatte herumschoben. Sie habe gedacht, es sei doch nur ein Spiel.

Die Tage auf dem Karauschenhof waren in diesem Sommermonat so viel dunkler als sonst. Auch nachts klarte der Himmel nicht auf. Sterne und Mond blieben hinter der schwarzen Decke aus ineinander verballten, sich stetig verschiebenden Regenwolken verborgen und der Wald warf keinen Schatten. In der Dunkelheit schienen die Regentropfen noch langsamer über die Dächer zu rollen, sie bildeten ein Echolot aus zähflüssigem Teer. Das Donnergrollen der Gewitterfronten brach sich in den Schluchten und Felsspalten der zerklüfteten Berge und nur manchmal tauchten Blitze die Gipfel in ein plötzliches, umherzuckendes Licht. Dann sah der Himmel einen Moment lang aus wie zerbrochen.

Bungalow D lag in einer Senke hinter dem Speisesaal. Vom unbeleuchteten Weg aus war das Gebäude kaum zu erkennen. Nur mit dem Aufflackern der vergabelten Blitze wurde für einen kurzen Moment der überbelichtete Umriss des Bungalows sichtbar. Danach versank alles sofort wieder in noch tiefere, bodenlos anmutende Finsternis. Und mit jedem Windstoß griffen die hin und her peitschenden Zweige der umstehenden Obstbäume ungesehen nach dem geduckten Holzhaus.

Die Betreuer konnten, das sagten sie hinterher einstimmig, bei ihren Kontrollgängen nie etwas Ungewöhnliches feststellen. Immer kurz vor Mitternacht streiften sie sich die Gummistiefel und Regenmäntel über Schlafsocken und Pyjamahosen und stemmten sich gegen den Wind. In Bungalow D war es, wenn sie um diese Zeit die Tür öffneten oder an den Fenstern lauschten, stets ganz ruhig.

Wären sie etwas später gekommen, hätten sie es hören können, in jeder einzelnen dieser Nächte: das Zischeln und Wispern von hastig geflüsterten Fragen. Das kurze Schweigen danach. Und dann: das leise Quietschen der Reibung eines gestürzten Hohlkörpers auf Wachstuch und Holz.

Als das Wetter sich endlich zu bessern begann, konnte es zunächst kaum jemand glauben. Die nassen, unter den ersten Sonnenstrahlen aufglitzernden Wiesen lagen reglos, wie in ungläubigem Schock. Dann wandten die ersten Wiesenblumen zögernd ihre Köpfe nach dem warmen Licht und öffneten ihre Kelche. Das jetzt auffahrende Summen und Sirren der heranschwirrenden Insekten brach den Moment aus Stille. Die Ponys wieherten, schnaubten, stampften auf den Koppeln und durch die aufschwingenden Türen des Speisesaals und der Schlafräume rannten und purzelten die Kurkinder in das Gras hinaus. Sie sausten um den Weiher herum, kletterten durch die Zäune, sprangen über die langsam versickernden Pfützen. Ihr Lachen und Schreien schmetterte bis in den Wald hinein. Im Unterholz begann ein Rumoren von Füchsen und Wild. Vögel stießen unter gellenden Rufen in den aufstrahlenden Himmel hinauf, im Gestrüpp am Wegrand begann ein Rascheln und Kratzen.

Käfer und Ameisen inspizierten ihre zerschwemmten Bauten und seltene Bergadler verließen ihren Horst und kreisten im Sinkflug über den sich langsam aufheizenden Felsabhängen des Kaiser-Gebirges.

Auf einem Anschlag am schwarzen Brett des Speisesaals verkündeten die Betreuer das Programm der nächsten Tage. Nachtwanderungen und Reitstunden, Tischtennisturniere und Grillabende, Fußballspiele, Almbesuche und Gipfelbesteigungen standen auf dem in schwungvoller Schrift verfassten Plan. Alle atmeten auf.

Dass aber die sechs Mädchen aus Bungalow D trotz der nun beginnenden Unternehmungen an der frischen Luft immer blasser wurden, fiel selbst dem Hausmeister auf. Sie schienen gegen den Hintergrund der aufblühenden Landschaft auszubleichen, fast wurden sie durchscheinend. Sie alle hatten sich Ulrikes schwebenden Gang angewöhnt, selbst Ellen bewegte ihren unförmigen Körper lautlos durch das höher werdende Gras. Zwischen den lärmenden, johlenden Jüngeren, die sich beim Ballspielen im Kies die Knie aufschlugen, beim Ausreiten von Pferden fielen oder sich in dornigen Büschen die verfangenen Kleider einrissen, huschten die Mädchen immer geräuschloser umher. Manchmal verschmolzen sie so sehr mit dem Hintergrund, dass man anfing sie zu suchen, obwohl sie direkt vor einem standen und einen ansahen mit diesem fremder und fremder werdenden Blick.

Wann sie begannen, die Toten zu rufen, weiß niemand so genau. Die meisten gehen davon aus, dass sie schon bei den ersten Sitzungen auf die Idee gekommen sein müssen. Andere vermuten, dass erst die steigenden Temperaturen sie dazu brachten. Die plötzliche Schwüle nach den nasskalten Tagen, das sprunghafte Ansteigen des Quecksilbers in den Außenthermometern, glauben sie, habe die Mädchen erhitzt und verwirrt.

Aus den Mädchen selbst war später nichts herauszubekommen. Ellen und Berit schwiegen und blickten, wenn man sie darauf ansprach, auf ihre Hände oder drehten mit zusammengekniffenen Lippen das Gesicht zur Seite. Ulrike, Kerstin und Sarah sahen einem direkt in die Augen. Aber sie sagten – und sagten es immer wieder –, sie könnten sich nicht erinnern. Und Melanie, Melanie konnte man zu diesem Zeitpunkt schon nicht mehr befragen.

Daniela Mann ist die Einzige, die glaubt, die genaue Nacht zu kennen, in der sie damit anfingen. Noch heute macht sie sich Vorwürfe, weil sie nicht eingegriffen hat. Tatsächlich hat ihre Fehleinschätzung der Lage sie so sehr belastet, dass sie erst Jahre später einer Freundin davon erzählte. Damals aber redete sie sich ein, die Begebenheit habe nichts zu bedeuten.

Mitten in der Nacht hatte es an Daniela Manns Tür geklopft. Die Betreuerin war aus ihrem Schlaf hochgeschreckt und hatte automatisch nach der Tasche mit den Medikamenten gegriffen. Sie erwartete, eines der jüngeren Kinder vor ihrem Bungalow vorzufinden, mit Halsweh, Magenschmerzen oder schlechten Träumen. Stattdessen zuckte sie zurück, als sie die Tür öffnete. Es dauerte einen Augenblick, bis sie begriff, dass sie Berit vor sich sah. Das kurze Haar des Mädchens stand wirr von ihrem Kopf ab, das Nachthemd flatterte um ihren eigenartig angespannten Körper und ihre von Flechten überzogenen Arme waren noch blutiger gekratzt als sonst. Das wirklich Merkwürdige an Berit aber war ihr Blick. Daniela Mann hatte sich so daran gewöhnt, von Berit mit dem ihr eigenen Misstrauen beäugt zu werden, dass sie im ersten Moment gar nicht verstand, was sie da sah. Die rot geweinten Augen des Mädchens waren weit aufgerissen, die Wimpern von Tränen verklebt. Bei jedem anderen Menschen hätte Daniela Mann es sofort erkannt: dieses Flehen. Hier aber begriff sie erst später, viel später. Ob sie heute Nacht bei ihr schlafen dürfe, flüsterte Berit. Daniela Mann hatte das Mädchen hereingebeten und ihr ein Glas Wasser zu trinken gegeben. So wie sie es verstanden hatte, wollte Berit nicht zurück in ihr Bett. Sie wollte bei der Betreuerin bleiben, fragte nach leeren Betten in den Schlafsälen der Kleinen für die kommenden Nächte. Aber das hatte Daniela Mann nicht zugelassen. Für Angst vor Alpträumen sei sie, erklärte sie dem Mädchen, nun doch schon zu alt. Außerdem seien ja noch ihre Mitbewohnerinnen da. Nach ein paar aufmunternden Sätzen schickte sie Berit zurück in Bungalow D.

Jahre später meldete sich ein anderer Beteiligter jenes Sommers, eines der damals jüngsten Kinder. Der inzwischen Rechtsmedizin studierende Roland Körte wollte etwas loswerden, das ihm bei einem seiner Seminare wieder eingefallen war. Er befürchtete, durch sein Schweigen die damaligen Ermittlungen behindert zu haben und konnte das mit seinem Berufswunsch nicht vereinen. Damals hatte er so viel Respekt vor den sechs Mädchen gehabt, dass er sich niemandem anvertraut hatte. Etwas an ihnen war ihm nicht ganz geheuer gewesen. Schon in den ersten Wochen der Kur hatten sie angefangen, ihn zu ängstigen. Mit dem Abstand der Jahre konnte er sogar benennen, was es war. Sie begannen, sagte er, sich anzugleichen. In ihren Bewegungen, dem Sprechen, der Art, wie sie beim Reden die Hände durch die Luft tänzeln ließen oder bei bestimmten Silben die rechte Seite der Oberlippe verzogen. Überhaupt: der Tonfall. Die Satzmelodie. Sie klangen, wenn sie sprachen, alle gleich. Auch bekamen sie alle diese blauschwarzen Ringe unter den Augen. Fast glaubte er zu sehen, dass sich auch die

Farbe ihrer rechten Iris zu verändern begann. Und alle hatten sie plötzlich dieses fettige, nach vorne fallende Haar. Sie rochen sogar gleich – ein irgendwie dunkler Geruch, nach Keller, Moschus, säuerlicher Milch. Roland Körte war sich damals sicher: sie wurden zu einer Person. Und er wusste auch, zu wem: sie wurden zu Melanie. Er erkannte sie in den anderen Mädchen wieder. Das hatte ihn erschreckt.

An jenem Nachmittag war Roland Körte im Aufenthaltsraum von Melanie zur Seite gezogen worden. Sie hatte ihm seine Papierschere abgenommen, sich eine Ecke aus der vor ihm liegenden Buntpapierbahn herausgeschnitten und darauf etwas notiert. Dass er den gefalteten Zettel zu Berit zu tragen hätte, hatte sie ihm zugeflüstert. Als niemand hinsah, war er aus dem Aufenthaltsraum geschlichen und zum Speisesaal gerannt, in dessen angrenzender Küche sich Berit freiwillig zum Küchenhilfsdienst gemeldet hatte. Aber als ihn unterwegs der Hausmeister anhielt und ihn fragte, was er suche, war er umgekehrt. Er hatte Melanie zugenickt und sich später nicht getraut, Berit den Zettel noch zuzustecken. Stattdessen hatte er ihn abends im Bett heimlich geöffnet. Auf der Rückseite des roten Papiers stand in Melanies verschlungener, nach links kippender Schrift: Sonst frage ich IHN, wann du stirbst.

Die steigende Hitze sog die Feuchtigkeit aus den Holzwänden der Bungalows. An den Wänden des Stalls trocknete der Schimmel und hinterließ Spuren von Salpeter. Nachts knackten die sich zusammenziehenden Bretter im Dunkeln. In der Dämmerung stiegen Mückenwolken und Nachtfalter von dem mit dunkelgrünem Schaum und Blasen überzogenen Fischweiher auf und schwärmten zu der Glut am Grillplatz, den aufleuchtenden Lichtspalten achtlos angelehnter Türen und gekippter Fenster.

Der schwüler werdenden Wärme schrieb man es zu, dass die Mädchen immer länger schliefen. Morgens waren sie kaum aus dem Bett zu bekommen, immer heftiger rüttelte Daniela Mann an den wie tot daliegenden Körpern.

Der für die Gruppe der Kleineren verantwortliche Betreuer Herbert Weiss erinnerte sich später an den Moment, in dem ihn beim Anblick der Mädchen zum ersten Mal ein zunächst noch unterschwelliges Unbehagen befiel. Bei einer gemeinsamen Bergwanderung kamen sie zu einer weißgekalkten Kapelle am Gipfelausläufer der Hochspitze. Während sich die Jüngeren aufreihten, um das Innere des kühlen, mit einem kleinen Glockenturm ausgestatteten Gotteshauses zu besichtigen, verweigerten die Mädchen aus Bungalow D den Eintritt. Weder Weiss noch Daniela Mann sahen einen Grund, weshalb sie die Mädchen zur Besichtigung zwingen sollten, also wies man sie an, auf dem schattigen Felsvorsprung seitlich der Kapelle zu warten.

Als Weiss sich im Inneren der Kapelle umdrehte, streifte sein Blick die geöffnete Tür. Seine geweiteten Pupillen hatten sich bereits an das dämmrige Licht gewöhnt, das nur durch ein kleines, bunt verglastes Fenstermosaik hinter dem Strahlenkranz des Madonnenaltars drang. Weiss wich zurück vor dem aufgleißenden Bild der sechs Mädchen, die vor der Kapelle stehen geblieben waren. Bewegungslos standen sie in der strahlenden Sonne und starrten durch die Türöffnung auf den Altar. Ihre hoch aufgerichteten Körper schwankten nur wenig im Sommerwind, der an ihren Haaren riss. Der Kreidefelsboden unter ihnen reflektierte die Sonne, so dass sie in weißem Licht zu schweben schienen. Es war etwas Unwirkliches an ihnen, sie wirkten, sagte Weiss später, unendlich weit entfernt. Und dann, als er den Eindruck gerade abschütteln und auf sie zutreten wollte, um sie noch einmal hereinzubitten, beobachtete er es. Wie sie mit einer gleichzeitigen Bewegung vor den Sprengseln des Weihwassers zurückscheuten, mit dem sich die soeben im Mittelgang niederkniende Daniela Mann bekreuzigte.

Das Reiben und Rascheln von zurückgeschlagenen Bettdecken mitten in der Nacht. Das Knistern von sich aufrichtenden Federn in plötzlich unbeschwerten Kopfkissenbezügen. Das Tappen nackter Fußsohlen auf den Stahlleitern von Hochbetten und auf Linoleum. Flache Atemzüge, ein unterdrücktes Räuspern. Das Klicken zuschnappender Haarspangen. Ein Klackern, als die Sohlen von übergestreiften Sandalen hart auf dem glatten Boden aufsetzen. Ein kaum wahrnehmbares Schlurfen, als sich sechs Mädchen stumm hintereinander aufreihen. Das Schleifen eines über eine Fläche gezogenen, dann in die Hand genommenen Gegenstands. Das Quietschen einer sich langsam öffnenden Tür. Dann Stille. Nur der Wind in den Bäumen, als sich die Prozession in Bewegung setzt. Lautlos ziehen sich ihre Schatten über die mondbeschienenen Wege hinweg, am schwarz schimmernden Fischweiher und dem von Kohle- und Ascheringen gesäumten, verlassenen Grillplatz vorbei bis tief hinein in den alles verschluckenden Wald.

Ein Schrei schraubte sich in die Nachtluft. Er wurde als aufkreischendes Echo von den hoch ins Dunkel aufragenden Felswänden zurückgeworfen. Im Zwinger hinter der Küche schlug der Hund an, er jaulte und kläffte, die Ponys begannen zu wiehern und zu schnauben, sie bäumten sich auf und warfen krachend ihre frisch beschlagenen Hufe gegen die hin und her springenden Türen des Stalls. Unten im Tal begann ein Hahn zu krähen und aus den Schlafsälen drang erschrockenes Weinen. Lichter flammten auf, erst hier, dann dort, sie entzündeten sich aneinander, bis der ganze Hof hell erleuchtet war. Türen wurden aufgestoßen, in Schlafanzügen und offenen Bademänteln liefen die Betreuer aus den Bungalows heraus, sie kreisten und stolperten zwischen den Flachbauten herum, sie riefen einander mit immer höher werdenden Stimmen.

Daniela Mann war die Erste, die die Mädchen kommen sah. Gerade hatte sie Herbert Weiss, zwei weitere Betreuer und den Hausmeister an der steinernen Tischtennisplatte vor dem Speisesaal entdeckt, hatte ihnen zugerufen, woher der Schrei gekommen sei, woher, woher, als sie sich mit einem plötzlichen Ruck umdrehte, ihre Augen mit den Händen beschirmte und auf den Waldrand starrte. Zunächst schien dort nichts zu sehen zu sein, die Lichter auf dem Hof ließen den Saum aus spitz aufragenden Bäumen noch undurchdringlicher, noch schwärzer erscheinen. Dann aber lösten sich ein paar hin- und hertanzende, weiße Flecken aus der dunklen Fläche heraus. Im Näherkommen waren die Gestalten der Mädchen zu erkennen, die in ihren hellen Nachthemden über die Wiese jagten. Im Rennen rissen sie immer wieder ihre Oberkörper herum und starrten auf den hinter ihnen zurückweichenden Wald, sie verhedderten sich in Wurzeln und Grasschlingen, sie fielen, rappelten sich wieder, rannten weiter. Als sie schließlich vor ihrer auf sie zueilenden Betreuerin auf den Boden sanken, konnte man sehen, dass sie weinten und schluchzten, aber es war kaum etwas zu hören. Ihre nackten, zitternden Beine waren zerkratzt, die dünnen Nachthemden zerrissen und von Erde, Moos und kleinen Blutspritzern befleckt. In den wirren, geöffneten Haaren hatten sich Tannennadeln und Dornzweige und aufgesprungene Haarspangen verfangen. Zwei oder drei der Mädchen rochen nach frischem Urin. In ihren weit aufgerissenen Augen saß ein Ausdruck, den Daniela Mann noch nie in ihrem Leben gesehen hatte und den sie auch später nie treffend beschreiben konnte. Es war, so sagte sie dann immer wieder, etwas, das größer war, so viel größer als alles, was sie kannte. Es war größer und blanker und nackter als Angst.

Und erst, als Daniela Mann den letzten, ausbleibenden Schritt zu ihnen stürzte, als sie sich – während hinter ihr die aus allen Richtungen herbeieilenden Betreuer riefen und schrien und brüllten – über sie warf und sie an ihren Oberkörper presste, fiel es ihr auf. Sie waren zu fünft.

Es dauerte mindestens eine Viertelstunde, bis das Suchkommando zusammengestellt war. In dem nun entstehenden Tumult gab es niemanden, der den Überblick behielt. Aus allen Bungalows torkelten barfüßige, schlaftrunkene Kinder heraus und irrlichterten über den Hof. Viele von ihnen weinten, andere fingen sofort an, in den weniger gut beleuchteten Ecken des Hofs Fangen und Verstecken zu spielen. Einem der Ponys war es gelungen, die Stalltür aufzustoßen, es galoppierte durch die Dunkelheit bergauf, während seine Stallgenossen – unbemerkt von den diskutierenden, durcheinanderredenden Erwachsenen – schnuppernd die Nüstern in den immer stärker wehenden Nachtwind hielten. Erst langsam kam Ordnung in den Aufruhr. Die ältesten Mädchen, aus Bungalow F, wurden zu den Kleineren geschickt, um sie zurück in die Schlafsäle zu bringen und ihnen Gute-Nacht-Geschichten vorzulesen. Die Küchenhilfe trug Kannen mit warmem Kakao und Teller mit Haferkeksen an die Betten, und der Hausmeister durchsuchte mit den männlichen Betreuern seinen Werkzeugschuppen nach Taschenlampen und Fackeln.

Aus den Mädchen war zunächst nichts herauszubekommen.

Auf die Frage, ob ihnen jemand etwas getan habe, ob man die Polizei rufen solle, einen Arzt, ihre Eltern, schüttelten sie stumm die Köpfe. Auf die immer hektischer werdenden Nachfragen der Betreuer – was hatten sie getan, wo waren sie gewesen, wo, wo – drängten sie sich aneinander. Sie klammerten sich zu einem schwitzenden Gewirr aus Armen und Beinen und Haaren zusammen und ließen sich auch nicht los, als Daniela Mann und eine andere Betreuerin sie hochzogen und mit kleinen, vorsichtigen Schritten zurück zum Hof führten. Kurz vor Bungalow D blieben sie plötzlich stehen und bewegten sich nicht mehr vorwärts, bis Daniela Mann schließlich mit leiser Stimme einen der ältesten Jungen bat, die Matratzen aus Bungalow D in ihr eigenes Zimmer zu tragen.

Vom Gipfel aus hätte man sehen können, wie weit, weit unten die Männer mit den Fackeln und Taschenlampen aus dem Werkzeugschuppen des Karauschenhofs traten. Als dunkle Punkte reihten sie sich nebeneinander auf. Sie bildeten eine von flackernden Flammen durchbrochene Phalanx. Zielstrebig rückten sie vor und schoben die über das Gras huschenden Lichtkegel ihrer Taschenlampen wie Scheinwerfer vor sich her. Ihre Schritte müssen weit ausholend gewesen sein, sie kamen schnell voran. Erst am Waldrand gab es ein Zögern. Niemand hatte den Mädchen ein Wort entlocken können, es gab keine Hinweise über die Richtung, in der man beginnen sollte, zu suchen. Aber die Männer hatten beschlossen, nicht zu warten. Und so trennten sie sich und schwärmten einzeln hinein in den Wald.

Der Hausmeister fand Melanie auf einer kleinen, verborgen gelegenen Lichtung. Er trat aus verästelten Sträuchern heraus auf einen leicht abschüssigen Hang. Das Mondlicht schien dort so hell, dass es das Licht seiner Taschenlampe überlagerte. Er schaltete sie aus und sah sich um. Zuerst bemerkte er Melanie gar nicht. Sie war, sagte er später, fast so hell wie das Licht.

Sie lag in einer windgeschützten Kuhle, aufgebahrt auf einem breiten, weißen Felsblock. Der kalte Schein des Vollmonds fiel auf ihr ohnehin schon so bleiches Gesicht und floss über ihr im Mondlicht silbern glänzendes, fettiges Haar. Ihre Augen waren geschlossen. Die blauschwarzen Ringe unter ihren Augen wirkten durch die Helligkeit wie wegretuschiert, ihre Haut hatte fast die Farbe des Felsens unter ihr. Der Hausmeister erinnert sich, dass er stehen blieb und erschrocken einatmete. Sein Blick flog über ihren hellen Körper, er suchte sie ab nach verrenkten Gliedmaßen, nach Verletzungen, nach Flecken von Blut auf dem hellen Hemd. So still lag sie da, so bewegungslos. Dann aber sah er, dass ihre Arme in die Höhe gereckt waren, dem Nachthimmel entgegen. In ihren zu einer Schale geformten Händen barg sie etwas, das der Hausmeister zunächst für einen Kelch hielt. Vorsichtig trat er näher an sie heran. In genau diesem Moment ließ Melanie den Kopf seitwärts kippen und öffnete ihre Augen. Ihre unterschiedlich gefärbten Iriden glitzerten, als sie ihn ansah. Melanie musterte den Hausmeister und schien einen Augenblick lang zu überlegen. Dann setzte sie sich mit Schwung auf, drehte ihren Körper, bis ihre Beine seitwärts baumelten und rutschte von dem Felsen auf den Boden. Sie hob eine Hand, als würde sie dem Hausmeister bedeuten, zu schweigen. Mit der anderen Hand schob sie den Kelch, den der Hausmeister erst jetzt als einen einfachen, roten Zahnputzbecher erkannte, umgedreht auf den flachen Felsrücken. Sie strich sanft mit der Hand über die Bodenfläche und drehte sich dann dem Hausmeister zu. Sie lächelte ihm entgegen. Und erschrak auch nicht, als der Hausmeister jetzt mit einer fahrigen, viel zu hastigen Bewegung die Trillerpfeife an die Lippen hob, mit deren aufschrillendem Ruf er die anderen Männer dazu brachte, in ihren Suchbewegungen innezuhalten, herumzufahren und aus allen Richtungen durch Gehölz und auf verschlungenen Waldwegen zu ihnen zu laufen, sie alle auf das Schlimmste gefasst.

Die Krisensitzung bei der Leiterin des Karauschenhofs, einer älteren Dame namens Frau Dr. Meinrad, sollte etwa gegen fünf Uhr morgens stattfinden. Daniela Mann ließ die inzwischen schlafenden Mädchen mit einer der anderen Betreuerinnen in ihrem Zimmer allein und setzte sich im Speisesaal mit Melanie an einen der schon für das Frühstück gedeckten Tische. Die Aussage des Mädchens war fast fröhlich. Anscheinend hatten die Mädchen, so erzählte es Melanie, eine Nachtwanderung bei Vollmond geplant gehabt. Melanie selbst sei dabei ein wenig übermütig geworden – der nächtliche Wald, das Abenteuer – und sie habe Spaß daran gefunden, die anderen Mädchen zu erschrecken. Auf jener Lichtung sei sie unbemerkt zurückgeblieben, um ihren Zimmergenossinnen dann auf der anderen Seite des Waldrands als Geist zu erscheinen. Sie habe, sagte sie, mit den Armen gewedelt und ein paar hohe Töne gesungen, weiter nichts. Dass die Mädchen daraufhin in Panik ausgebrochen seien, habe sie nicht gewollt, sagte Melanie und schlug die Augen nieder. Auch dass sie sich bei der Flucht aus dem Wald an Dornen und Steinen verletzt hätten, tue ihr leid, ganz schrecklich leid. Sie selbst habe sich dann allein nicht durch den dunklen Wald zurück zum Karauschenhof getraut, deswegen sei sie auf der Lichtung geblieben und habe dort auf den Sonnenaufgang gewartet. Daniela Mann nickte, nahm

Melanies kalte Finger zwischen ihre Hände. Als sie Melanies abwehrenden Blick sah, ließ sie schnell wieder los und goss heißen Tee nach.

So kam es, dass Daniela Mann auf Frau Meinrads drängende Fragen hin den Vorgang als kleinen Streich Melanies beschrieb. Und dass in dieser Nacht nur zwei der Betreuer für ein Abbrechen der Freizeit, zumindest aber für ein Heimsenden Melanies stimmten. Die anderen – unter ihnen Daniela Mann und Herbert Weiss – hielten solche Maßnahmen für völlig überstürzt. Es seien jetzt alle übermüdet und der Schreck säße den aufgescheuchten Betreuern noch in den Knochen. Bei Tageslicht aber werde die ganze Sache, so argumentierten sie, weit weniger dramatisch erscheinen.

Am späten Vormittag griff Frau Dr. Meinrad zum Telefon. Die anderen Mädchen hatten stumm nickend die Version Melanies bestätigt und so berichtete Frau Meinrad dem zuständigen Ansprechpartner der Krankenkasse von einer heimlichen Nachtwanderung, bei der die Ängste der durch die Finsternis stolpernden Mädchen ein wenig außer Kontrolle geraten seien. Eine tatsächliche Belästigung durch reale Personen läge, nein, nicht vor, da sei man, ja, ganz sicher. Die Krankenkasse könne gerne die Eltern der entsprechenden Mädchen von dem Vorfall verständigen. Es gäbe aber keinen Grund zu weiterer Besorgnis. Das Schlimmste sei vorbei und man habe alles im Griff.

Die Gerüchte begannen noch am Tag danach. Beim Frühstück war Daniela Mann mit Melanie vor die gähnenden, übernächtigten Kinder getreten. Melanie hatte sich bei allen für den Aufruhr dieser Nacht entschuldigt. Sie stand mit gesenktem Kopf vor den aufgereihten Tischen, ihr offenes Haar fiel ihr ins Gesicht und sie murmelte, wie leid es ihr tue. Daniela Mann legte ihr die Hand auf die Schulter und erklärte, dass die Mädchen von Bungalow D in den nächsten Tagen keinen Nachtisch bekommen würden und nicht an dem für die kommende Woche angesetzten Bergfest teilnehmen dürften. Eine unbeaufsichtigte Nachtwanderung sei gefährlich und verantwortungslos. Aber da glücklicherweise alle mit dem Schrecken davongekommen seien, sei man bereit, die Sache möglichst schnell zu vergessen. Und jetzt: guten Appetit.

Niemand vergaß. Kerstin war die Erste, die ging. Noch am Nachmittag fuhr auf dem Karauschenhof eine Limousine vor. Die Kieselsteine spritzten unter den durchdrehenden Reifen, als der Wagen in die Auffahrt zum Hof bog. Oben am Speisesaal stand Kerstin neben ihrem gepackten Koffer. Die Dame, die dem Fond des Wagens entstieg, hatte das gleiche, hagere Profil wie ihre Tochter. Sie begrüßte Kerstin nicht. Stattdessen schlug sie ihr mit der Rückfläche ihrer Hand ins Gesicht. Kerstins Kopf flog seitwärts, auf ihrer Wange zeichnete sich der rote Abdruck des steinbesetzten Rings ihrer Mutter ab. Und trotzdem hätte man, als der Wagen am Bungalow D vorbeirollte, in Kerstins Blick einen Ausdruck von Erleichterung sehen können.

Dass die Mädchen versucht hätten, den Teufel anzubeten, flüsterten sich die Kinder noch am gleichen Abend zu. Das Gewisper zog sich von Bett zu Bett, es sprang über von Bungalow zu Bungalow. Niemand konnte sagen, wer damit begonnen hatte. Die Sätze waren auf einmal da, sie hingen in der immer schwüler und drückender werdenden Luft, sie verbreiteten sich mit den Wolken aus Stechmücken, die durch die geöffneten Fenster in die Schlafsäle schwirrten, sie wanderten mit den Ameisenstraßen, die um Schokoladenkrümel und Fruchtsaftflecken kreisten, von Raum zu Raum, sie saugten sich an den Körpern der Kinder fest mit den Zecken aus dem Unterholz und den Blutegeln aus dem Weiher.

Sie haben den Teufel gerufen, hieß es. Sie haben ihn gesehen. Sie nennen sich: die Schwestern Satans. Und habt ihr es gehört: Melanie, ja, Melanie hat, als die anderen schon weg waren, ihr eigenes Blut getrunken.

Die Nächste, die abreiste, war die kleine Sarah. Die Mädchen waren noch am Morgen nach der nächtlichen Wanderung in ihren Bungalow zurückgekehrt. Nur Sarah hatte darum gebeten, noch ein wenig bei Daniela Mann bleiben zu dürfen. Diesmal sagte die Betreuerin nicht nein. In ihrer zweiten Nacht bei Daniela Mann hatte Sarah dann begonnen, zu husten und zu schwitzen. Am Morgen glänzten ihre Augen vom Fieber und ihr Hals war ganz dick. Ihr magerer Körper zitterte unter den übergeworfenen Bettdecken und sie verbrannte sich fast die Haut, als sie den Schutzstoff der brühheißen Wärmflasche abzog, um mehr Wärme spüren zu können. Den Hustensaft, den ihr Daniela Mann geben wollte, konnte sie vor Schmerzen nicht schlucken. Sie schüttelte den Kopf und begann zu weinen und hörte damit nicht mehr auf. Herbert Weiss bot sich schließlich an, Sarah zu ihren Eltern zu fahren, die in einem nahe gelegenen Kurort selbst Urlaub machten und ihre kranke Tochter bei sich haben wollten – Sarahs Vater war der Führerschein gesperrt und ihre Mutter konnte nicht fahren. Daniela Mann packte eilig Sarahs Sachen zusammen und holte aus den Aufenthaltsräumen alle Bastelarbeiten, Schuhe, Dinge, die sie Sarah zuordnete. Dass Sarah sich von den Mädchen aus Bungalow D nicht verabschiedete, und, als sie in Herbert Weiss' Auto stieg, den Kopf abwandte und in ihrer Ellenbeuge verbarg, fiel niemandem weiter auf.

Im Speisesaal wurde es jetzt immer still, wenn die vier übrig gebliebenen Mädchen den Raum betraten. Sie kamen nie allein. Immer traten sie gemeinsam auf, immer waren sie dicht aneinandergedrängt, meist lief Melanie vorneweg. Sie rückten noch näher zusammen, berührten sich jetzt auch im Gehen, schoben ihre Hände ineinander, hakten sich am Arm der anderen unter oder berührten mit den Händen gegenseitig den Stoff ihrer Kleider. Beim Frühstück steckten sie die Köpfe zusammen und sprachen so leise, dass nur sie es hören konnten. Dass die anderen Kinder vor ihnen zurückwichen, dass sie in ihrer Nähe zu verstummen begannen oder – nur die Jungs trauten sich das – sie hinter ihrem Rücken nachahmten, schien ihnen gar nicht aufzufallen. So eng waren sie miteinander verbunden. Sie schlossen alles andere aus. Sie bezogen sich nur aufeinander. Und dennoch hatte sich etwas verschoben. Hätte jemand genau hingesehen, hätte er es vielleicht bemerkt. Ulrike, Berit und Ellen sahen Melanie nicht mehr in die Augen.

Das erste Kreuzzeichen hätte man fast übersehen können. Es wirkte wie zufällig auf die Türschwelle von Bungalow D geweht: zwei abgebrochene, durch verflochtenes Gras miteinander verbundene Zweige. Sie lagen eines Nachmittags nach der Mittagsruhe auf dem steinernen Absatz. Melanie war diejenige, die sie sah. Sie öffnete von innen die Tür und zögerte nur kurz, bevor sie das Kreuz im Heraustreten mit der Spitze ihrer Schuhe über die Kante kickte.

Das zweite Kreuz war schon auffälliger: eine Anordnung doppelreihig ausgelegter Steine auf dem Boden vor dem Bungalow. Es war mindestens einen halben Meter lang und sollte offensichtlich bemerkt werden. Jemand hatte in die Erde darum herum einen Bannkreis gezogen und ihn mit abgerissenen

Blütenköpfen gespickt. Danach konnte man beobachten, dass die Mädchen aus Bungalow D sich umzusehen begannen. Im Speisesaal musterten sie die Kinder und Jugendlichen an den anderen Tischen, aus den Augenwinkeln heraus prüften sie deren Gesten, deren Blicke. Auch begannen sie, noch leiser zu sprechen und andere Gespräche zu belauschen. Bei gemeinsamen Wanderungen achteten sie darauf, immer die Letzten zu sein – unsere Schlusslichter, lachte Herbert Weiss – und hielten die Gruppe vor sich genau im Blick. Besonders Berit verfiel zurück in ihr argwöhnisches Starren.

Die kleine Blechschüssel mit dem Weihwasser hätte Daniela Mann beunruhigen müssen. Sie war die Erste, die sie auf der Türschwelle stehen sah. Kopfschüttelnd hob sie sie hoch, als sie eines Morgens zum Wecken der Mädchen an den Bungalow D herantrat. Zwar bemerkte sie einen leicht muffigen Geruch, aber sie hielt die Schüssel für einen Trinknapf, mit dem die Mädchen den Hofhund, herumstreunende Igel oder Katzen tränken wollten. Dass das keine gute Idee sei, erklärte sie. Die Tiere würden sich daran nur gewöhnen und nach der Abreise der Mädchen vor dem ausgetrockneten Napf verdursten.

Die Anzeichen begannen sich zu häufen. Den plötzlich den Bungalow durchziehenden Weihrauchgeruch bekamen die Mädchen nicht mehr aus ihrem Bettzeug und ihren Kleidern. Die aus Kirschkernen und Trockenbeeren gebastelten Rosenkränze, die die Mädchen in ihren Betten fanden, hätte man später, gemeinsam mit den zerrissenen Votivbildchen der Heiligen Hildegard, im Papierkorb des Bungalows bemerken können. Und als die Mädchen eines Abends vom Essen zurückkamen, war der Türstock des Bungalows mit Kreidezeichen bedeckt. C + M + B, stand da in runder Schrift. Das Segnungszeichen der heiligen drei Könige – Caspar + Melchior + Balthasar, oder: Christus Mansionem Benedicat –, das Melanie, als sie die Schrift mit Seifenwasser nicht abbekam, in E + M + B + U umwandelte.

Wann die Stimmung genau zu kippen begann, kann keiner der Betreuer sagen. Irgendwann muss ihnen die Spannung aufgefallen sein, die einzusetzen begann, sobald die Mädchen sich den anderen Kindern näherten. Die Kleineren wichen vor den Mädchen zurück. Bei den Größeren setzte jetzt ein Zischeln ein, sie blieben nicht mehr still. Als Berit bei einer der Wanderungen in eine Felssenke stürzte, sich den Knöchel verdrehte und vor Schmerzen schrie, standen die anderen Kinder um sie herum. Sie stießen sich gegenseitig in die Seite, sie murmelten, sahen auf sie herab und halfen ihr nicht hoch. Melanie war es, die schließlich nach vorne lief, um Herbert Weiss zu holen, während Ulrike und Ellen zu Berit sprangen. Als der herbeieilende Weiss wissen wollte, was passiert war, murmelten die älteren der Jungen einstimmig: gefallen. Und nur Melanie sah Weiss an, sah ihn an mit diesen zusammengekniffenen, zweifarbigen Augen und sagte: sie wurde gestoßen.

Ulrike war es schließlich, die um ein Gespräch mit der Heimleiterin bat. Sie hatte die Leichtigkeit ihres Gangs eingebüßt, als sie sich dem Büro von Frau Doktor Meinrad näherte. Als sie der Leiterin dann gegenübersaß, brachte sie kein Wort über die Lippen. Frau Meinrad betrachtete das Nägel kauende, schweigende Mädchen. Sie schien ihr, sagte sie später, nicht verängstigt, nicht bedrückt, auch nicht sonderlich aufgebracht. Ein wenig unausgeschlafen vielleicht. Auch die Haare, fand Frau Meinrad, hätte sie sich einmal wieder waschen können. Eine Weile wartete die Heimleiterin darauf, dass Ulrike ihr Anliegen vorbringen würde. Dann lächelte sie freundlich, bevor sie sich wieder über ihre Akten beugte. Und Ulrike riet, sich, wenn ihr etwas auf dem Herzen läge, vielleicht doch zuerst an ihre Betreuerin zu wenden.

In dieser Nacht verschwand Melanie. Berit, Ulrike und Ellen erzählten der aufgebrachten Heimleiterin später, es habe mit einem Singen begonnen. Ein leiser Kirchgesang, der draußen vor dem Fenster einsetzte. Zuerst hatten die Mädchen das Geräusch für das Rauschen des Winds gehalten. Sie waren davon aufgewacht, alle vier zur gleichen Zeit. Berit, deren Tanten im Kirchenchor sangen, hatte dann die monotone Melodie eines Ave Marias erkannt. Immer intensiver, immer dringlicher war der Gesang geworden. Mit hoch gezogenen Decken saßen die Mädchen in ihren Betten und wussten nicht, was sie tun sollten. Licht anzumachen, ans Fenster zu treten, nachzusehen, jemanden zu rufen, hatten sie sich zuerst nicht getraut. Es war ganz dunkel im Raum. Eine im Bungalow gefangene Fliege flog immer wieder gegen die Fensterscheibe, aber ihr Summen, ihr Aufprall auf dem Glas war unter dem Klangteppich der Stimmen kaum zu hören. Zwischen Ellen und Melanie war dann ein Streit entbrannt. Ellen hatte begonnen, Melanie vorzuwerfen, dass sie schuld sei. An allem. Immer heftiger hatte Ellen gezischt und geflucht. Bis Melanie aufgestanden war und die Tür aufgerissen hatte. Der Gesang wurde lauter und Melanie trat nach draußen. Plötzlich wurde es still. Das Ave Maria brach ab und nur Melanies Lachen war noch zu hören. Kurz war sie dann noch einmal im Türrahmen zu sehen. Sie schwenkte einen batteriebetriebenen Kassettenrecorder in ihrer rechten Hand. Dass sie gleich mal gucken gehen wolle, wer auf sowas Bescheuertes käme, rief sie den anderen Mädchen zu. Ulrike brüllte ihr nach, aber da war Melanie schon im Dunkeln verschwunden.

Die Mädchen warteten. Sie schlossen die Tür und setzten sich an den Tisch. Licht machten sie nicht an. Obwohl es so schwül war, froren sie alle drei. Melanie kam nicht wieder. Als sie auch nach einer weiteren Stunde nicht zurück war, gingen Ellen und Ulrike los, um Daniela Mann zu wecken.

Diesmal war Melanie nicht auf der Lichtung. Die Betreuer mussten mit ihren Fackeln und Lampen nicht weit laufen, um sie zu finden. Jemand hatte sie auf dem Grillplatz an einen am Rand stehenden Baum gebunden. Ihre Hände waren hinter ihrem Rücken am Stamm verzurrt und man hatte ihr eine schwarze, blickdichte Mülltüte über den Kopf gezogen. Sie atmete flach. Zu ihren Füßen lagen ein paar angesengte, verkokelte Holzscheite. Und auf dem Boden vor ihr fanden die flackernden Suchlichter der Betreuer Buchstaben, die jemand aus Asche über den Sand hatte rieseln lassen. Sie bildeten ein einziges, ungelenkes Wort: HEXE.

Frau Dr. Meinrad war blass, als sie am nächsten Nachmittag im Speisesaal vor die versammelten Kinder trat. Es war der heißeste Tag im Jahr. Meteorologen haben ihn noch heute in ihren Kalendern verzeichnet und die Almbauern des Kaiser-Gebirges erinnern sich an jenen Sommer genau. Die Hitze veränderte die Form der Dinge. Ausgedörrte Bäume griffen höher in den klaren Himmel. Der nach den Regenfällen so angeschwollene Bach war zu einem dünnen Rinnsal zusammengeschnurrt, über den niedergedrückten, verbrannten Grashängen flirrte die Luft und unten im Tal schmolz auf den Straßen der Teer. Alles schien in Bewegung. Nur der Karauschenhof lag wie erstarrt. Glasierte Wespen klebten an ausgetrockneten Zuckerwassernäpfen fest, die Pferde standen reglos am windstillen Schattenrand der Koppel, der Hund hob bei keinem einzigen Geräusch seinen Kopf und der Fischweiher lag unbewegt, wie mit dickflüssigem, tiefschwarzem Pech befüllt.

Dass okkulte Praktiken unter ihrem Dach betrieben worden seien, sagte Frau Dr. Meinrad. Ihre Stimme klang brüchig. Schweißperlen liefen in die vertikalen Linien ihrer dünn gepressten Lippen. Sie schwankte im Stehen, krallte sich mit ihren Händen in den vor ihr stehenden Tisch. Sie war zu diesem Zeitpunkt zweiundsechzig Jahre alt, aber an jenem Tag wirkte sie wesentlich älter. Die Mädchen aus Bungalow D, fuhr sie fort, hätten durch Gläserrücken versucht, Kontakt mit dem Jenseits aufzunehmen. Melanie habe das zugegeben. Was genau die Mädchen getrieben hätten, gälte es noch herauszufinden. Satanismus auf dem Karauschenhof sei völlig inakzeptabel. Dass aber einige Unbekannte nun offensichtlich versuchen würden, eine Art Exorzismus zu betreiben, sei … Hier kam Frau Dr. Meinrad kurz ins Stocken. Ihr Blick irrte zu den Betreuern, die dicht gedrängt an der Rückwand des Speisesaals standen. Dann fixierte sie wieder die vor ihr aufgereihten Kinder. Sie räusperte sich. Die Schuldigen müssten, sagte sie, gefunden werden. Sie erwarte – nun wurde ihre Stimme schrill –, dass sie sich stellten. In ihrem Büro werde sie heute auf Geständnisse warten.

Herbert Weiss war es, der zu Frau Dr. Meinrad trat. Wie unbewusst legte er eine Hand auf den Rücken der so viel kleineren Heimleiterin. Mit ruhiger Stimme erklärte er den Kindern, dass es Melanie gut gehe. Sie habe einen Schock erlitten, aber keine körperlichen Verletzungen davongetragen. Eine Psychologin der Krankenkasse sei bereits unterwegs. Sie werde sich nicht nur um Melanie kümmern, sondern mit den Kurkindern Gruppen- und Einzelgespräche führen. Danach werde entschieden, wie man weiter verfahren werde.

Die Reaktion der Kinder war für die Betreuer nicht erklärbar.

Sie alle blieben so still. Sie saßen, während draußen, vor den mit Fliegendreck verschmierten Fenstern, eines der schwitzenden Ponys wie in Zeitlupe durch das knisternde Gras geführt wurde, einfach nur da.

Das Feuer brach gegen drei Uhr morgens aus. Später ist viel darüber gesprochen worden, weshalb Melanie sich zu diesem Zeitpunkt überhaupt noch auf dem Karauschenhof befand. Das hätte, so empörten sich die regionalen und überregionalen Medien, nicht sein dürfen, keinesfalls. Tatsächlich war es anders geplant gewesen. Berit war am Nachmittag nach jener Nacht von ihren Tanten abgeholt worden. Ursprünglich hatte man vereinbart, dass Melanie von ihnen und Daniela Mann nach Hause gebracht werden sollte. Dann aber war es Melanies Vormund nicht möglich gewesen, seinen Rückflug von einer Geschäftsreise in den USA rechtzeitig umzubuchen und Melanie selbst hatte darum gebeten, noch eine Nacht in Bungalow D bleiben zu dürfen. Die Psychologin hielt es für wichtig, dem Mädchen diesen Wunsch nach gewohnter Umgebung, dem beruhigenden Beisammensein mit ihren Freundinnen, zu erfüllen. Berit war also ohne Melanie zum Auto ihrer Tanten gehumpelt, den verstauchten Knöchel wie einen von ihrem Unterschenkel abgespreizten Fremdkörper vor sich her stoßend.

Die Luft kühlte in dieser Nacht kaum ab. Die aufgeheizten Holzwände der Bungalows pressten die Hitze in die Räume hinein, der Schein des abnehmenden Monds fuhr durch die Fensterscheiben wie durch ein Brennglas und auf den schweißgetränkten Laken warfen sich die unruhigen Körper der Kurkinder hin und her. Im Zimmer von Daniela Mann brannte noch lange das Licht. Die Verschalung der Deckenlampe war von zappelnden Faltern ganz schwarz. Die Umrisse der Insekten verschoben sich mit deren Todeskampf, sie tauchten die Wände des Raums in ein Kaleidoskop aus sterbenden Schatten. Das Gemurmel der versammelten Betreuer mischte sich mit dem unruhigen Zurechtrücken von Stühlen, dem Zischen geöffnet werdender Wasserflaschen, dem am Satzende in die Höhe abdriftenden Singsang der Ratlosigkeit. Immer wieder schlug die Tür des Bungalows auf, hörte man das Klicken von Feuerzeugen, hastiges Inhalieren, heftiges Ausstoßen von Rauch. Dann endlich dünnten die Stimmen aus, sie verloren sich auf den dunklen Wegen, in der drückenden Nachtluft, den anderen Räumen des Hofs. Nachttischlampen wurden ausgeschaltet, schwitzende Haut im Dunkeln mit Mückenspray besprüht. Fenster öffneten sich, zu warme Bettdecken glitten leise raschelnd über Bettkanten zu Boden. Der Schlaf kam über den Karauschenhof. Es war ein erschöpfter, traumleerer Schlaf, der sich schwer über die Betten der Betreuer und der Kinder senkte.

Die ersten Flammen im Bungalow D könnten von außen sichtbar gewesen sein. Vielleicht gab es ein Glimmen hinter den Ritzen der Holzwände. Eine irgendwie unpassende Konzentration von Licht, wie beim plötzlichen Aufstrahlen von nachleuchtendem Phosphor. Man hätte das, wäre man draußen vor dem Bungalow gestanden, vielleicht bemerken können. Aber niemand sah es. Niemand war da.

Wenig später schon schlugen die Flammsäulen hoch in den Nachthimmel. Sie fraßen sich in die Seitenwände, schossen aufwärts, bissen sich in die Deckenbalken hinein und brachen durch die porösen Stellen des unebenen Dachs. Die ausgedorrten Bretter sogen das Feuer auf, sie zogen es durch sich hindurch, stießen es weiter. Im Inneren des Bungalows sprangen kleine, blau züngelnde Flämmchen über von Stoff auf Holz, Holz auf Stoff, Stoff auf Papier. Sie bildeten tänzelnde Linien aus Feuer. Von der brennenden Tischkante spann das schmelzende Wachstuch Fäden bis zum sich langsam verformenden Boden. Mit einem Zischlaut zerschmorte die Gardine zu einem glühenden, dünnen Feuerstreifen, der sich einen kurzen Moment lang durch die Holzringe der Gardinenstange schlängelte, bevor er langsam, fast elegant, abwärts segelte und noch vor dem Bodenkontakt zu schwarzem Rauch verpuffte.

Immer höher griff das Feuer in die Nacht hinein, es hüllte Bungalow D in eine orange glühende, pulsierende Aureole. Aufgescheuchte Fledermäuse stießen in wirrem Zickzackflug durch den aufstiebenden Funkenregen, ihre zu hohen, fast lautlosen Schreie durchschnitten das anschwellende Knacken und Fauchen und Dröhnen des Brands.

Später konnte niemand mehr sagen, wer zuerst zur Stelle war. Auf einmal waren alle da. Rufe flogen zwischen den Bungalows hin und her, der Hund jaulte und kläffte in seinem Zwinger, jemand brüllte nach der Wasserpumpe, eine Kette von hektisch vorwärts, rückwärts rennenden Helfern entrollte einen schlaffen, verwickelten Schlauch bis zum Weiher. Eines der Kinder schleppte einen roten Feuerlöscher herbei und versprühte stolpernd und strauchelnd schon im Laufen den aufquellenden Schaum. Die Älteren fingen die Kleineren ein, die immer wieder auf das Feuer zuwanken wollten, einige von ihnen vom blendenden, zuckenden Schein wie hypnotisiert.

Auf einer Grasnarbe am Rand standen Ellen und Ulrike. Sie waren aneinandergeklammert, ihre Augen weit geöffnet, ihre Münder aufgesperrt. Der Widerschein der Flammen flackerte über ihre so leeren, rauchgeschwärzten Gesichter.

Und während irgendwo eine rostende Feuerglocke in

71

langsame Schwingungen versetzt wurde und sich der helle Glockenschall tief unten im Tal fortzupflanzen begann, während Herbert Weiss und der Hausmeister sich feuchte Lappen um die Gesichter schlangen und hustend und fluchend auf den brennenden Bungalow zu liefen, während Daniela Mann Ulrike an den spitzen Schultern packte, sie schüttelte, schüttelte und nach Melanie schrie, Melanie, Melanie – da durchbohrte ein gellender Laut die Feuerluft. Herbert Weiss und der Hausmeister erstarrten mitten in ihrer Bewegung und im Zwinger hob der plötzlich verstummte Hund seinen Kopf. Alle stierten sie auf die Gestalt, die mit loderndem Nachthemd und brennenden Haaren aus dem einbrechenden, krachend aufschlagenden Türrahmen des Bungalows stürzte und die bergauf rannte, bergauf, bergauf, im Windschatten ihres eigenen, unmenschlichen Kreischens, einen Schweif aus flackernden Feuerzungen hinter sich.

Der Untersuchungsausschuss konnte vorsätzliches Fremdverschulden nicht nachweisen. Die Feuerursache sei auch nach genauester Untersuchung des Falls nicht zu ermitteln gewesen. Weshalb das Feuer sich so schnell ausgebreitet habe, sei nur mit dem Wetter erklärbar, diesem alles austrocknenden, viel zu heißen Sommer. Ein Brandbeschleuniger zumindest sei nicht aufzufinden gewesen. Brandstiftung, ob fahrlässig oder gezielt, könne man nicht mit aller Sicherheit ausschließen, aber ebenso wenig stichhaltig belegen. Auch sei nicht zufriedenstellend zu erklären, weshalb das Opfer den ebenerdigen Bungalow erst so spät verlassen habe.

Eine Verbindung zu den parapsychologischen Aktivitäten der Mädchen aus Bungalow D hingegen könnte nach Prüfung aller vorliegenden Fakten und der Anhörung der Beteiligten mit Sicherheit ausgeschlossen werden. Die okkulte Praxis des so genannten »Gläserrückens« und die damit verbundene Aufregung unter den anderen Teilnehmern der Kurfreizeit sei für die Untersuchung gänzlich ohne Belang. Speziell der von der Heimleiterin mehrfach angemerkte Versuch eines »Exorzismus« sei in keinem Punkt nachweisbar. Bei dem dem Geschehen vorangegangenen Anbinden des Opfers an den Baum des Grillplatzes habe es sich wohl eher um einen Kinderstreich gehandelt, eine abgewandelte Form eines Indianerspiels, das mit dem Brand in keinerlei Zusammenhang stehe. Die Betreuer müssten hierfür natürlich wegen Verletzung der Aufsichtspflicht zur Rechenschaft gezogen werden. Das aber sei ein anderes Verfahren.

Im Umfeld des Karauschenhofs bildeten sich eigene Wahrheiten. Noch Monate später hallten die Felsschluchten des Kaisergebirges wider von den Spekulationen der Bewohner des Tals. Dass Melanie für ihre Teufelsanbetung hingerichtet worden sei, war eine besonders lautstark verkündete Vermutung. Man habe, sagten diejenigen dann, die Hexe ausräuchern wollen. Uneinig war man sich über die Identität der Vollstrecker. Dass es einer der Betreuer gewesen sein könnte, wurde gemutmaßt. Auch die Pferdepfleger und Frau Doktor Meinrad gerieten in Verdacht. Möglich sei natürlich auch irgendwer von außerhalb des Hofs: einer der ohnehin recht einsiedlerischen Almbauern etwa, oder jemand aus dem Tal. Selbst die Eltern der kleinen Sarah kamen ins Gerede: erzkatholisch seien die schließlich, zudem sicherlich erbost über den Zustand ihrer so zerrüttet heimkehrenden Tochter gewesen – und außerdem waren sie doch zum Urlaub im Nachbarort ganz in der Nähe. Dass aber die Kurkinder das Feuer gelegt haben könnten, wollte niemand glauben. Es kam den meisten gar nicht erst in den Sinn.

Die alten Bäuerinnen in den Bergen hatten ihre eigene Theorie. Sie bekreuzigten sich, wenn sie nach dem Gottesdienst beieinander standen und vom Brand auf dem Karauschenhof sprachen. Dass der Hof verflucht sei, flüsterten sie sich zu. Wie gut, dass man ihn jetzt schließen müsse. Und dass all das zu erwarten gewesen sei. Denn das Mädchen selbst habe ja die Geister gerufen. Sie habe wohl Kontakt mit dem verstorbenen Vater aufnehmen wollen. Nun. So etwas täte man, wisperten sie, nicht ungestraft.

Die Zeitungen berichteten vor allem über Melanie. Wo sie aufgewachsen war. Was für ein fröhliches Mädchen sie früher gewesen sei. Wie erschüttert ihre Freunde, ihre Lehrer, ihre Verwandten wären. Und aus den Archiven wurden die Bilder des Autounfalls ihrer Eltern geholt. So ein tragischer Fall.

Die Krankenkasse ließ den Bungalow D nicht wieder aufbauen. Tatsächlich wurden alle Freizeiten in abseits gelegenen Heimen eingestellt und der Karauschenhof geschlossen. Erholungskuren in den Bergen wurden kaum noch angeboten. Man wolle, schrieben sie in ihren neuen Prospekten, künftig höchstmögliche feuerpolizeiliche Zugänglichkeit garantieren und sich daher eher auf Kuren an der Seeluft konzentrieren.

Monate später befasste sich eine junge Redakteurin noch einmal mit dem Brand. Sie arbeitete für ein Magazin an einer Artikelfolge über spiritistische Sitzungen. Dass ihr dabei die blumige Schilderung des Gläserrückens zur Gebrauchsanweisung geriet, fiel ihr offenbar gar nicht auf. Im ganzen Land rissen sich Teenager die Artikelseiten aus dem Magazin. Sie schlossen Türen und Fenster und setzten sich im Halbdunkel um Tische. Sie kleideten sich schwarz, legten Kreise aus Buchstaben aus und berührten mit ihren Fingerspitzen das umgestürzte Glas. Die meisten von ihnen lachten über die wirren

Antworten, die das zwischen den Buchstaben herumfahrende Glas für sie buchstabierte, und verloren nach ein paar Sitzungen das Interesse.

Vom Carpenter-Effekt hörten die Mädchen aus Bungalow D erstmals von der Psychologin, die sie, zurück in ihrer Heimatstadt, zu Einzelsitzungen in ihrer Praxis empfing. Dass bereits ein Gedanke an eine Handlung unbewusste Muskelkontraktionen zur Folge habe, erklärte die Psychologin den Mädchen. Ein Physiker namens Carpenter habe das herausgefunden, schon im letzten Jahrhundert. Die Mädchen hätten also unbewusst die vom Glas gegebenen Antworten selbst bestimmt. Auch wenn sie selbst davon überzeugt seien, das Glas – oder in diesem Fall: den Becher – nicht in Bewegung gesetzt zu haben. Das gemeinsame Einschwingen des Glases zu Beginn jeder Sitzung sei ein Anzeichen für diesen Prozess. Unbewusst würden so die Gedanken der Teilnehmenden gewissermaßen gleichgeschaltet. Die danach vom wandernden Glas gegebenen Antworten seien dann die, die von den meisten Teilnehmern erwartet würden. Es gebe keinen Teufel. Keinen Satan. Niemanden, über den sie Kontakt zu Verstorbenen aufnehmen könnten. So einfach sei das.

Dass sie damit den Mädchen das Geschehene habe rationalisieren können, vermerkte die Psychologin in ihren Akten. Im Heilungsprozess hielt sie das für einen wichtigen Schritt. Doch etwas fiel ihr auf. Eine Kleinigkeit, die sie aus reiner Gewissenhaftigkeit am Rand notierte. Es war bei allen fünf Mädchen das Gleiche. Als sie sagte: »Geister gibt es nicht, das ist dir doch klar. Ihr habt das Böse nicht gerufen« – da sahen sie alle fünf Mädchen an mit dem gleichen, verächtlichen Blick. Dann streckten sie langsam, wie unbewusst, die Hände nach dem

Glas Orangenlimonade aus, das bei jeder von ihnen vor ihr auf dem Praxistisch stand. Sie alle zögerten einen kurzen Moment. Und schoben dann, ohne hinzusehen, das Glas mit der aufsprudelnden, giftgelben Flüssigkeit zwischen ihren Händen hin und her, hin und her.

Ein Geräusch, so hässlich,
so ein hässliches Geräusch

Als er den Tschechen zum ersten Mal sieht, sieht er ihn von oben. Auf Socken federt der durch den Ring, testet den Härtegrad des Bodens. Springend zieht er seine Schleifen, von der roten Ecke zur blauen Ecke, er vermisst den Kampfraum, lässt sich nicht ablenken von den Zurufen der hereindrängenden Zuschauer, vom Scheppern und Klirren erster, umfallender Gläser und Flaschen, vom Dröhnen und Wummern der Musik, die sie lauter gestellt haben, seit die Türen offen sind und der Einlass beginnt. Das Gesicht des Tschechen kann er von hier oben aus nicht erkennen. Er versucht es, geht näher an die Brüstung heran, beugt sich über das Stahlgeländer, dem Tschechen entgegen. Aber es bleibt abwärts gerichtet, dieses Gesicht, selbst, als der Tscheche jetzt kurz zur Ruhe kommt, sich ausbalanciert, sich umsieht, dann näher an die Seile herantritt, mit den Händen über die Plastikummantelung streicht, vielleicht versucht, die Elastizität der Seilspannung einzuschätzen, oder die Fallhöhe von der Ringkante, selbst da hebt er nicht sein Gesicht. Jeans trägt er, ein schwarzes Shirt mit tief in die Stirn gezogener Kapuze. Und erst jetzt, als der Tscheche mit der linken Hand die Seile nach unten drückt, als er aus dem Stand über die zusammengerafften Stränge flankt und unten auf dem Boden neben dem Ring aufsetzt, fliegt der Blick des Tschechen nach oben zu ihm. Kurz sieht er ein Auge aufblitzen, einen spöttischen Mund. Dann ist es schon vorbei, der Tscheche durch die nachklappende Schwingtür verschwunden, treppabwärts, zu den Umkleiden in den tiefer gelegenen Katakomben.

Das also ist er. Der Gegner, über den er nichts weiß.

Schlag, rechts, rechts, links. »Knie!«, brüllt der Zahnlose, der ihm die Pratzen hinhält und er reißt das linke Knie hoch und donnert es dem Zahnlosen in die Magengegend. Aber der Zahnlose ist schneller, wie immer, hat längst das Schlagpolster heruntergerissen, hat den Stoß abgefangen. Sein Knie bohrt sich in den weichen Schaumstoff, er schwankt, muss ausgleichen, »Gleichgewicht halten, Technik!«, ruft der Zahnlose, und dann: Tritt, Tritt, Schlag.

Beim letzten Training hat er ihn gegen elf Leute gehetzt, von einem nach dem anderen musste er sich auf den Boden bringen lassen, Bodenkampf ist seine Schwäche, er weiß das, hat zu lange geboxt früher, kann sich immer noch nicht ganz daran gewöhnen, dass es jetzt auf dem Boden weitergeht, free fight, yes, dass er außerdem treten darf, treten, hebeln, werfen. Und würgen. Würgen kann er, darin ist er gut, deswegen hat der Zahnlose ihn aufgenommen. Er weiß, wohin er drücken muss, um die Blutzufuhr zum Gehirn abzuschneiden, er kennt die Verzweigungen der Halsschlagader, deren Druckrezeptoren, hat sich das sogar medizinisch erklären lassen, die Aufspaltung der arteria carotis communis an der Bifurkation, die Verwebungen des Nervengeflechts. Seine letzten beiden Gegner mussten deswegen abklopfen, mussten ihre zitternden Handflächen auf den Ringboden schlagen und so ihre Aufgabe signalisieren, da hatte er Glück, er hatte sie sich in die richtige Position manövrieren können. Dabei waren sie beide besser gewesen als er.

Links, links, links. Der Schweiß fließt ihm über den Rücken, sammelt sich am Hosenbund, nässt ihm das T-Shirt, das er erst später ausziehen wird, später im Ring. Wenigstens stimmt sein Gewicht, gerade noch rechtzeitig hat er sich das entscheidende Kilo weggehungert, ist jetzt knapp unter der siebzig-Kilo-Grenze, seit Tagen nichts als gedünsteten Fisch, Seelachs, Karauschen, er kann das Zeug nicht mehr sehen. Sonja mag seine Hüftpolster, sagt sie, Lovehandles nennt sie die und hält sich daran fest, wenn er mit ihr schläft. Aber Sonja, die süße, anschmiegsame Sonja hat, das muss er zugeben, noch immer keine Ahnung, was er hier eigentlich treibt.

Er tänzelt jetzt mit den Füßen, zeigt dem Zahnlosen seine Beinarbeit, aber er ist zu hektisch, zu verspielt, ein fucking riverdance fährt ihm da in die Zehenspitzen, das geht so nicht, das weiß er selbst. Die Unruhe in ihm ist heute hartnäckig, er muss sich dämpfen, sich leer kriegen, aber gerade fällt ihm das schwer, schwerer als sonst. Der Tscheche ist ein Underdog, nichts war über ihn herauszubekommen gewesen, keine Kampfbilanz, kein Profil. Das ist ungewöhnlich. Er kennt die Reichweite dieses Gegners nicht, weiß nichts über dessen Körperbau, dessen Stärken, ob er besser ist im Stand-Up oder auf dem Boden, ob er – was gefährlich wäre – gut ist im Take-Down und im Clinch. High kick, Schlag, low kick, immer im Wechsel jetzt, langsam sammelt sich die Energie, er fühlt, wie die Kraft in seinen Körper strömt, er wird warm. Irgendjemand hat behauptet, der Tscheche sei früher Ringer gewesen, aber die Quelle war Schrott, da wollte sich einer wichtig machen, tatsächlich scheint keiner was zu wissen. Selbst der Zahnlose musste passen, konnte seine Veteranen nicht anzapfen, hat nur herausgefunden, dass der Tscheche aus einem Kaff mit vielen žs und ys kommt, irgendwo im Riesengebirge, das war dann aber auch schon alles.

Deswegen muss er heute aufpassen, muss schärfer denken, muss klar bleiben, wachsam. Er hat sich nicht einmal die anderen Kämpfe angesehen, ist nicht auf der mit Kampfsport-Werbebannern verklebten, halbhohen Stahlgalerie geblieben, von der aus man die ganze Industriehalle überblicken kann: den grellbeleuchteten Ring unter der albern vor sich hinglitzernden Diskokugel, das körnige Live-Bild an den schmierigen, verkeimten Wänden. Dabei gab es einen Frauenkampf, Thaiboxen, D-Klasse, drei mal eineinhalb Minuten, das ist immer noch selten, das hätte er gern geguckt. Stattdessen ist er gegangen, als sie die Bässe so hochgezogen haben, dass selbst die härtesten der Kerle dort unten sie nicht mehr überschreien konnten. Dumpf begannen sich alle nach dem Ring auszurichten, ein Meer aus glatt rasierten Schädeln, Dauerwellen und Kapuzen, die Zuschauer auf den Stehplätzen und den 35-Euro-Podesten begannen zu klatschen, rhythmisch, irgendwo in einer Ecke waren schon der Ringrichter und der Moderator zu sehen, und die VIPs auf der oberen Galerie hoben ihre Champagnergläser zum Cheers. Auf der Treppe ritzte er sich fast das Handgelenk an den Drähten einer Lichterkette, die irgendein Volltrottel um den Handlauf geschlungen hatte, er merkte es rechtzeitig, zuckte zurück, wischte sich mit einem von der Wand baumelnden Fahnenfetzen über die Haut, um zu sehen ob Blut kam.

Cool down. Der Zahnlose hat die Vertapung der Handschuhe überprüft, zieht jetzt leise die Tür hinter sich zu, gibt ihm noch eine Minute. Er atmet aus, stoßweise, bis sich keine Luft mehr in seiner Lunge befindet und stellt sich dann mit dem Einatmen an das vergitterte Fenster. Der Raum liegt zu Dreivierteln unterhalb der Erde, aber durch den nachlässig verputzten

Lichtschacht kann er die Füße der Zuschauer erspähen, die in der Pause die gerade gesehenen Kämpfe nachstellen. Sie müssen sich bewegen, diese Zuschauer, waren schon zu lang in der fensterlosen Halle eingesperrt, zu dicht gedrängt, zu eng aneinander geschoben, zu aufgeladen von den Adrenalinstößen in ihren mitfiebernden Körpern. Jetzt zappeln sie draußen in der Dämmerung herum, sie schieben sich an den geparkten Krankenwagen heran, sie rauchen, zucken hin und her, sie gehen die Bewegungsabläufe durch, als wären es Choreographien einer verstummten Musik.

Der Zahnlose ist nicht wirklich zahnlos, nur die Schneide- und die Eckzähne haben sie ihm ausgeschlagen, er hätte es richten lassen können, längst schon, aber er mag das, sagt er, er mag diese Lücke, jetzt lispelt er nämlich nicht mehr. Früher schon, da ist er mit der Zungenspitze immer dort vorne angestoßen, hat die Luft gegen die Zahnwand gepresst und nun hat er da Platz, nun kann er die Dinge richtig benennen, kann die Worte benutzen, die er für sich schon gestrichen hatte. Und keiner fragt ihn, ob er vielleicht deswegen angefangen hat mit dem Kämpfen, ob er deswegen zum Fighter wurde, erst zum Boxer, dann zum Shooto-Kämpfer, dann weiter, immer weiter, bis zum Rückzug aus dem Ring, hin zum mixed-martial-arts-Trainer schließlich, ob er das gemacht hat, weil er sich früher gegen Hänseleien wehren musste, keiner fragt ihn das, nicht mal die jüngsten seiner Schüler, denn sie alle wissen: sowas fragt man den Zahnlosen nicht.

Jetzt steht der Zahnlose plötzlich neben ihm, die Tür ist offen, die ersten Schläge seiner Auftrittsmusik hämmern schon durch den verschachtelten Gang, gleich kommt zwischen den krachenden Bassriffs der Aufschrei von AdRock, das Zeichen zum Losgehen, der Impuls: Beastie Boys, Sabotage, noch immer unerreicht, besser geht nicht. Zu Rage hat er einmal gewechselt, Killing in the Name, aber das hat ihm kein Glück gebracht, stattdessen eine Nasen-OP, einen Cut an der Schläfe und zeitweise ein taubes Ohr. Immerhin: der andere, dieser Zwickauer, hat noch heute mit der Rippe zu tun, die nicht wieder richtig zusammenwachsen will. Aber der Tscheche, der Tscheche ist nicht mehr zu ihm in die Kabine gekommen, hat sich ihm nicht vorgestellt, ihm nicht – wie es sich gehört – die Hand geschüttelt, ihm in die Augen gesehen, nichts davon. Stattdessen: dieser flüchtige Blick von unten herauf, und dieser verzogene Mund.

Er tritt in eine Wand aus Lärm. Sie brüllen und kreischen, als sie ihn kommen sehen, die Beats knallen gegen die hohen, fensterlosen Mauern, er schlägt die Fäuste vor dem Brustkorb gegeneinander, Lichtblitze flackern um ihn herum, er reißt einen Arm in die Höhe, »whhhhhhhyyyyy!«, schreit AdRock. In der Halle ist es schwül, die Luft getränkt von Schweiß und Testosteron und Bierdunst, alles staut sich, dabei könnte schon diese Musik allein die Wände sprengen. Vor dem Ring verbeugt er sich nach allen Seiten, krümmt den Rücken, täuscht zwei schnelle Rechte an, sie jubeln, kennen ihn, mögen ihn nur dann nicht, wenn er gegen ihre Lokalmatadoren antritt. Sein siebter Kampf ist das in dieser Stadt und nur einmal musste er durch den Hinterausgang verschwinden, da hatte er den Hoffnungsträger aus dem Stall von Blachy auf die Bretter geschickt und sie hatten ihn noch im Ring mit Flaschen beworfen. Später hatten die Veranstalter versichert, dass sowas nie wieder passieren wird und als er Sportsgeist bewies und wieder dort antrat, hatte er die Meute auf seiner Seite.

Jetzt schwingt er sich hoch in den Ring, taucht durch die Seile, nickt dem Ringrichter zu, den er noch von den letzten drei Kämpfen her kennt. Ein hoch aufgeschossener Mann in schwarzer Anzughose und weißem Halbärmelhemd, mit kahl rasiertem Schädel und viel zu hellen, fast durchsichtigen Wimpern. Die Gliedmaßen dieses Ringrichters sind zu schlaksig, manchmal springt er erst im letzten Moment vor den herumtaumelnden Kämpfern zur Seite, dann schlenkern seine Arme nach und geraten gefährlich dicht an die Kampfzone, aber Zusammenstöße gab es noch nie, auch wenn keiner weiß, wie er das macht. Gerade zupft der sich an den bleichen Gummihandschuhen herum, die er tragen muss, diese AIDS-Handschuhe, die ihn schützen sollen und ihm wahrscheinlich den Puls quetschen.

Ihn hat früher der Anblick dieser eingepellten Ringrichterhände abgestoßen, beim ersten Mal hat ihn das sogar aus der Konzentration gebracht, er war darauf nicht vorbereitet gewesen. Auf diese Handschuhe, diese Erwartung von Blut.

Aber jetzt ist das anders, er hat genug Kämpfe hinter sich, die Handschuhe können ihm längst nichts mehr. Stattdessen genießt er den Anblick der Zuschauer. Die klatschenden, erhobenen Hände, die geballten Fäuste, die Rufe. Die verschwitzten, sich näher schiebenden Gesichter, die auf ihn gerichtet sind, nur auf ihn. Ein Atemzug. Dann reißt die Musik ab, mit einem scharfen Lichtwechsel verschwinden die Gesichter im Dunkeln, nur der Ring bleibt übrig, der Ring strahlt auf.

In der roten Ecke steht ein Junge und wartet auf ihn. Dass das nicht sein kann, denkt er, während der Zahnlose ihm das T-Shirt über den Kopf zerrt. Das ist unmöglich. Wie kann das der Tscheche sein. Aber er hat sich nicht getäuscht. Als sein Blick wieder frei ist, steht da noch immer dieser Junge und lächelt ihn an.

Sonja hat eine von diesen Schüttelkugeln in ihrer Küche herumstehen, eine Engelsfigur hinter Glas. In ihrer ersten Nacht hatte Sonja sich im Sitzen die Kugel vom Fenstersims genommen und verlegen in ihrer Hand herumgedreht, während auf dem Herd der Espresso zu blubbern begann, den er doch gar nicht wirklich trinken wollte. Und sie hatten beide auf das Sterngestöber gestarrt, das da einsetzte in dieser Kugel. Hatten den Engel angesehen, der so lächelnd da drin herumstand, mit seinen riesigen, blitzblauen Augen, seiner bleichen Engelshaut, den Grübchen und den blonden Haarlöckchen. Dieser Engel, dem die herumwirbelnden Goldsterne ins aufgespannte Nachthemd purzelten, und der dann, als Sonja plötzlich die Kugel abstellte und aufstand und zu ihm herübertrat und ihm die Hand auf die Wange legte, so leicht, auf einmal mit den Flügeln zu schlagen begann.

Und jetzt ist der Engel aus dieser Kugel herausgeflattert und hat sich hier in den Ring verflogen. So sieht das zumindest aus. Die Grübchen, die Kulleraugen, das lockige Haar. Die matte, helle Haut, die wirkt, als hätten sie den Tschechen in Babypuder gewälzt, bevor sie ihn hier hoch gestellt haben. Das Lächeln. So jung ist der Tscheche. Und so schmal. Wie kann es sein, dass sie in der gleichen Gewichtsklasse sind. Dass da dieser Junge steht und lächelt und sich dabei mit der linken Handschuhfaust die blonden Löckchen aus der Stirn streicht, während ihm der Ringrichter kurz den Schritt abklopft, die Kampfstrümpfe, dann die Fäuste überprüft, auf der Suche nach verbotenen Gegenständen, nach spitzen Steinen, eingenähten Klingen. Wie kann das sein.

»Hey!«

Er zuckt zusammen. Hinter ihm hat der Zahnlose von draußen über die Seile gegriffen, hat ihn an der Schulter gepackt,
hält ihm den Zahnschutz hin. »Was los, konzentrier dich.« Er
nickt, spuckt aus, bevor er sich das Gummiteil in den Mund
schiebt, hüpft einmal auf und ab. Dann tritt der Ringrichter in
die Mitte.

Sie gehen auf ihn zu, er und der Tscheche, aus der blauen,
der roten Ecke heraus, eine fast spiegelgleiche Bewegung. Der
Ringrichter stößt seinen Ruf aus, der Gong scheppert. Drei Mal
fünf Minuten, ohne Ellenbogen zum Kopf, über ihnen steht die
Diskokugel still.

Angriff. Das ist es, was er kann. Nicht zögern, warten, umkreisen. Sondern gleich in die Vollen, das Überraschungsmoment
nutzen, während der andere sich noch auf ihn einstellen will.
Vor, vor: Schritt, Kick, Schlag. Er will den Tschechen in die Ecke
treiben, rechts, rechts, links, ab in die Seile mit dem Engels-
gesichtchen, vorgehen, immer vor, aber etwas stimmt nicht, der
Tscheche weicht nicht, der zieht.

Der Schlag trifft ihn am Kinn, wirft seinen Kopf zur Seite, »Deckung«, brüllt der Zahnlose, aber es ist schon zu spät,
er hat seine Reaktion nicht unter Kontrolle, ein kurzes Aufflackern von Überraschung und da kommt der Tscheche durch,
er greift ihn, packt ihn, hebelt ihn auf den Boden. Mit dem
Rücken kracht er auf die Bretter, die hier härter sind als in
anderen Städten, kaum Zwischenbelag, kein Schwingboden,
keine Dämpfung unter der Plane, stattdessen diese brettharten
Platten im Kreuz. Und über ihm dieser Junge, der noch immer
lächelt, dem die Löckchen in die Stirn hüpfen, während er sich
auf ihn wirft, ihn einklemmen will und schon die Faust zückt,

um sein Gesicht zu bearbeiten, aber da darf der nicht ran, so weit darf es nicht kommen, nicht in der ersten Runde, nicht schon jetzt.

Rausdrehen, rausdrehen muss er sich, irgendwie hochkommen, oder rankommen an den Gegnerkörper, ran und klammern, klammern, was das Zeug hält, einfach an ihm bleiben, so dicht wie nur geht, sich an ihn pressen, unter ihn, wie ein Äffchen ans Muttertier, damit der Tscheche sich selbst im Weg ist, damit der nicht hinkommt an ihn.

Als Zuschauer haben ihn diese Momente früher angeödet, Klammerungen im Bodenkampf, man sieht da ja nichts, nur diese ineinander verkeilten Körper, dieses Schieben und Drücken gegeneinander drängender Rümpfe und Köpfe, vielleicht noch ein paar in der Luft herumangelnde Gliedmaßen. Langweilig fand er das, wenn sich der Ringrichter danebenkniete, wenn der einem dann manchmal noch den Blick versperrte, weil er sein Gesicht nah an die Kämpfer heranbringen musste, um beurteilen zu können, ob da einer in Gefahr geriet, ob einer dem anderen die Blutzufuhr abdrückte und irgendwem schon der Saft im Kopf zu stauen begann.

Oft genug hat er sich lustig gemacht über die Typen, die unten lagen und die dann die Beine spreizen mussten, um sie um ihre Angreifer zu schlingen. Und jetzt liegt er selbst hier herum, und kann nichts anderes tun, als seine Schenkel um den Tschechen zu schnüren, obwohl er weiß, wie das aussieht, obwohl er weiß, wie das kommt. Noch sind sie nicht unruhig im Zuschauerraum, sie sind noch ganz still, zu still, aber wenn ihm nichts einfällt, wenn er nicht rausfindet aus dieser Weiberstellung, dann geht es gleich los. Er versucht, die Zurufe des Zahnlosen zu verstehen, doch er kann ihn nicht hören, nicht sehen, sein Kopf ist an die Brust des Jüngelchens gezwängt, eine

Ohrmuschel umgeknickt, in seinem Schädel ein Murmeln und Rauschen.

Raus muss er, hoch muss er, auf die Beine kommen, weg aus dieser schwachen Position, aus diesem Drecksscheißbodenkampf, er kann das nicht, am Boden ist er schwach, das weiß er doch. Und auch der Tscheche weiß das, natürlich weiß der das, der konnte ihn ja studieren, gibt ja genug Handyvideos von seinen Auftritten und jede Menge Live-Mitschnitte.

Jetzt, jetzt versucht er es, mit einem Ruck stößt er sich ab, reißt seinen Kopf nach oben, kommt Mund an Mund zu dem Tschechen, spürt dessen Atem, berührt fast die lächelnden Lippen, »Zungenschlag!« brüllt einer von der Tribüne nach unten und die Menge grölt auf und applaudiert. Ein anderer, einer mit heiserer Stimme röhrt: »Mach ihn kaputt!«, und wieder grölen die.

Die Zuschauer sind jetzt geweckt, sie buhen und rufen, immer lauter werden sie, aber wenigstens kann er wieder richtig hören, das Murmeln in seinem Kopf ist verstummt. Auch den Zahnlosen kann er nun verstehen – »Ziiieh!« schreit der, »Ziiiiieh!« –, aber das nutzt alles nichts, der Tscheche rammt gerade seine Faust an ihm vorbei in den Boden und verfehlt ihn nur, weil er aus einem Reflex heraus zurückgezuckt ist. Aber dabei löst sich die Klammerung, er fällt vom Tschechen ab, liegt auf den Brettern, während der Tscheche über ihm sofort reagiert und den Aufprall seiner Faust nutzt, um sich mit dem Gegenschwung abzustoßen, so dass er plötzlich über ihm steht.

Das war es, er weiß das, over, finito, er hat den Moment verfehlt, er kommt jetzt nicht mehr rechtzeitig hoch. Von unten starrt er den Jungen an, der gleich zutreten wird – ein Kick in die Niere, die Leber – oder auf ihn springen, irgendein finish, während er hier auf dem Rücken liegt, offen, ungeschützt und plötzlich unfähig ist, sich zu bewegen. Wegdrehen müsste er sich, sich zusammenkrümmen, aufspringen, irgendwas. Aber es ist zu spät, er liegt hier und glotzt dumm, er war einfach nicht schnell genug.

Aber der Tscheche springt nicht. Stattdessen steht er über ihm und lächelt dieses verdammte Lächeln, er lächelt und steht und lächelt und lächelt und jetzt spannt er die Beinmuskeln an und stupst ihn mit seiner Fußspitze in die Seite, ganz leicht.

Sowas hat er schon einmal gesehen, eine Katze war das gewesen, eine Katze, die mit einer röchelnden, halb toten Maus herumspielte. Immer wieder stieß die Katze die schreckstarre Maus mit ihren Pfoten an, warf sie schließlich in die Luft, bis das Vieh wieder zu krabbeln begann, bis es versuchte, sich wegzuschleppen und die Katze hochschnellte und auf es sprang und ihm mit einem Biss den Kopf abriss. Und jetzt steht da der Tscheche und stupst ihn und stupst wieder, immer in die gleiche Stelle, und wartet darauf, dass er aufsteht.

Er aber stockt noch immer, er liegt nur und denkt an den abgebissenen Mäusekopf und weiß auf einmal nicht mal mehr, wie man überhaupt aufstehen könnte. Links geht nicht, rechts geht nicht, vorwärts unmöglich, die Dinge blockieren sich gegenseitig, er versteht nicht, versteht nichts mehr, weiß nicht, was tun, während sich ihm die Fußspitze des Tschechen in die Seite bohrt, jedes Mal ein kleines bisschen tiefer.

An der blauen Eckseite ducken sich die beiden tschechischen Trainer an den Ringrand, sie sehen aus wie Zwillinge, ihre glänzenden Glatzen und die dicken Nackenwülste so identisch. Immer wieder schießen sie gleichzeitig aufwärts, brüllen ihrem Schützling tschechische Befehle zu und tauchen dann runter in die Knie, verstecken sich bis zu den Nasenspitzen unter der Ringkante. Ein absurdes Kasperletheater ist das, eine verfickte Muppet Show, denkt er, während die Schädelkronen der Zwillingsköpfe zu »Dobře, dobře«-Rufen weiter auf und nieder hüpfen und sich ihm die Fußspitze des Tschechen in die Seite bohrt.

Halt, nicht abschweifen, aber zu spät, schon ist der Tscheche über ihm und der schlägt und schlägt auf sein Gesicht ein, auf seine Nieren, die Fäuste überall, der Schmerz schießt ihm durch den ganzen Körper, er reißt die Hände vor das Gesicht, will seine Nase schützen, seinen Kiefer, seine Augenhöhlen, von denen ihm einmal beim Kampf eine gebrochen ist, er will ausweichen, will abwärts fallen, tief in den Boden hinein. Stürzen will er, aber er kann nicht, die Bodenplane brennt ihm auf dem Rücken und schließlich holt er aus, trifft etwas, etwas Weiches, hat plötzlich wieder Luft, kommt mit einem Satz auf die Beine, hört das Aufjohlen im Publikum, sieht aus den Augenwinkeln den zurückspringenden Ringrichter und dann: der Gong, es ist vorbei, die erste Runde beendet.

Den Mundschutz spuckt er in den Eimer, und gleich einen Schwall aus Schleim hinterher. Der Zahnlose packt ihn an den Schultern, redet auf ihn ein, aber er hört ihn nicht, hört ihn nie in diesen ersten Momenten zwischen den Runden, auch wenn andere immer behaupten, sie kriegten während des Kampfs nichts mit. Er dreht sich vom Zahnlosen weg, will den Tschechen sehen, will wissen, ob er ihn gut getroffen hat – und wo.

Lässig lehnt der Tscheche in seiner Ecke und lässt sich gerade mit einem Handtuch Luft zuwirbeln. Dabei schwitzt der gar nicht, er könnte ebenso an einer Bar herumlümmeln. Nichts deutet darauf hin, dass das Engelchen sich irgendwie angestrengt hat, dass er irgendwo was abbekommen haben könnte, dass er sich überhaupt gerade in einem Ring befindet. Einer der

Trainerzwillinge redet auf ihn ein, aber auch der Tscheche hört nicht zu, der sieht zu ihm herüber und plötzlich ist da was in dessen Augen, etwas, ja: Belustigtes.

Und als sich der Tscheche jetzt abwendet, seinem wild herumfuchtelnden Trainerdoppel zu, da sieht er, dass der doch gehackt ist, dass die Babyhaut nicht ganz so makellos ist, wie er gedacht hat. Der Tscheche hat sich da was auf den Rücken tätowieren lassen, etwas, das gar nicht sein kann, weil es so passend ist, so kitschig und so mädchenhaft: die Umrisse von ausgespreizten Engelsflügeln.

Der Zahnlose reißt ihn herum, »Fokus!«, schreit der ihn an und kommt mit seinem faul riechenden Atem viel zu dicht an ihn heran. Aber er hat ja recht, gleich geht es weiter, zweite Runde, viel Zeit bleibt nicht mehr. Der Scheiß-Moderator zückt schon seine bekloppten Sprüche. »Brauchst deinen Hintern nicht schwenken, Sabrina«, ruft der gerade ins Mikrophon und stiert dem Nummerngirl zwischen die Beine, »ich hab das Publikum voll im Griff, die klatschen auch so.« Und Sabrina schüttelt ihr blondes Haar nach hinten, eine leichte Bewegung mit dem Kopf, bis ihr die Haarspitzen in Wellenbewegungen gegen den unteren Rücken klopfen. Ihre dünnen Arme stemmen das Rundenschild in die Höhe, die schwarze Zwei auf weißem Grund. Sie lacht, sie weiß, dass das das Beste ist, was sie tun kann, sie lacht den Moderator einfach aus und schwingt ihre Hüfte an ihm vorüber, wirft sich vor dem Stehpublikum in Positur, einmal links, einmal rechts belastend, stöckelt dann zur Frontseite zurück, hangelt sich mit ihren overknee-Stiefeln zwischen den Seilen hindurch, wo sie einer von der Security in Empfang nimmt. Galant hält der ihr die Hand hin, nimmt ihr mit der anderen das Schild ab, reckt dabei seinen wulstigen Hals, über dessen Rückseite die verdrehte Kordel der Funkanbindung in seinen dunklen Anzug hineinläuft – und dann ist da schon der Zahnschutz, der Gong, die zweite Runde.

Kick, Schritt, Kick, weg mit dem Tschechen, auf Abstand mit dem, diesmal wird der ihn nicht auf den Boden bringen, nein, diesmal nicht. Er keucht, hört seinen eigenen Atem, den Trommelbeat seiner hüpfenden Füße auf dem Boden, hört sogar den scharfen Zug, mit dem seine Fäuste die Luft durchschneiden. Und tatsächlich: diesmal lässt sich der Tscheche abdrängen, diesmal geht er zurück, nicht weit weg, eine widerstrebende Rückwärtsbewegung nur, ein Ausweichen, aber das reicht.

Jetzt muss es schnell gehen. Zwei flinke Schritte nach hinten und schon läuft er an. Der Absprung ist gut. Mitten im Satz reißt er das linke Knie in die Höhe – Kopf oder Brust, worauf zielt er, rasch, er muss sich entscheiden –, hoch mit dem Knie und vorwärts mit der Kraft, mit dem Gewicht, der Hüfte, mit allem, alles muss in diesen einen, diesen mörderischen Aufprall.

Und dann trifft er. Der Stoß ist hart, eine Erschütterung, er spürt, wie er dem Tschechen die Luft aus dem Brustkorb rammt, glaubt sogar zu sehen, wie der Widerstand von zwei, drei Rippen nachgibt, wie sich eine Delle im Oberkörper des Tschechen abzeichnet, in dessen heller, unbehaarter Brust, bevor sie gemeinsam zu Boden fallen.

Das ist es, das muss es sein, K. O. durch fliegendes Knie. Etwas anderes ist gar nicht mehr denkbar, er kann das einschätzen, kennt die Wucht seines Sprungs. Trotzdem lässt er sich keine Zeit, unter dem Kreischen der Zuschauer schnellt er in den Stand zurück, will über dem Tschechen stehen, will ihm den Rest geben, auf ihn herunterblicken können, wenn der Ringrichter ihn jetzt gleich auszählt.

Aber was ist das. Als er hochkommt, als er kurz mit dem

Kopf nach links zuckt, um einen Blick zum Zahnlosen zu werfen – da steht vor ihm: der Tscheche. Nicht möglich ist das, kann gar nicht sein, fast taumelt er zurück vor Überraschung. Er wirbelt herum, reißt die Deckung in die Höhe, aber zu spät, der Tscheche lächelt, verbeugt sich und schlägt.

Dass das einfach nicht sein kann, denkt er noch, als ihm schon die Faust auf die Schläfe kracht, auf das Kinn, die Wangenknochen. Etwas stimmt hier nicht, etwas – aber da zerstäubt das Bild, der Raum um ihn zerfällt und er denkt plötzlich an Sonja, die er heute Abend wird wegschicken müssen, damit sie seine Verletzungen nicht sieht, damit sie sich nicht sorgt. Sonja. Dann nichts mehr, Stille.

Das Gesicht des Ringrichters zu dicht über ihm, dessen helle Wimpernhärchen berühren fast seine Haut, er könnte sie zählen, sie auszupfen wie Blütenblätter. Weiß sind sie, diese Härchen, das kann er jetzt sehen, ein reines, synthetisches Weiß. Die Lippen des Ringrichters bewegen sich, und noch bevor die Worte zu ihm durchdringen, begreift er. Bei der Drei ist der Ringrichter bereits und er schüttelt sich, schüttelt seinen Kopf, rollt zur Seite und stemmt sich auf alle Viere. Der Krach in der Halle ist ohrenbetäubend. Die Zuschauer brüllen und schreien, ihre Stimmen überschlagen sich, sie wollen ihn oben, wollen, dass es weitergeht, dass er nicht K. O. war und der Kampf beendet werden muss. Und er drückt sich in den Lärm hinein, hangelt sich aufwärts bei der Fünf, der Sechs, der Sieben. Schwankend steht er bei der Acht, hüpft ein paarmal auf und ab bei der Neun, der Ringrichter packt ihn bei der Zehn am Nacken, schiebt seine Stirn nah an ihn heran, prüft ihn mit seinem Blick, scannt seine Pupille, seine Iris. Dann lässt er ihn los und nickt.

Sie toben. Sie jubeln ihm zu, sind jetzt auf seiner Seite. Er starrt auf den Boden, muss sich noch einmal auspendeln, sein Gleichgewicht finden. Mit gesenktem Kopf folgt er dem Ringrichter die zwei Schritte bis zum Tschechen, von dem er zuerst die Zehen sieht. Die Tschechenzehen ragen aus den Kampfstrümpfen, ganz dünn sind sie und spielen mit der Bodenplane. Aber etwas ist merkwürdig mit diesen Zehen. Etwas wundert ihn an deren Form, deren Ausrichtung. Fast möchte er sich hinunterbeugen zu diesen Zehen, möchte niederknien, um sie sich näher betrachten zu können, aber da versteht er. Die Zehen haben keine Haut, kein Fleisch. Die Fußwurzel besteht aus ausgebleichten Knochen. Er keucht auf, sein Blick ruckt nach oben.

Ihm gegenüber steht ein Skelett. Ganz hell ist es, dieses Skelett. Als hätte es zu lang in der Wüstensonne gelegen. Die roten Handschuhe schlackern um die Unterarmknochen, und aus dem hohlen Schädel grinsen die gebleckten Zähne zu ihm herüber.

Er zuckt zurück, blinzelt, will sich nach dem Zahnlosen umsehen, was!, kein Sauerstoff mehr in ihm, ein Keuchen nur, so lang gezogen, aber schon hebt der Ringrichter den Arm, schon geht es weiter, und der Tscheche ist auf ihm. Und natürlich ist da kein Skelett. Stattdessen die Fäuste des Tschechen, viel zu viele von ihnen, voller Muskeln und Fleisch und Sehnen und Kraft diese Fäuste, mit ihren Geraden, ihren Haken und dem Schmerz, dem tiefen, ziehenden Schmerz, den sie auslösen.

Aber er hält sich. Oben bleibt er, oben muss er bleiben, oben, oben, das ist seine einzige Chance. Er summt es in seinem Kopf: obenoben, bleib oben. Und langsam spürt er, wie die Kraft zurückkommt, wie er wieder klarer zu sehen beginnt.

Da. Eine Lücke in der Gegnerdeckung: Niere. Noch eine Lücke: Nasenbein. Weiter, weiter, er trifft und trifft, er hat jetzt einen Lauf, ist wieder da, ganz da, hört sogar die Anweisungen, die sie ihm von der Galerie und den Podesten aus zuröhren, Kick!, Stampftritt!, töte ihn! Und jetzt, ja, müsste der Tscheche gleich umfallen, zu Boden gehen müsste der, müsste längst auf die Bretter krachen, aber da tut sich nichts, die Löckchen hüpfen, der Engelsmund lächelt – wieso tut sich da nichts.

Und dann, in einem kurzen Moment des sich gegenseitigen Umkreisens, tut sich plötzlich doch etwas. Im Mundwinkel des Engels schiebt von innen etwas das Lippenfleisch auseinander. Durch die unteren Ränder seiner zur Deckung an die Stirn gepressten Handschuhe kann er es sehen. Erst pocht es von innen gegen das Fleisch, formt eine Ausbeulung in das Jüngelsgesichtchen. Die Zunge muss das wohl sein, denkt er zuerst, aber dann fällt ihm ein, dass das nicht sein kann, am Zahnschutz kommt die ja gar nicht vorbei. Und trotzdem pocht da etwas in der Mundhöhle des Tschechen herum, obwohl der selbst es gar nicht zu bemerken scheint, der lächelt unverdrossen, engelsgleich. Aber es klopft und klopft, während sie kreisen und kreisen, es ist einfach nicht zu ignorieren. Und gerade, als er ausholen will, als er einfach auf die Deckung eindreschen will – da kommen sie. Die Maden quellen dem Tschechen aus dem lächelnden Mund, sie fallen ihm über das Kinn, stürzen ihm auf die Brust, hangeln sich abwärts, bilden fallende Ketten, eine Kaskade aus Larven.

Er schreit, er schwitzt, rutscht fast aus auf dem Larvenmatsch unter seinen Füßen. Aber er muss das ignorieren, denn das hier kann gar nicht sein, es ist unmöglich, niemals würden sie ihn weiterkämpfen lassen unter solchen Umständen. Er muss sich zusammenreißen, es bleibt nur, dass er der Einzige ist, der das sieht. Manchmal bekommt eben, das weiß er, das Hirn etwas ab, ihm selbst ist das noch nie passiert, aber es gibt da diese

Geschichten, die der Zahnlose manchmal erzählt. Von Jungs, denen nach Kopfstößen das Gehirn anschwillt, die dann anfangen Dinge zu sehen, während ihnen von innen die Schwellung gegen die Schädeldecke drückt. Und dann die Sache mit Dedge, Gehirnblutung nach russischem Kopfschlag, Tod eines Free Fighters, noch neben dem Ring, alle wissen davon, der ganze Sport geriet deshalb in Verruf. Die Maden da werden verschwinden, er muss sie nur verdrängen, muss aufhören zu würgen, einfach nicht hinsehen. Nicht sehen, wie es sich da windet und herumschlängelt, wie es zappelt und wimmelt, aber das geht natürlich nicht, denn hinter den Maden ist ja noch immer der Tscheche und der schlägt und schlägt.

Aber da: endlich der Gong, das Ende von Runde Zwei, die Zuschauer sind aufgesprungen und applaudieren, niemand sitzt mehr auf seinem Stuhl. Und plötzlich sind auch die Maden weg, auf dem Boden nur glänzende Spritzer seines eigenen Schweißes. Er presst seine Nase in die Ellenbeuge seines angewinkelten Armes, wischt sich mit dem Oberarm über die Stirn, das Klatschen und Jubeln dröhnt ihm in den Ohren, das Ringlicht gleißt, alles schmerzt, er taumelt zurück in seine Ecke, auf den Zahnlosen zu, in das aufgespannte Handtuch hinein.

Luft. Das ist das Einzige, was er sagen kann, als der Zahnlose ihm das Mundstück herausgefingert hat: »Luft!« Und der Zahnlose sieht ihn so merkwürdig an, runzelt, als er jetzt das Handtuch bei den Zipfeln packt und es dicht vor seinem schwitzenden, zitternden Körper auf und nieder knallen lässt, die ohnehin schon zerfurchte Stirn.

Er lehnt seinen Rücken gegen die Schaumgummipolsterung, greift mit den Handschuhfäusten in die Seilspannung, drückt das Plastik der Ummantelung unter seinen Handgelenken abwärts und schließt die Augen.

Immer noch kann er das Skelett vor seinem inneren Auge sehen. Grinsend steht es ihm gegenüber, den Schädel leicht geneigt, die Zähne so weiß, die Knochen so hell, der Blick aus den Tiefen der leeren Augenhöhlen so amüsiert. Ganz klar sieht er dieses Skelett vor sich, sieht jetzt, wie es sich auf ihn zu bewegt, wie es die Fingerknochen krümmt und den Arm zum Schlag streckt und er wirft stöhnend den Kopf zur Seite. Irgendwo in der Ferne das Murmeln des Zahnlosen – warum nuschelt der so, warum spricht der nicht lauter –, aber er öffnet die Lider nicht, er verharrt. Etwas an der Haltung des Skeletts ist seltsam, das fällt ihm jetzt auf. Der Kopf sitzt zu schräg auf den oberen Halswirbeln, der Schädel scheint kurz vor dem Abrutschen. Und als das Skelett jetzt in einer Zeitlupenbewegung noch einmal ausholt und den Brustkorb für einen Hakenschlag zur Seite verdreht, sieht er es. Die oberen beiden Halswirbel sind gebrochen, die gesplitterten Zapfenspitzen haben sich in das Innere des Wirbelkanals geschoben.

Scharf atmet er aus, öffnet die Augen. Dass es kein Wunder ist, dass das ein Skelett ist, denkt er, Tod durch Verletzung des Rückenmarks, Unterbrechung der Nervenbahnen, er kann das erkennen. Der Zahnlose hat ihm das einmal aufgemalt, mit krakeligen, ineinander verkeilten Knochensplittern, um ihm klarzumachen, welche Bewegungen er beim Würgen nicht einsetzen darf. Niemals.

Durch die Windschübe des Handtuchgewedels hindurch versucht er, auf die andere Seite des Rings hinüberzusehen. Sein Puls hämmert ihm im Körper herum, immer noch bekommt er kaum Luft, was soll das, was soll dieses Skelett, was hat das mit dem Jüngelchen da drüben zu tun. Sehr lebendig sieht der doch aus, wie er da steht in seiner Ecke, die Hüfte locker an die rote Eckpolsterung gelehnt, das Spielbein ausschlenkernd und an der Plastikflasche nuckelnd, die der eine Trainer ihm umgestürzt hinhält.

Jemand schiebt sich vor ihn, der Zahnlose ist es, der sich da gerade mit hochrotem Kopf vor ihm auftürmt und er begreift, dass der ihn anschreit, eine ganze Weile anscheinend schon, so verzerrt ist dessen Gesicht. Ganz dicht ist der Zahnlose vor ihm, er sieht ein geplatztes Äderchen in dessen linkem Auge, Speicheltropfen fliegen aus dem auf- und zuklappenden, zahnlosen Mund, aber merkwürdig, noch immer ist der so leise und so gar nicht zu verstehen, die oben leicht nach innen fallenden Lippen formen tonlose Worte, »Fokus« könnte das eine heißen und »Boden« das andere.

Er nickt. Nicken ist leicht, einfach so tun als verstünde er etwas, als käme der Zahnlose zu ihm durch, als machten dessen Mundbewegungen Sinn. Dabei hat der keine Ahnung, was hier abgeht, das ist mal klar, sonst würde er ihn nicht weiterkämpfen lassen, niemals, er zieht ihn selbst im Sparring manchmal ja viel zu früh aus dem Ring.

Dass er vielleicht von selbst aufgeben sollte, denkt er, als der Zahnlose ihn jetzt packt, ihm mit seinen aufgerauten Handflächen über den rasierten Schädel, über den Nacken, die Schulterblätter scheuert. Schluss, aus, das Handtuch in die Ringmitte schleudern und dann ab zur Ringärztin, in den Ambulanzwagen im Hof, mal ein paar Tests machen, ihr von den Maden erzählen, ihr sagen, dass sich alles so komisch anfühlt, so komisch und dumpf. Schon holt er Luft, will dem Zahnlosen etwas signalisieren, aber dann fällt ihm das Lächeln wieder ein, dieses verdammte Engelslächeln und irgendwie müsste man das dem doch aus der Fresse donnern können, irgendwie. Und

dieses alberne Skelett, ach, wahrscheinlich sind das nur Spät-
schäden der Fisch-Diät, Halluzinationen seines runtergehun-
gerten Körpers, einfach lächerlich wegen sowas zu verlieren.
Also atmet er wieder aus und spuckt scharf am Zahnlosen vorbei in den Eimer hinein, spuckt den Geschmack aus, der sich da
so metallen in seinem Mund breitgemacht hat, er spuckt und
dann schluckt und schluckt er, aber er kriegt den Geschmack
einfach nicht weg.

Gong. Der Tscheche greift an. Noch immer hüpfen dessen
Löckchen bei jedem Hieb, das Haar ist nicht nass, wird nicht
vom Schweiß an die Kopfhaut geklebt, kein Anzeichen von
Erschöpfung hat der, das Lächeln steht. Schlagend umkreist
ihn der Tscheche und er dreht sich mit ihm, verschanzt sich
hinter seiner Deckung, lässt den Tschechen tänzeln und ab-
prallen, während er versucht, ruhig zu werden, ganz ruhig.
Immer kleiner ziehen sich jetzt die Tschechenzirkel, immer
näher kommt der an ihn heran. Und plötzlich weiß er, was der
Tscheche vorhat, auf welche Kombination der abzielt. Greifen
wird er ihn gleich, durch seine Abwehr hindurch wird er ihn an
der Hüfte packen, wird ihn runterringen, dabei muss er oben
bleiben, obenoben, das hat ihm der Zahnlose doch immer
gesagt, abwehren muss er den, schnell, aber wie. Er lauscht,
aber vom Zahnlosen ist nichts zu hören. Und während sie sich
drehen und drehen, drehen sich seine Gedanken mit ihm, sie
rasen durch die Abwehrtechniken, die er kennt und auf einmal
weiß er, was zu tun ist.

Er wehrt sich nicht. Er bleibt in der Drehung, bewegt sich
im Gleichklang mit dem sich näher schiebenden Gegner, lässt
ihn herankommen, nimmt fast die Antworten auf dessen Angriffe vorweg. Und als der Tscheche jetzt zwei Linke schlägt

und dann zu ihm durchtaucht und ihn packt, weicht er nicht aus. Stattdessen lehnt er sich dessen Händen entgegen, legt sich förmlich in den Hebel des Tschechen hinein, lässt sich packen und zu Boden bringen, ganz kontrolliert, ganz leichtfüßig, ein langsamer, fast schwebender Fall.

Kurz spürt er eine Irritation im Tschechen, er kann fühlen, wie sie dessen Körper durchzuckt. Und genau diesen Moment braucht er, diese Nanosekunde aus Unsicherheit. In ihr nutzt er den Schwung des Sturzes, verlagert ihn gegen den Tschechen, reißt dann dessen Oberkörper herum, ist plötzlich hinter ihm, kniet halb über dessen Rücken, die tätowierten Engelsflügel dicht unter seinem Bauch, und mit einem Ausschnauben lässt er den hochgerissenen, rechten Arm abwärts sausen, klemmt sich mit einem Ruck den Engelshals in die Ellenbeuge und packt ihn sich gleichzeitig von hinten mit dem Würgegriff seiner hinzuschnellenden, linken Faust.

Einen Augenblick lang ist es ruhig in der Halle, ein verblüfftes Schweigen, niemand atmet, aber dann geht es los. Sie grölen und applaudieren, jemand kreischt etwas, das er nicht versteht, aber er blickt nicht auf, lässt sich nicht ablenken, es geht, das weiß er, jetzt um Sekunden.

Schon kann er das Zittern spüren, das durch den Tschechen fährt. Die Härchen auf dessen Rücken werden sich gleich aufstellen, eine Gänsehaut müsste die viel zu weiche Babyhaut aufrauen, und dann, wenn der es lange aushält, länger als die meisten, dann gibt es diesen Moment, in dem ihm die Augäpfel aus dem Gesicht hervorzuquellen beginnen.

Fest hat er den Tschechen, ganz ruhig, ganz statisch, ein guter, ausgewogener Griff ist das, er kann jetzt sogar die Knie vom Boden abheben, sich mit den Füßen gegen die Bretter stemmen, sein ganzes Gewicht gegen den Tschechen pressen, er hat alles unter Kontrolle. Er kennt die Wirkung seines Griffs, weiß, wann er zu dicht an die Wirbelstifte käme, wann er die Nervenbahnen zu tief einschnüren würde. Er weiß, wann er loslassen muss. Der Zahnlose hat ihm das eingebläut. Hat ihm medizinische Abbildungen unter die Nase gehalten, ihm die Funktionen des Rückenmarks erklärt, ihm Fotos von Reha-Patienten gezeigt und von Leichen mit Würgemalen am Hals, mit merkwürdig abgeknickten Köpfen, wieder und wieder. Sowas, hat der Zahnlose kopfschüttelnd gesagt, willst du niemals auf dich laden: einen Mord.

Und als der Tscheche jetzt unter ihm zu zappeln beginnt, als der versucht aufzubocken, ihn abzuwerfen, verrutscht ihm der Halt nicht, er ist gut. Er hat das trainiert und ist nie über die Grenze gegangen, nicht ein einziges Mal. Zweimal hat er sogar aus Rücksicht zu früh lockergelassen und seine Gegner konnten sich wieder aufrappeln und ihn doch noch besiegen. Aber soweit kommt es eigentlich nie, die meisten geben ganz schnell auf, die Angst schießt ihnen in die Knochen, sie setzt bei diesem Griff, das weiß er, sofort ein. Das Staugefühl legt sich den Gewürgten auf die Seele und zwingt sie zum Aufgeben, jede weitere Verzögerung unmöglich.

Auch der Tscheche müsste bald soweit sein. Zwar fährt dessen Faust noch wild in der Luft herum, aber die Schläge sind schon ziellos, sie verlaufen ins Leere. Trotzdem schwitzt der nicht, ist nicht einmal rot im Gesicht. Und als er jetzt den Druck ein wenig erhöht und sich dabei vorbeugt, sieht er, dass sich dem Tschechen noch immer diese Grübchen in die Wangen graben, dass dem – was nicht sein kann! – noch immer dieses verdammte Lächeln auf den Lippen hängt.

Er keucht jetzt, verstärkt weiter den Druck. Der Schweiß läuft ihm in die Augen, seine Knie beginnen zu zittern. In seinem Mund dieser Geschmack, nach Eisen, nach Kupfer, nach Zink, und dann ist da dieses Pochen, das jetzt in seinem Kopf einsetzt, und in seiner Nase plötzlich ein Geruch aus Moder und Schimmel. An die Maden muss er denken, das Gewimmel der ineinander verklebten Wurmleiber, das er auf einmal auch hören kann, ein anschwellendes Knistern ist das, das Knistern der sich ineinander verdrehenden Larven, die sich ihm in die Gehörgänge winden. Aufschreien will er, will schon den Tschechenkörper von sich stoßen, aber etwas kriecht ihm in den Leib, es springt vom Tschechen auf ihn über, steigt zu ihm auf, durch seinen eigenen Körper hindurch, etwas, das schwarz ist und so schwer und so dunkel.

Er schreit. Die Bewegung des Tschechen nimmt er kaum wahr, er sieht sie als Schemen im sich verdunkelnden Bild. Mitten in seinen Schrei hinein hebt sich unter ihm plötzlich der Arm des Tschechen. Ganz langsam streckt der Tscheche den Arm mit seiner halb gestreckten Fausthand nach vorne. Der Tscheche senkt ihn abwärts, diesen Arm, und tippt mit der Faustkuppe zweimal, dreimal auf den Boden, ganz sacht.

Das ist es, das war es, der Gegner hat aufgegeben. Er sieht die Hand, er sieht sie, sieht ihren zerfallenden Umriss, weiß, was das bedeutet, aber das Zittern ist ja jetzt in seinem ganzen Körper, noch immer schreit er, kann einfach nicht aufhören damit. In seinem Hals ein Würgen, das Mundstück drückt ihm in den Schlund, er schluckt und schluckt diesen Geschmack herunter, seine ganze Mundhöhle voller Metall und dann: sein Kopf, sein Kopf, der so pocht, während sein linkes Bein auf einmal zu zucken beginnt. Verlagern will er sich, vorwärts, rückwärts, heraus aus dieser Dunkelheit, aber da klart sein Blick wieder auf und er sieht es wieder, sieht unter sich den Knochenschädel des Skeletts. Keine Löckchen sind da mehr, keine Haut, keine

Grübchen in den kindlichen Wangen. Nur die dumpfe Oberfläche dieser blanken Schädeldecke, das Gerippe des Halses, die Knorpel der blanken Wirbelsäule unter ihm, während es in seinen Ohren noch immer knistert und rauscht. Immer noch schreit er. Er schreit und schreit und mit einem Ruck zieht er die Halswirbel des Tschechen noch ein bisschen, ein kleines bisschen näher zu sich heran.

Er hört es mehr, als dass er es spürt. Während um ihn herum plötzlich alles so still wird und er schon die Hand des Ringrichters auf seiner Schulter fühlt, diese eingepellte, glatte Gummihand, die ihn packt, um ihn wegzureißen. Er hört es und merkt dann, wie unter ihm der Engelskörper plötzlich schlaff wird, so schlaff und so schwer, viel zu schwer. Dieses Knacken.

Dunkelkeime

I.

Ich ziehe um. Vieles spricht dagegen. Der Ort, sagt man mir, ist nicht gut. Zu weit außerhalb, zu abgeschieden. Die Umgebung trostlos, nur Bäume und Felder. Wiesen. Der Landstrich ist, so behaupten die Freunde, völlig verödet, beinahe versteppt. Brachland. Die Wohnung zu klein, sagen sie, zu verdreckt. Zu verwinkelt. Vor allem aber ist es die Wohnung der Frau, die mich gerade verlassen hat.

Gepackt habe ich schon. Ich nehme kaum etwas mit. Seit einer Woche kommen Fremde zu mir. Atemlos treten sie aus dem steilen Treppenhaus zu mir herein und starren auf die Aussicht hinter der Glasfront zur Dachterrasse. Rufen: Wie schön, wie wunderbar! Diese Weite, diese Endlosigkeit. Bis zum Horizont. Und dass man sowas selten fände in dieser Stadt. So einen Blick.

Wenn sie sich dann endlich von den Fenstern lösen, betrachten sie mich neugierig. Nur wenige wagen es, zu fragen, warum ich gehen muss. Denn freiwillig, da sind sie sich alle einig, verlässt keiner so eine Wohnung. Wieso also.

Ich antworte nicht. Ich zeige ihnen die Dinge, die übrig sind. Nenne Maße von Möbelstücken, Erscheinungsdaten von Büchern, Herstellernamen von Porzellangeschirr. Bald sind die Räume fast leer.

Auch Kleidungsstücke entsorge ich. Ich möchte nicht wissen, wie die Menschen aussehen, die sie tragen werden. Das käme mir merkwürdig vor: als würde ich jemandem meine Vergangenheit überstreifen. Tragen Sie das. Das steht Ihnen aber gut. Ich kann das nicht. Musste auch früher nie die Hosen von Verwandten auftragen. Habe mir nie die Pullover meiner Freundinnen übergestülpt, damit sie mir näher wären. Frauen machen das ja gerne: im T-Shirt des Freundes schlafen. Davon halte ich nichts.

Die Anzüge, Hemden und Krawatten habe ich also in Müllsäcke gestopft und auf dem Recyclinghof gegenüber in den Container für Altkleider geworfen. Ich brauche sie nicht mehr. Das ist einer der Gründe für meinen Umzug.

Es geht nicht anders, hat die Chefin gesagt. Wir sind pleite, die Steuernachzahlungen, ich schaffe das nicht. Sie hat dabei überallhin geblickt. Auf den Schreibtisch, die angetrockneten Pflanzen, ihre Fingerspitzen, sogar aus dem Fenster. Nur nicht in mein Gesicht. Dass sie die Büroräume schon gekündigt habe, hat sie gesagt. Und, ja, es tue ihr leid.

Christina hat gelacht. Armes Hascherl, hat sie gesagt und mich an den Ohren gezogen. Immer kommt alles auf einmal. Erst gehe ich weg von dir, dann verlierst du deinen Job, dein Geld, deine Sicherheit. Unschön sowas.

Bei mir bleiben könne sie trotzdem nicht. Das müsse ich verstehen. Dass sie sich nicht belasten könne mit einem, der sein Leben nicht im Griff habe. Sie müsse raus. Habe sich lange genug in dieses Landleben verpuppt. Es sei jetzt Zeit, zu gehen. Aber, schlug sie vor, du könntest ja die Wohnung übernehmen.

Die Einrichtung. Die Pacht für das Feld. Da kannst du Kartoffeln anpflanzen.

Wenigstens eines sagte sie nicht: war nett mit dir.

Die Sache mit den Kartoffeln interessiert mich. Ich sitze auf einem der letzten Stühle, die mir geblieben sind, und blättere in Büchern, die ich aus dem Pflanzenhandel geholt habe. Um mich herum zerlegt ein Pärchen meine Regale. Während sie Nieten aus dem Holz drücken und Stahlstreben entschrauben, lese ich.

Lese: wichtig ist die Beschaffenheit des Mutterbodens. Die Erde soll schwachsauer sein. Man muss harken und mulchen. Man soll keine Tomaten neben den Kartoffeln anpflanzen, das sind schlechte Nachbarn, wegen der Krautfäule. Außerdem soll man häufeln. Für vermehrte Knollenbildung. Mulchen und häufeln, denke ich. Vielleicht wäre das was.

An meinem letzten Tag in der alten Wohnung nehme ich ein Bad. Ich habe die Kisten in mein Auto getragen, den Parkettboden gewischt. Habe Dübellöcher verspachtelt und die Dachterrasse gefegt. Während das aufschäumende Wasser in die Wanne lief und sich der Duft von Fichtennadeln über die Putzdämpfe legte, habe ich den Ofen geschrubbt. Es ist so sauber wie nie.

Im Badezimmer falte ich meine Kleidungsstücke und lege sie auf den glänzenden Kachelboden. Die Tür lasse ich auf. So kann ich, wenn ich meinen Kopf zum linken Wannenrand neige, durch den Flur, das Wohnzimmer und die Fensterfront bis weit über die Stadt blicken. Aber es fällt mir schwer, die Augen offenzuhalten. Mein Körper wird kraftlos, ich bin müde. Jetzt schon.

Christinas Wohnung ist knapp hinter dem Stadtrand. Man folgt, wenn man von der Stadtmitte kommt, einer klaren Linie in östlicher Richtung. Dort, wo die Häuserzeilen ausdünnen und das Industriegebiet beginnt, nimmt man eine scharfe Kurve nach rechts. Es gibt da diesen Bruch. Die Straße, so meint man, wird jeden Moment zur Autobahn. Stattdessen trifft man auf einen Feldweg. Man fährt über Lehmkrusten, Schlaglöcher. Vorbei an einem Zwinger mit bellenden Schäferhunden. Es ist ein Grenzgang. Von Beschleunigung zu Stillstand, von der Stadt zum Land. Von mir zu Christina.

Diesmal bremse ich sehr schnell ab. Ich muss mich langsam annähern. Will begreifen, dass ich hier wohnen werde. Dass Christina nicht wiederkommt. Auch wenn es sich anders anfühlt. Sie wird mir, denke ich, gleich entgegenlaufen. Sie wird aus einer Ecke des verschachtelten Bauernhofs treten, wird im Vorübergehen eine Sonnenblume aus dem umzäunten Vorgarten brechen, wird dem Bauern zuwinken und an mein Auto herantreten. Mit ihren spitzen, kleinen Knöcheln wird sie an die Scheibe des Beifahrerfensters klopfen, bis ich mich herüberbeuge und ihr öffne. Dann wird sie mir die Sonnenblume hinstrecken, mir einen Kuss geben und sagen: na endlich.

So kann es nicht sein. So war es nie.

Die Kälte liegt noch auf den Feldern, den Bäumen, dem dünnen, verschlungenen Flussbett. Im Sommer ist hier die Luft schwer vom Duft überwuchernder Blüten. Malven, Rittersporn, Trollblumen. Das knallige Grün der Wiesen quillt dann aus dem angrenzenden Wald, in dessen Baumschatten sich Rehe ducken, Hasen, Wildschweine. Eine grünliche Färbung scheint aus dem toten Untergehölz herauszusickern. Erst tröpfchenweise – hier eine Lichtung, dort ein paar Bodenflechten –, dann in den weit

geschwungenen Bahnen breit angelegter Sumpfwiesen. Kreuz-
blütengewächse kann man dort finden, Wiesenschaumkraut
und Sumpfdotterblumen.

Manchmal habe ich Christina einen Strauß mitgebracht.
Gräser und Buschwindröschen im Frühling, Holunderbeeren
und orange-gelbe Kastanienbaumblätter im Herbst. Von einem
der Spaziergänge, auf die sie nie Lust hatte.

Jetzt ist alles braun, wie bei einem zu oft übermalten Bild.
Keine Sonnenblumen blühen im Vorgarten, keine Krokusse.
Noch nicht einmal Schneeglöckchen. Die Furchen auf dem
Acker sind frisch nachgezogen. Das Wasser im Fluss ist ange-
stiegen, Tauwetter. Graubraune Schneeschmelze schwemmt
sich über die Wiesen bis hinein in die Felder. Christinas Feld
kann ich von hier aus nicht sehen. Es liegt auf einer Anhöhe,
gleich neben den oberen Pferdekoppeln.

In der Ferne kann ich das Klärwerk erkennen. Scharf und
klar stechen die Umrisse in den ausgeblichenen Frühjahrshim-
mel. Morgen, das habe ich im Autoradio gehört, soll es Schnee-
regen geben.

Der Hof ist verlassen. Ich müsste den Bauern begrüßen, ihm
sagen, dass ich jetzt da bin. Er weiß, dass ich einziehe. Christina hat ihm gesagt, dass ich die Wohnung übernehmen werde.
Diese kleine Anliegerwohnung neben dem Stall. Der Bauer ist
jung. Er hat den Hof vom Vater übernommen, als der zu früh
starb. Die Mutter lebte noch eine Zeit lang in der Wohnung.
Die der Sohn extra für sie bauen ließ. Ein niedriger Anbau am
Stall. Die Mutter wohnte da und überließ der Schwiegertochter
die Küche, die Ställe, die Wiese mit den Kirschbäumen. Dann
zog sie in die Stadt. Sie ertrage, sagte sie ihrem Sohn, die Er-
innerungen nicht mehr. Und die Nutzlosigkeit.

Ich fahre zu der freien Fläche hinter den Ställen. Zögere kurz. Betrachte die Leere vor der Backsteinwand. Stelle mich dann auf den Platz, auf dem Christinas Auto sonst parkte.

Der Hof hat die Form eines Hufeisens. Die Gliederung der Räume folgt einem klaren Muster. Das Wohnhaus des Bauern bildet das Mittelstück. Im linken und im rechten Flügel befinden sich die Ställe, in denen die Pferde untergebracht sind. Eine ausgewogene, eine sorgsam balancierte Struktur. Christinas Wohnung ist eine Störung. Sie zersprengt das geometrische Gleichgewicht. Als Auswuchs beult sie sich am Ende des rechten Flügels bis fast hinein in die erste Koppel. Der Hof würde, wenn man ihn hochnehmen und auswiegen könnte, nach rechts sinken. Vielleicht liegt die Wohnung deshalb ein wenig tiefer als der Rest des Gebäudes. Sie zieht es nach unten.

Ich habe nie verstanden, was auf diesem Hof alles gemacht wird. Wie viel Land sie besitzen. Ob sie die Felder bestellen. Was sie anbauen. Womit sie die Tiere füttern. Sie haben viele Pferde. Die meisten von ihnen gehören den Städtern. Die am Wochenende vorbeikommen, um nach ihren Lieblingen zu sehen. Darauf werde ich mich einrichten müssen: dass ich ihnen aus dem Weg gehe. Oder mich verkrieche. Ich möchte niemanden sehen.

Als ich die Wohnung aufsperren will, zittert meine Hand. Es scheint mir falsch, dass ich einen Schlüssel habe. Ich kann nicht glauben, dass sie nicht da sein wird. Ich kann sie noch riechen. Schon im Türrahmen schlägt mir ein Schwall ihres Dufts entgegen, eine Mischung aus kaltem Zigarettenrauch, Pfefferminzblättern, Zitronenreiniger und Parfum. Ich will mir nicht vorstellen, dass ich hier leben werde. Ich sollte gehen. Ich sollte zurück in die Stadt fahren. In diese Stadt, eine andere, egal. Zu einem Ort, irgendeinem. Ich sollte anderswo sein. Überall, nur nicht hier.

Aber dann beginne ich, meine Umzugskartons in den kleinen Flur zu stapeln. Und frage mich, wie lang es dauert, bis der Geruch eines ehemaligen Bewohners verschwindet. Bis eine Wohnung ausraucht.

Ich zerre meinen Wasserkocher aus einem der Kartons, fülle ihn ein und schließe ihn an. In dem Moment, in dem ich mir eine von Christinas roten Keramiktassen aus dem Regal greife, läutet mein Handy, eine Textnachricht.

Sie haben alle gesagt, dass sie kommen werden. Aber ich weiß, dass das nicht stimmt. Die Stadtgrenze ist für sie unüberwindbar. Als ich die unsichtbare Grenzlinie überquert habe, bin ich aus ihrer Welt gefallen. Wer also sollte mir eine Nachricht schicken.

Die Nummer im Display ist mir fremd. Der Text ergibt keinen Sinn. *Süße, bist du gut angekommen*, steht da. *Hast dich eingelebt*. Und dann: *Schade – hätte deinen Landsitz gern wieder besucht. Sara*. Fehlgeleitete Sätze. Nicht für mich bestimmt.

Ich sitze mit dem aufdampfenden Tee im Wohnzimmer, umfasse die Tasse mit beiden Händen. Mir gehen die Worte nicht aus dem Kopf: Süße, dein Landsitz, Sara. Sie erinnern mich an etwas, ich weiß nur nicht, was.

Der Raum hat sich kaum verändert. Christina hat ihre Möbel hiergelassen, so war es abgesprochen. Sie braucht sie nicht im fremden Land. Eine Verschiffung, nehme ich an, schien ihr zu aufwendig.

Die Wohnung ist ein Schlauch. Ein Tunnel ist das, habe ich gesagt, als ich sie zum ersten Mal gesehen habe. Aber das ist nicht richtig. Es gibt Fenster. Die Zimmer gehen ineinander über. Man tritt vom Flur in das Wohnzimmer. Vom Wohnzimmer ins Arbeitszimmer. Vom Arbeitszimmer ins Schlafzimmer. Eine Verkettung. Nur Küche und Bad spreizen sich ab.

Alles ist klein. Ich habe schon früher versucht, die Größe des Grundrisses abzuschätzen. Habe Christina nach Quadratmeterzahlen befragt, nach Maßstäben, Aufzeichnungen im Mietvertrag. Sie hat mit den Schultern gezuckt. Ihr war das egal.

Ich betrachte den Tisch, den schweren Eichenholzschrank, das wacklige Regal. Versuche mich an die Bücher zu erinnern, die hier standen. Die Farbgebung der Umschläge, die Reihenfolge der Titel: alphabetisch, chronologisch, thematisch. Dann greife ich nach dem eingestaubten Schachbrett, das auf dem obersten Brett liegt. Ich drehe die Figuren in meinen Händen hin und her, die Bauern, die Könige. Bis ich verstehe: Sara ist eine Freundin von Christina.

Ich könnte ihr antworten. Sie muss, das verstehe ich jetzt, geglaubt haben, sie schreibe Christina. *Süße, bist du gut angekommen.* Vielleicht hat sie sich in der langen Kolonne aus gespeicherten Namen vertippt. Ihr Finger rutschte ab und sie landete bei mir. Aber weshalb sollte sie meine Nummer gespeichert haben. Sie kennt mich nicht.

Christina könnte sie ihr gegeben haben. Und behauptet, dort sei sie ab jetzt zu erreichen. Eine neue Verbindung. Ein Spaß. Das wäre ihr zuzutrauen. Mir hat sie die neue Nummer auch nicht überlassen. Keine Adresse, keine Koordinaten, nichts. Sie hat mir nicht gesagt, wohin sie geht. Nicht einmal das Land wollte sie mir verraten. »Das bringt nichts«, hat sie geflüstert und ihre Stirn an meiner Schulter gerieben, »wir sind fertig miteinander, das weißt du doch.«

Ich habe mich damit abgefunden. Habe begriffen, dass ich sie nie wiedersehen werde. Habe sie zum Bahnhof gebracht, am letzten Tag, und dem abfahrenden Zug hinterhergesehen. Vielleicht konnte ich nur deswegen die Wohnung übernehmen. Vielleicht, und das wäre eine Möglichkeit, bin ich deswegen hier.

Wenn ich Sara jetzt antwortete, erschiene Christinas Name auf dem Display. Ihr Name über meinen Worten. Sara würde meine Nachricht als eine Botschaft von Christina lesen. Ich muss also wachsam sein in der Wortwahl. Muss schon mit dem ersten Satz bedeuten, dass ich ich bin und nicht sie. Aber mir fällt nicht ein, wie.

Ich könnte Sara anrufen. Dann müsste ich mich erklären. Vielleicht weiß sie nicht einmal, wer ich bin. Das wäre möglich. Christina war so. Sie hat mich vielen verschwiegen.

Ich stehe auf. Trete ans Fenster. Von hier aus kann ich direkt auf die Koppel sehen. Ein paar Pferde stehen schon im Freien, dicht gedrängt, mit grauen Decken auf dem Rücken. Ihr Atem hängt weiß und schwer in der Luft. Auf dem glitschigen Lehmboden glaube ich ein paar gelbe Blütenköpfe auf schuppigen Stängeln zu erkennen. Huflattich müsste das sein. So hat es mir meine Mutter beigebracht.

Wäre ich Christina. Wäre ich noch hier. Was würde ich antworten.

Ich nehme das Handy hoch und tippe. Schreibe: *Bin noch hier. Kann mich nicht trennen. C.*

II.

Der Bauer schweigt, wenn er mich sieht. Er mag mich nicht. Er hält mich, das sehe ich ihm an, für einen Fremdkörper. Ich versuche, ihn zu meiden. Das ist schwer. Ich muss, um zum Feld zu gelangen, den Hof überqueren. Am Ende des linken Gebäudeflügels führt ein schmaler Trampelpfad durch Gestrüpp und Sträucher hinauf auf eine Anhöhe. Dort beginnt der Acker.

Manchmal verstecke ich mich hinter meiner Tür und spähe durch den Spion, bis die Luft rein ist. Es gibt diese Tage. Ich möchte dann niemandem begegnen. Einmal bin ich sogar aus dem Fenster gestiegen. Es war Wochenende und der Hof voller Städter. Sie kennen sich alle. Sie brüllen sich Dinge zu, rufen und winken. Seit es wärmer geworden ist, versammeln sie sich an Bierbänken, die sie entlang des Hauptgebäudes aufgestellt haben. Sie pflocken ihre schnaubenden Pferde an die Halterungen im Mauerwerk und sitzen bis in die kühlen Abendstunden lachend über ihre Bierkrüge gebeugt. Sie sind laut. Im Sommer werden sie eine Feuerstelle einrichten. Ich habe den Brandfleck vom letzten Jahr auf dem Boden entdeckt. Sie werden Grillpartys feiern, jedes Wochenende, da bin ich sicher. Ich muss einen Weg finden, sie zu umgehen.

Meine Tage sind ruhig. Ich stehe noch immer sehr früh auf, obwohl es keinen Grund mehr gibt. Mein inneres Uhrwerk ist noch auf die Arbeit eingerichtet, ist eingetaktet auf morgendliche Besprechungen mit der Chefin, auf duftende Kaffeetassen in ungelüfteten Büroräumen, belegte Brötchen aus knisternden Bäckereitüten. Stattdessen gehe ich aufs Feld.

Manchmal frage ich mich, ob ich Christina nachlebe. Es kommt mir beinahe so vor. Ich laufe die Wege, die sie gegangen ist. Ich trinke aus ihren Tassen, esse mit ihrem Besteck. Vor allem aber schlafe ich in ihrem Bett. Und kann sie nachts, im Halbschlaf, noch neben mir spüren. Wie sie da lag. Wie sie sich anfühlte.

Auf einem der Hochsitze habe ich in einer kleinen Vertiefung ein Päckchen von Christinas Zigarettenmarke ertastet. Sie muss es dort hineingedrückt haben, eine Notration, ein Versteck. Als Belohnung für den langen Weg dorthin. Früher habe ich das manchmal mit meiner Großmutter gespielt: versteckst du mir was, habe ich gebettelt. Und sie hat eine Handvoll Bonbons genommen, einen Schokoladenriegel, ein Päckchen Kaugummi und hat die Süßigkeiten dann im Flur versteckt. Es gab da diese eingegrenzte Zone, in der ich suchen durfte: von der Küchentür bis zur Wohnungstür, auf der Kommode, unter dem langen, roten Läufer, hinter den Bildern, dem Garderobenständer, dem Kästchen mit dem Telefon. Nie wieder habe ich Möbel so eingehend untersucht. Noch heute kann ich sie heraufbeschwören, ihren Geruch, das Muster der Kerben in den Möbeln, den Einfallswinkel des Lichts zu den unterschiedlichsten Tageszeiten.

Auch Christinas Wohnung lerne ich langsam kennen. Oft sitze ich nur und gucke. Bemerke Dinge, die mir früher nie aufgefallen sind. Christinas Gegenwart hatte mich abgelenkt. Jetzt kann ich mich konzentrieren. Auf die Ausfransungen im Bastteppich zum Beispiel. Die feinen Risse in den Wänden. Das Farbschema der Flecken auf dem durchgesessenen Sofa.

Ich laufe viel. Es gibt eine kleine und eine große Runde. Die kleine Runde ist eine Schlaufe. Sie führt mich zum Fluss und über ihn hinweg, hinein in den angrenzenden Wald. Auf dem Rückweg muss ich mich unter meiner eigenen Spur hindurchfädeln und die Flussbrücke von unten kreuzen. Von dort nähere ich mich dem Garten des Imkers. Bisher habe ich ihn nicht getroffen, die Bienenstöcke aber sind bewohnt. Mindestens zehn Völker müssen es sein. Ich kann sie summen hören, sehe ihren trägen, noch wintermüden Anflug auf die Waben.

Die große Runde führt mich weit weg. Beim ersten Mal habe ich einen ganzen Tag gebraucht, aber ich werde schneller. Ich nehme den Waldweg, der zum Klärwerk führt. Ich muss vorbei an dem Sperrmüll, den die Leute hier in die Landschaft werfen. Im Gestrüpp rosten Elektroschrott, verbeulte Kühlschränke, Waschmaschinen, kaputte Mikrowellengeräte. Bunte Plastikfetzen flattern in den Baumkronen. Ich weiß nicht, wer so etwas macht. Aber ich verdächtige die Heimkehrer. Die polnische Grenze ist nicht weit. Und dann die Nähe zur Stadt.

Oft hält mich dieses erste Streckenstück vom Weg ab. Der überall verstreute Müll – und die Hunde. Auf die ich allergisch bin. Das war anfangs ein Problem. Denn Christina hatte einen Hund. Einen freundlichen Golden Retriever mit lustigen Schlappohren. Ich musste immer niesen, wenn er in der Nähe war. Später verschwand er irgendwann. Wir haben nie herausgefunden, was mit ihm passiert ist.

Die Hunde hier sind anders. Hinter einer Umzäunung gegenüber vom Klärwerk werden sie abgerichtet. Sie haben dort einen Trainingsparcours mit Hindernissen, Hürden und großen, grimmig dreinblickenden Trainern. Sie alle sehen aus, als müsste man sie verbieten. Die Tiere und die Menschen.

Bei meinen ersten Anläufen bin ich an dieser Stelle umgekehrt. Aber inzwischen weiß ich, dass es danach besser wird. Die Zufahrtsstraße vom Klärwerk muss man noch überqueren. Dann kommt die Weite.

Die Felder sind jetzt alle bewachsen. Der Wechsel kam so

weich und gleichmäßig, dass ich ihn fast nicht bemerkt habe. Wie bei der Haarlänge einer nahstehenden Person, die man täglich sieht. Die Landschaft ist bunt geworden, die Sträucher sind übersät mit aufspringenden Blütenknospen. Auf den Feldern mähen die Bauern bereits die ersten Blumenwiesen auf den nährstoffarmen Böden. Manchmal sammle ich die abgemähten Blumenköpfe ein. Margeriten kann ich dort finden, Wiesensalbei, Leimkraut. Es riecht nach Gras, nach verdunstendem Aprilregen auf warmer Erde.

Das größte Frühlingsanzeichen aber sind die Vögel. Das Gezwitscher. Zankende Amseln. Schwalben beim Nestbau an den lehmverkrusteten Innenwänden der Ställe. Ein vielstimmiger, in sich verwobener Gesang, den ich nicht deuten kann. Ein Zilpen und Tirilieren. Ich werde mir ein Vogelbestimmungsbuch kaufen.

Mit dem Kartoffelanbau habe ich noch nicht begonnen. Ich muss das Land erst urbar machen. Einer der Städter hat mir diesen Begriff beigebracht. Er stand plötzlich hinter mir, als ich mich schwitzend über die frisch ausgestochene Grasnarbe beugte, um sie in die kleine, holpernde Schubkarre zu werfen, die ich in Christinas Keller gefunden hatte. »Aha«, sagte er und lehnte sich lässig an einen der Zaunpflöcke, »willst du das Land urbar machen.« Ich sah ihn an und schwieg, bis er ging.

Der Begriff gefällt mir. Urbar machen. So fühlt es sich an. Das Feld ist nicht groß, aber es ist verwachsen. Christina hat sich nicht gekümmert. Ich muss, wenn ich hier etwas anpflanzen will, ganz von vorne anfangen. Seit Tagen steche ich Grasnarben aus. Jäte Unkraut. Harke den lehmigen, steinigen Boden. Sortiere Steinscherben aus, ein Berg aus Kies. Einen Test über den ph-Wert der Erde habe ich noch nicht gemacht. Es ist mir egal, ob der Boden sauer ist. Ich weiß auch so, dass es schwierig werden wird.

Setzlinge und Samen habe ich schon gekauft. Es gab sehr viele Kartoffelsorten. Ich habe drei verschiedene genommen, eine davon ist rot. Zucchini und Hokkaidokürbisse werde ich auch anpflanzen. Außerdem Erdbeeren, Knoblauch, Fleischtomaten, Kohlrabi und Feldsalat. Und Kräuter. Blumen brauche ich nicht. Davon gibt es hier genug.

Fast niemand ruft an. Meine Mutter meldet sich manchmal. Nur wenige meiner Freunde. Aber Sara schreibt oft. Sie klagt mir ihr Leid. Der Mann, der Job. Sie hat nach meiner ersten Nachricht sofort zurückgeschrieben. *Gott sei Dank*, hat sie geschrieben, *was täte ich ohne dich.*

Ich antworte ihr immer. Das verlangt Sorgfalt. Ich habe begonnen, mir Notizen zu machen. Damit ich mich nicht verrate. Schließlich bin ich für Sara Christina. Und möchte es bleiben. Ihre Nachrichten gefallen mir. Sie mag mich. *Süße*, schreibt sie zum Beispiel, *du fehlst mir hier. Trinke gerade Gin und proste dir zu. Life sucks.*

Schwierig wird es, wenn Sara von Dingen schreibt, die ich nicht wissen kann. *Weißt du noch*, schreibt sie dann. *Erinnerst du dich.* Ich darf kein Risiko eingehen, deswegen sage ich immer, ich hätte es vergessen. Damit sie mir keine Falle stellen kann. Sie könnte sich eine Erinnerung ausdenken. Um mich zu prüfen.

Christina hat oft von Sara gesprochen. Hat mir erzählt, wo sie sich kennengelernt haben. Dass sie sich Sorgen macht, wegen des Ehemanns. Der Sara nicht verdient hat. Ich habe nur selten zugehört. Habe mich stattdessen gefragt, was passiert, wenn ich mich einmal in eine von Christinas Freundinnen verliebe. Sara schien mir da eine gute Kandidatin zu sein. Ich hatte ein Foto von ihr gesehen, von früher. Sie liegt auf einem Brunnen. Er heißt »das Ehekarussell« und zeigt fratzenhafte Szenen eines Ehelebens. Sara liegt auf einem riesigen, nackten Mann aus schwarzer Bronze, der aus der Wasseroberfläche aufragt. Sein Gesicht ist abgewendet und wird von Saras Haaren verdeckt. Er küsst seine hinter ihm liegende bronzene Frau und schiebt dabei seine Hand unter Saras aufwirbelndes Kleid. Sie lacht direkt in die Kamera und drückt ihre nackten Beine gegen seine massigen Schenkel. An ihrem nassen Fuß blitzt ein Zehenring. Über den ich nicht hinwegkomme.

Der Ring damals, schreibe ich, *der Zehenring. Sag mal: trägst du den noch*. Ihre Antwort kommt sofort. *Klar*, schreibt sie, *hast du mir doch geschenkt*. Aha, denke ich. Habe ich.

Ich stelle mir vor, wann ich ihr den Ring gegeben habe. Zum Geburtstag vielleicht. Oder als Trost nach einer schlechten Erfahrung. Vielleicht am Morgen nach ihrer Entjungferung. Das könnte sein. Sara und Christina kennen sich schon lange.

Wir kennen uns schon lange.

III.

Es ist warm genug. Endlich. Beinahe hätte ich die Kartoffeln schon in der letzten Woche gesetzt. Aber dann fielen mir die Eisheiligen ein. Die kalte Sophie wollte ich noch abwarten. Den Nachtfrost, den sie mit sich bringen kann. Den Sturz der Temperatur. Stattdessen habe ich den Boden gedüngt.

Ich habe einen Flüssigdünger gebraut. Aus Brennnesselkraut. Es fördert, so stand es in meinem Pflanzenbuch, das Wachstum. Wegen der Stickstoffverbindungen, die es enthält. Ich habe also ein paar Gartenhandschuhe übergezogen und bin zum Waldrand gegangen. Dort gibt es eine Stelle, die mit Brennnesseln übersät ist. Ich trug lange Hosen, ein langärmliges Hemd. Verbrannt habe ich mich trotzdem. Aber das war es wert. Man gibt ein Kilogramm frisches Kraut zu zehn Litern Wasser in eine Regentonne und lässt den Sud in der Sonne gären. Die Jauche gießt man eigentlich zu schon gewachsenen Pflanzen, die noch keine Früchte tragen. Das habe ich zu spät gelesen. Ich habe sie direkt in den kahlen Boden geschüttet.

In der Wohnung warten kleine Setzlinge auf ihre Verpflanzung. Lichtkeimer und Dunkelkeimer musste ich zu unterscheiden lernen. Sogar gebeizt habe ich die Samen vor dem Auskeimen. Dazu legt man das Saatgut in Flüssigkeiten: Magermilch, Kamillentee oder Urin. Manche halten das für nutzlos. Ich habe Zeit.

Ich gewöhne mich langsam daran, Christina zu sein. Ich möchte Sara nicht verlieren. Ihre Nachrichten strukturieren mir den Tag. Wir haben uns eine Regelmäßigkeit erarbeitet, die mir wichtig ist. Morgens, wenn ich aufwache und das Mobiltelefon einschalte, kommt ihre erste Botschaft. *Steh auf,* schreibt sie, *die Sonne scheint, es ist Frühling und mein Mann ein Arsch.* Ein Morgengruß. Meistens schreibt sie dann nachmittags aus der Arbeit noch einmal. Und dann wieder nachts. Wenn ihr Mann schläft.

Anfangs fiel es mir schwer, mich einzufühlen. Ich musste lange nachdenken, bis ich wusste, was ich antworten könnte. *Schmeiß ihn raus,* schrieb ich dann schließlich zögernd, *er ist es nicht wert.* Oder: *Cheers, Sweety. Fuck them all.* So, dachte ich, reden Frauen über Männer.

Manchmal habe ich Nachrichten vor dem Abschicken gespeichert. Habe sie mit mir über die Felder getragen. Mich auf tote, umgefallene Baumstämme gesetzt, an Rinde und Moos herumgekratzt und wieder und wieder meine Worte gelesen. Sie überprüft. Auf ihre Tauglichkeit. Ob sie klängen wie von Christina.

Ich bewohne einen Schrein. Die Möbel, mit denen ich lebe, gehören Christina. Das Geschirr, von dem ich esse. Selbst die Putzmittel, die ich benutze, sind noch von ihr. Ich habe versucht, etwas zu ändern. Habe Möbel verrückt. Den Tisch unter das Fenster gestellt. Das Sofa verschoben. Es ging nicht. Ich weiß nicht, was es ist, ich musste die Möbel zurückstellen. Ich hatte die Ordnung der Wohnung verletzt. Sie ließ mich das spüren.

Die Dinge haben ihren Platz. Sie zwingen mich in ihren Rhythmus. Das Bett schreibt mir meine Schlafposition vor. Die Höhe der Regale bestimmt meine Körperhaltung. Ich müsste die Wände streichen. Die Möbel entfernen. Mich einrichten. Ich kann es nicht. Stattdessen krümme ich den Rücken über zu niedrige Tische. Verrenke meine Glieder auf dem durchgesessenen Sofa. Schrubbe die Kacheln im Bad mit Zitronenreiniger, obwohl ich seinen Geruch nicht mag. Er riecht nach Christina. Ich rieche nach Christina.

Ich habe angefangen zu rauchen. Das ist eine der Sachen, die mich verwirren. Ich habe aus dem Päckchen, das ich auf dem Hochsitz gefunden habe, eine einzige Zigarette entnommen und angezündet. Weiß nicht mehr, warum. Vielleicht war ich traurig. Vielleicht dachte ich, der Geruch könnte Christina zurückbringen. Seitdem höre ich nicht auf. Ich kaufe die Marke nach. Staple Zigaretten Stangenweise als Vorrat. Dabei hat mich das Rauchen nie interessiert.

Manchmal ertappe ich mich dabei, dass ich Gesten nachahme. Gewohnheiten. Ich trommle dann wie Christina mit den Fingern auf der Tischkante herum. Summe Melodien, die ich im Original nie gehört habe. Immer nur von Christinas Lippen. Wenn ich spreche – was selten vorkommt: beim Einkauf, beim unerwiderten Grüßen des Bauern, im Telefongespräch mit meiner Mutter –, spüre ich, wie sich beim Buchstaben Ö meine Nasenflügel blähen. Das habe ich bei Christina oft beobachtet. Ich spüre, wie sich mein Gesicht verzieht. Und fühle mich einen Moment lang wie sie. So etwas passiert, wenn man zu oft mit Leuten zusammen ist. Ich konnte das hin und wieder bei der Chefin beobachten. Wenn sie zu lang mit einem der Geschäftskunden unterwegs war. Sie kam dann zurück und war einen Tag lang nicht mehr sie selbst. Ihre Stimme hatte sich verschoben. Ihre Bewegungen waren anders, ungelenk. Sie hatte eine Schwäche für solche Grenzüberschreitungen. Mir ist das selten passiert. Bisher. Unlängst aber habe ich bemerkt, dass ich mich zum Pissen auf die Klobrille gesetzt habe. Dabei bin ich Stehpinkler. Aus Überzeugung.

Vielleicht, denke ich manchmal, ist es nicht so, dass ich Christinas Wohnung bewohne. Vielleicht bewohnt sie mich.

Im Keller habe ich Christinas alten Fernseher gefunden. Er ist sehr klein. Sie hat ihn, erzählte sie mir, früher immer mit ins Bett genommen. Hat unter der Bettdecke heimlich Filme gesehen, die ihr Vater ihr verboten hatte. Mutter hatte sie keine. Die hatte die Familie verlassen, als Christina sehr klein war. Also hat der Vater sie aufgezogen. Er war wohl sehr streng. Hat immer Nein gesagt, wenn Christina fernsehen wollte. Bis sie sich vom ersten ersparten Geld dieses Gerät kaufte. Von dem der Vater nichts wusste. Der Empfang muss miserabel gewesen sein, aber das war ihr egal. Wahrscheinlich ging es ihr ums Prinzip, den Triumph über ein Verbot, das sähe ihr ähnlich.

Ich habe das kleine, leichte Gerät nach oben getragen und im Wohnzimmer angeschlossen. Krieche jetzt auf den zerfaserten Bastmatten herum und wedle mit der Antenne in der Luft, bis ich ein Bild bekomme. Ein einziges Programm. Danach wage ich es kaum, mich zu bewegen. Ich könnte den Empfang stören. Ich sitze also und starre. Atme flach. Bin bereit, mir alles anzusehen, was sie mir bieten. Denke kurz, flüchtig nur, an den Plasma-Bildschirm in meiner alten Wohnung. An die sechsundfünfzig Programme. Das ist hier anders. Ich werde alles ansehen, was sie mir heute Abend bieten. Ich möchte andere Menschen sehen. Mich auf etwas konzentrieren, das außerhalb von mir selbst ist. Zerbröselt und in Schwarz-Weiß.

In dieser Nacht höre ich den Vogel. Eine Nachtigall muss das sein. Ihr Gesang hält mich wach. Der klare Klang ihrer Stimme dringt in mich ein. Dreht sich in meinem Körper. Eine helle, feine Kurbel, die sich durch meine Eingeweide bohrt. Ich wälze mich auf der Matratze hin und her. Mir ist heiß. Mein Schweiß hört nicht auf zu fließen. Alles ist nass. Die Decke, das Kissen. Als würde ein Teil von mir versickern.

Mein Magen rumort. Die Hitze fließt über mich, in mich hinein. Mir kommen Gedanken abhanden. Da ist nur noch das Stechen. Der Schmerz, der mich in die Krümmung zwingt. Zum Badezimmer schaffe ich es nur auf allen Vieren. Kriechend schleppe ich mich über den Bastboden. Die Melodie der Nachtigall dröhnt in meinem Körper. Sie ist so schön, dass ich weinen möchte.

Stattdessen kotze ich. Verflüssige mich. Über den Rand der Badewanne hinweg, in die Keramikschüssel der Toilette hinein. Ich würge und stöhne und verliere mich. Wie allein man sein kann in so einem Augenblick. Es gibt nichts mehr von mir. Nur das Aufheulen, das Bäumen des Körpers, der sich verwässert, der zerfließt, davongeschwemmt wird von dem Aufjubeln des Vogels vor dem Fenster, von einem Schmerz, der sich in mich verbeißt, mich von innen heraus zertrümmern will. Festkrallen müsste ich mich, mich zusammenhalten, irgendwo, aber meine Finger gleiten ab, fallen in die Luft, finden keinen Halt. Vielleicht, denke ich, werden mich meine Därme zerreißen, vielleicht gibt es das: dass man sich selbst zerfetzt.

Als es nachlässt, einen Augenblick lang, lasse ich mich fallen. Mein Körper schlägt auf die kühlen Bodenkacheln, in die ich mein heißes, schwitzendes Gesicht drücke. Fremd fühlt es sich an, fremd und fern. Aber bevor ich mich aufrichten kann, um es zu betasten, mich meiner zu vergewissern, spüre ich die nächste Welle.

Ich löse mich auf. Mein Magen schlingert, stülpt sich um, zerrt mich in Richtungen, vorwärts, rückwärts, ich verliere die Orientierung. Es stinkt. Nach ranzigem Fett, gammligem Fischfleisch. Außerhalb von mir ist eine Erinnerung. Sie schwebt im Raum, hat etwas mit Fisch zu tun, Dosenfisch, dessen Haltbarkeitsdatum ich nicht überprüft habe beim Mittagessen. Der Fisch, denke ich noch, der Fisch. Und ergebe mich in den neuen Schwall, der aus mir hervorbricht, in das Stöhnen, das Aufklatschen von Halbverdautem auf glatten Keramikwänden, in die Kälte, die Hitze, den Gestank.

Ich erwache im Dämmerlicht. Ich liege in einer Pfütze auf dem Boden. Es ist kalt. Mein Körper zittert. Mein Mund ist verkrustet. Als ich versuche, mich aufzurichten, brechen mir die Beine weg. Ich greife von unten nach dem Waschbecken, zerre mich nach oben, bis ich schließlich gebeugt und keuchend meine Stirn auf dem Wasserhahn ablegen kann. Mit der rechten Hand drücke ich die Klospülung. Als würde das etwas bringen. Dann drehe ich das Wasser auf.

Es läuft über meine Handgelenke, mein Gesicht. In meine Mundhöhle. Erst wage ich nicht, zu schlucken, doch dann, nach einem ersten, vorsichtigen Versuch, beginne ich zu trinken. Ich sauge mich an dem kühlen Hahn fest, lasse das Wasser in mich laufen, bis es mir die Kehle zudrückt. Bis ich wieder zu würgen beginne und schnell den Kopf zur Seite wende.

Langsam richte ich mich auf. Suche mein Abbild im Spiegel. Will mich überzeugen, dass ich nicht zerflossen bin. Dass es mich noch gibt. Ich richte mich auf. Und sehe, wie sich aus dem Halbdunkel des Spiegels die Umrisse einer Person herausschälen. Aber es sind nicht meine Augen, die mir entgegenblicken. Das ist nicht mein Gesicht. Es ist das Gesicht von Christina.

Am nächsten Tag kauere ich auf dem Acker. Ich kann meinen Kopf kaum heben, so müde bin ich. Aber ich ziehe Furchen in den aufgeheizten Acker. Lege kleine, eierförmige Setzkartoffeln. Häufle Erde über die gefüllten Kuhlen.

Abends räume ich den Fernseher zurück in das Kellerkabuff. Mein Landkreis wird in den nächsten Wochen auf digitales Fernsehen umgestellt. Dann habe ich keinen Empfang mehr. Außerdem hat mich das Gerät in der Wohnung gestört. Es lenkt mich ab.

Ich schiebe den Fernseher zwischen feuchte Pappkartons,

Plastiktüten voller abgetragener Kleidungsstücke, zerfledderter Bücher, Elektroschrott und all den anderen Müll, den Christina mir hinterlassen hat. Auch den Spiegel habe ich mit in den Keller genommen. Ich habe ihn abgenommen und verhängt. Er ist mir unheimlich geworden nach dieser Nacht.

Irgendwann muss ich hier ausmisten, denke ich, unbedingt. Ich muss Christina austreiben. Sie und ihre Hinterlassenschaften, am besten bald. Vielleicht morgen. Dieser Mief. Es fängt schon an zu stinken hier unten.

IV.

Etwas Merkwürdiges ist passiert. Der Bauer hat mit mir gesprochen. Er ist, als ich auf dem Feld stand und die ersten Kartoffelkeime untersuchte, an mich herangetreten und hat mich von hinten umarmt. Er sei, hat er mir ins Ohr geflüstert, so froh, dass ich wieder da wäre. Ich habe stillgehalten. Habe zugelassen, dass er seine Hände in meine Haare schob und leicht an ihnen zog. Gerade als er meinen Kopf zu sich drehen wollte, als ich mich zu fragen begann, wie ich mich ihm vorsichtig entwinden könnte, rief vom Hof seine Frau nach ihm. Er ließ mich los. Nestelte kurz am Gürtel seiner Hose. Und verschwand.

Ich weiß nicht, was ich davon halten soll. Vielleicht hat ihm die Hitze den Kopf verdreht. Seit Tagen brennt die Sonne auf die Felder, die Wiesen, das weich geschmolzene Teerdach der Ställe. Der Fluss ist schmal geworden, ein kleines, zierliches Rinnsal im angetrockneten Flussbett. Die Sümpfe haben sich in rissige Lehmflächen verwandelt, in ein zersplittertes, aufgesprungenes Mosaik aus erstarrten Erdbrocken. Am Wegrand welkt der Huflattich, wird verdrängt durch eine andere Pflanze, die ich nicht kenne. Sie blüht auf in der Hitze. Breitet sich als wächsernes, grünes Geflecht über dem kargen Boden aus, sticht mit weißen Blütenschirmen steil in die Höhe. Weißer Mauerpfeffer sei das, sagt mir mein Buch. Und dass das unter allen einheimischen Gewächsen der größte Überlebenskünstler wäre.

Ich wässere meine Pflanzen jeden Morgen, manchmal auch nachts. Sie machen sich gut. Die Tomaten, die Zucchini, der Kürbis, die Kräuter. Selbst der Salat. Er wächst allerdings nicht in die Breite, wie er sollte. Er baut kleine, schiefe Türme aus Blättern. Vielleicht müsste ich ihn ausgeizen, verziehen, irgendetwas tun. Aber er ist mir nicht wichtig. Meine ganze Aufmerksamkeit gehört den Kartoffeln. Alles andere soll wachsen, wie es will.

Kirschlorbeer habe ich auch versucht zu pflanzen. Ich habe mir drei Sträucher geholt, die ich als Sichtschutz zum Pfad hin anbauen wollte. Es gibt da diese Lücke im Gestrüpp. Durch sie kann man mich vom Hof aus sehen. Besonders an den Wochenenden, wenn sich die Städter um die fetttriefenden Schweinswürstchen auf dem Grill herumrotten, fühle ich mich beobachtet. Sie tuscheln über mich. Das habe ich mitbekommen. Also wollte ich Maßnahmen ergreifen. Aber der Kirschlorbeer wandert. Wenn ich in der kühlen Morgendämmerung das Feld betrete, muss ich ihn suchen. Jemand hat ihn über Nacht herausgerissen, ihn ein paar Meter über den Boden geschleift und dann fallen gelassen. An den Blättern entdecke ich Abdrücke von großen Zähnen, Kauspuren. Vielleicht, denke ich, sind es hungrige Rehe. Das macht mir Sorgen. Wegen der Kartoffelpflänzchen. Ich muss mir da was überlegen.

Die Sonne hat mir das Haar gebleicht. Locken habe ich auch bekommen. Wie das mit der Hitze zusammenhängt, verstehe ich nicht. Ich sehe es nur an den verdrillten Strähnen, die mir beim Bücken ins Gesicht fallen. Wahrscheinlich müsste ich mir die Haare schneiden, aber ich will den Spiegel nicht aus dem Keller holen. Ich habe da dieses Gefühl. Dass mir nun auch tagsüber Christinas Gesicht aus dem Spiegelglas entgegenblicken könnte.

Ich bin mir fremd. Mein Körper fühlt sich komisch an. Es gibt eine Umverteilung von Gewicht. Meine Proportionen verschieben sich. Alles wird formbar. Gestern habe ich im Halbschlaf nach meiner Brust getastet. Die Gartenarbeit hat mich trainiert. Ich beginne Muskeln zu entwickeln. Und Titten. Eigentlich mag ich das nicht bei Männern. Diese hüpfenden Brustmuskeln über Waschbrettbäuchen. Ich bekomme dann immer ein schlechtes Gewissen. Weil ich ein verkrüppelter Schreibtischtäter bin. Aber jetzt, an mir selbst, stört es mich nicht weiter.

Sara möchte mich besuchen. Ich weiß nicht, wie ich ihr das ausreden soll. *Zu heiß hier*, schreibe ich, *zu viele Mücken*. Oder: *Komm im Winter, wenn ich einsam bin.* Sie lässt nicht locker. Sie sucht schon nach Flügen. Schickt mir Ankunftszeiten, Abflugdaten. Ich müsste das abwenden. Aber ich werde müde. Meine Erinnerung gerät aus dem Takt. Vieles erscheint mir unwirklich. Mein Leben davor. Der Job. Die Chefin. Ich muss an meine Wohnung denken. Wie anders es dort war.

Vielleicht war das gar nicht meine Wohnung, denke ich plötzlich. Irgendetwas stimmt nicht an meiner Erinnerung. Die Badewanne, der Balkon. Der weite Blick. Ich selbst hatte keine Badewanne. Kann keine Badewanne gehabt haben. Warum sonst hätte ich im Büro gebadet. Heimlich, nach Büroschluss, wenn alle gegangen waren. Das Büro war in einem Wohnhaus, im Zentrum der Stadt. Das war möglich geworden, damals, als wir gerade nach Räumen suchten: dass man eine Wohnung als Gewerberaum nutzen durfte. Wir fanden das lustig. Eine Küche, ein Gästebad mit Wanne, drei Zimmer, ein Balkon zum Hinterhof, auf dem die Kinder aus dem angrenzenden Kindergarten spielten. Kein typisches Großraumbüro. Sondern fast ein Zuhause. Die Chefin schlief manchmal da. Sie hatte eine Klappcouch in ihrem Zimmer, schwarzes Leder, mit Bettzeug im Bettkasten. Sie wusste, dass ich dort bade. Ich wusste, dass sie dort schlief, wenn es wieder einmal spät geworden war: die Auslandsverträge mit Kunden in anderen Zeitzonen, Geschäftsgespräche nach Mitternacht. Wir verrieten uns nicht an die anderen. Ich lag in der Wanne, atmete ätherische Öle und hörte ihr Murmeln im Nebenzimmer, das Rascheln der Bettdecke. Auch auf dem Balkon saß ich oft. Weil ich, jetzt weiß ich es wieder, selbst keinen hatte.

Es gibt, das habe ich in einem Roman gelesen, zwei unterschiedliche Wohntypen. Ich wäre gerne einer von denen, die den Überblick brauchen. Sie siedeln sich auf Anhöhen an, auf Bergkuppen und in Hochhäusern. Aber ich gehöre in Wahrheit zu den Höhlenmenschen. Ich ducke mich hinter Steinmauern. Das ist schon immer so gewesen.

Ich beginne, den Bauern zu mögen. Er kommt jetzt öfter auf dem Feld vorbei. Seine Frau sieht das nicht gern. Gestern hat sie mich im Hof abgefangen. Hat die dicken Arme in ihre Hüften gestemmt und gesagt: »Bilde dir bloß nicht ein, dass das jetzt wieder losgeht.« Dann hat sie ihren Körper herumgeworfen und ist mit wütend vorgerecktem Kinn in einem der Ställe verschwunden.

Ich weiß nicht, was sie meint. Auch wenn sich der Bauer manchmal komisch verhält. Es ist zum Beispiel schwer, seine Hände von mir abzustreifen. Sie sind überall, diese Hände. Sie streichen mir über die nackte Haut meines Rückens, wenn ich mich nach vorn beuge, um meine Kartoffelpflänzchen zu wässern. Sie greifen mir ins Haar, an die Schultern, manchmal sogar den Hintern. Ich höre ihn nie kommen. Er schleicht.

Seine Berührungen sind mir nicht unangenehm. Langsam begreife ich auch, dass er damit nicht aufhören wird. Er hat das Gefühl, er dürfte das. Ich werde also nicht mehr versuchen, mich zu wehren.

Er erzählt gern. Und ich mag es, ihm zuzuhören. Manches ergibt keinen Sinn. Er schimpft zum Beispiel gern auf den Typen, den ich ihm in die Wohnung gesetzt hätte. Diesen verstockten Städter, der niemanden gegrüßt habe. Stumm und feindselig sei der über die Felder gestapft. Hätte alle gegen sich aufgebracht. »Wurde Zeit, dass der geht«, sagt der Bauer dann. Und: »Wehe, du verlässt mich noch mal.« Ich nicke zustimmend. Obwohl ich keine Ahnung habe, wovon er spricht.

Gestern habe ich ihn nach dem Kirschlorbeer gefragt. Er hat gelacht. Die Wildschweine seien das. Nachts würden sie sich aus dem Gehölz hervorwagen und in den Gärten nach Essbarem suchen. Der Kirschlorbeer sei ihnen zu bitter, deswegen ließen sie ihn liegen. Aber in der nächsten Nacht hätten sie das wieder vergessen und würden es noch einmal versuchen. »Wildschweine sind dumm«, sagte der Bauer und lachte. Er empfahl mir, ein paar Büschel von meinem Haar abzuschneiden und in Säckchen an den Zaun zu hängen. »Sie riechen das«, sagte er und fuhr mir mit den Fingern über die Oberschenkel, »sie riechen den Menschen. Dann bleiben sie weg.«

Christinas Hund ist zurück. Ich bin heute Morgen von seinem Winseln aufgewacht. Als ich ihm die Tür öffnete, sprang er an mir hoch. Ich habe versucht, ihn wegzuschieben. Wegen der Allergie. Aber er ließ sich nicht abschütteln. Und ich musste nicht niesen. Kein Juckreiz, kein Kribbeln in der Nase, nichts. Dabei hatten die Ärzte mir gesagt, dass man da nichts machen kann. Dass so eine Allergie nie wieder weggehen wird. Die frische Luft, denke ich. Das gesunde Landleben. Vielleicht hat das was verändert.

Ich warte darauf, dass der Hund Christina sucht, aber er weicht nicht von meiner Seite. Er ist abgemagert und verdreckt. Hat eine lange Strecke hinter sich, das sehe ich an seinen blutigen Pfoten. Er tut mir leid. Ich sollte ihm einen Namen geben. Christina nannte ihn immer nur »der Hund«.

Zum ersten Mal kommt mir der Gedanke, dass Christina den Hund ausgesetzt haben könnte. Sie könnte mit ihm in den Zug gestiegen sein. Hätte ihm vorgegaukelt, dass sie gemeinsam in den Urlaub fahren, irgendwohin. Auf einem öffentlichen Platz in einer Stadt an der Küste hätte sie ihn dann an einer Bank festgebunden. Wahrscheinlich in einem Kurort. Wo es viele alte Menschen gibt, die Zeit haben. Die aufmerksam sind für Dinge, die aus dem Rahmen fallen. Dann hätte sie sich irgendwo versteckt. Hätte gewartet, bis jemand den jaulenden, zerrenden Hund von der Bank abkettet. Vielleicht hätte sie eine Nacht lang warten müssen. Der Hund ist geduldig. Er wäre beharrlich neben der Bank liegen geblieben, in dem sturen Glauben an ihre Wiederkehr. Erst am nächsten, vielleicht am übernächsten Tag hätte er begonnen, sich zu rühren. Aus ihrem Versteck heraus hätte Christina dann beobachten können, wie ein Kurgast sich dem winselnden Tier nähert. Es hätte ihr das Herz gebrochen. Aber sie hätte es durchgestanden. Damit ich sie nicht verlasse. Sie könnte befürchtet haben, dass ich nicht bei ihr bleiben werde, wenn sie den Hund behält. Wegen meiner Allergie. Aber das ist Unsinn. Sie war so nicht.

Vielleicht, denke ich plötzlich, habe ich den Hund ausgesetzt. Das wäre logisch. Ich könnte ihn mit einer Scheibe Wurst in mein Auto gelockt haben. Wir wären dann weit weggefahren, einen halben Tag lang. Bis fast ans Meer. Dann hätte ich an einer Autobahnraststätte gehalten. Ich hätte ihn an einem Laternenpfahl angebunden. Hätte ihm noch einen Zipfel Wurst dagelassen und wäre davongefahren, ohne mich umzusehen. Später hätte ich Christina geholfen, ihn zu suchen. Das ist einleuchtend. Ich hätte es getan, damit ich bei Christina bleiben kann.

Ich betrachte den Hund. Die Wunden an seinen Pfoten. Den schmutzigen Schorf, den Eiter. »Es tut mir leid«, sage ich. Er merkt auf. Kommt zu mir und legt sein Kinn auf mein Knie. Ich sollte ihn taufen. »Was hältst du von Donkers«, sage ich. Es ist das erste Wort, das mir einfällt. Ich habe keine Ahnung, was es bedeutet. Aus welcher Sprache es kommen könnte. Der Hund wedelt mit dem Schwanz. »Komm, Donkers«, sage ich, »wir holen dir was zu fressen.«

In dem Schränkchen neben der Spüle finde ich ein paar Dosen Hundefutter. Christina hat sie aufgehoben. Sie glaubte immer daran, dass der Hund wiederkommt. Mich hat das verwundert. Er schien ihr, als er noch da war, nicht sonderlich wichtig zu sein. Manchmal frage ich mich, was ihr überhaupt wichtig war.

Ich setze mich neben Donkers auf den Boden und sehe ihm zu, wie er gierig die Fleischstückchen in sich hineinschlingt. Er würgt und schmatzt beim Kauen. Und wirft mir ab und zu einen dankbaren Blick zu. Ich sollte mich schämen.

Aber schließlich hatte ich Gründe. Ich wollte Christina nicht verlieren. Nicht wegen einer dämlichen Allergie. Nicht wegen ein paar albernen Hundehaaren. So leicht wollte ich mich nicht geschlagen geben, glaube ich. Ich habe jetzt eine Erinnerung an den Vorgang. Sehe mich, wie ich auf der gegenüberliegenden Fahrbahn an jenem Rastplatz vorbeifahre. Ich musste schließlich umkehren, musste warten, bis ich auf einem Autobahnkreuz in die Gegenrichtung einbiegen konnte, um zu Christina zurückzukehren. Da habe ich den Hund stehen sehen. Er stand an den Laternenpfahl geschmiegt und blickte über die Fahrbahn direkt zu mir herüber. Als er mein Auto sah, hat er gebellt und freudig mit dem Schwanz gewedelt. So könnte es gewesen sein.

Da fällt es mir wieder ein. Die Wohnung. Von der ich dachte, es sei meine. Das war das Zuhause eines Freundes. Der häufig beruflich in andere Länder fahren musste. Ich habe seine Wohnung gehütet. Die Pflanzen gegossen. Seine Bücher gelesen. Mir vorgestellt, manchmal, wie es wäre, da zu leben. Ich öffnete seinen Briefkasten. Legte ihm seine Post auf den Schreibtisch. Kochte mir hin und wieder Tee mit seinem Wasserkessel. Saß auf dem Balkon, stundenlang. Man konnte viel sehen von dort oben. Das Haus liegt auf einem Hügel, man hat die ganze Stadt im Blick. Gebadet habe ich auch manchmal da. Aber ich blieb nie länger als ein paar Stunden. Dann ging ich nach Hause. Immer.

Ich habe mich leicht gefühlt in dieser Wohnung, luftig. Nicht so wie hier. Hier zerrt mich etwas zu Boden. Ich muss mich anstrengen, um aufrecht zu bleiben. Mit Verwurzelung könnte das zu tun haben, denke ich. Mit unterirdischer Triebbildung. Vielleicht bin ich ein Dunkelkeimer mit weit verzweigtem Wurzelwerk. Vielleicht verhake ich mich unter der Erdoberfläche in diesen Boden und gehe nie wieder von hier weg.

Ich muss mich anstrengen. Mich an meine wirkliche Wohnung erinnern. Wo war die. Kann doch nicht sein, dass ich sie vergessen habe. So schnell.

V.

Ich habe mit einem Mann geschlafen. Er heißt Gonzales. Er arbeitet jetzt auf dem Hof. Ich kniete gerade vor den Kartoffelpflanzen und untersuchte die Unterseiten ihrer Blätter, als er zu mir trat, um sich vorzustellen. »Hallo«, sagte er und streckte mir die Hand hin, »ich bin Gonzales.« Ich glaube ihm seinen Namen nicht.

Die Kartoffeln machen mir Sorgen. Sie sind in den letzten Wochen wunderbar gewachsen. Mit weit aufgefächerten, sattgrünen Trieben. Aber vor ein paar Tagen entdeckte ich die Larven. Erst waren es, so dachte ich, nur wenige. Sie klebten an den plötzlich eingefressenen Außenkanten der Blätter. Sie sind klein und dick. Rosafarben und mit schwarzem Köpfchen. Maden, dachte ich, als ich sie zum ersten Mal gesehen habe. Maden. Ich habe sie abgepflückt, in einen Metalleimer geworfen und zum Komposthaufen getragen. Sie fühlten sich kühl an zwischen meinen Fingern. Kühl und glitschig. Aber am nächsten Morgen waren sie wieder da. Sie hatten sich verdoppelt.
Der Bauer hat mit den Schultern gezuckt, als ich ihm davon erzählte. »Kartoffelkäfer«, hat er gesagt und mir eine Zigarette angeboten, »was hast du erwartet.« Und dass ich noch froh sein

müsse, wenn die Käfer mein einziges Problem blieben. Ob ich schon mal von Nassfäule gehört hätte. Von Pulverschorf und Schwarzbeinigkeit, von Drahtwürmern und Kartoffelkrebs. Die Käfer könne man abpflücken, sagte er, einfach absammeln, was anderes helfe da nicht. Und dass er demnächst einen neuen Stallknecht bekomme. Der könne mir ja zur Hand gehen, ab und zu.

Gonzales sagt, er sei Brasilianer, aus Manaus. Dschungelführer sei er dort gewesen. Aber er hat einen polnischen Akzent. Ich widerspreche ihm nicht. Täusche vor, ihm seine Herkunft zu glauben. Seinen brasilianischen Namen. Ich will mich nicht streiten. Nicht jetzt schon. Er hat sich an diesem ersten Tag neben mich gesetzt, an den Rand des Beets. Hat Donkers die Rückseite seiner Hand hingestreckt, damit der ihn beschnüffeln konnte. Hat die Blätter meiner Pflanzen beäugt und mit der Zunge geschnalzt.

Er weiß viel über die Käfer. Vielleicht wollte ich ihn deswegen abends noch bei mir haben. Dass ein Weibchen über tausend Eier ablegt, hat er mir erklärt. In kleinen Paketen an der Unterseite der Blätter. Die Larven häuten sich mehrfach, bevor sie sich in der Erde verpuppen. »Sie sind im Boden«, sagte er, »du wirst sie nicht los.«

Er half mir beim Absammeln. Hörte nicht auf zu reden. Manchmal warf er mir Blicke zu. Während er davon sprach, dass der Kartoffelkäfer aus Colorado komme. Dass es Gerüchte gäbe, die besagen, dass die Amerikaner den Käfer als biologische Waffe eingesetzt hätten. Aus Flugzeugen, so beschwerte sich das NS-Regime, später die DDR-Regierung, habe man ganze Kolonien von Käfern über deutschen Feldern abgeworfen. Daher, sagte Gonzales und berührte auf einer der

Pflanzen wie zufällig meine Hand, daher der Spitzname: Amikäfer.

Männer haben mich nie interessiert. Nicht sexuell. Ich fand das langweilig. Wieso mich für etwas begeistern, das ich selber habe. Mit Gonzales ist das anders. Ich habe ihn gleich am ersten Abend mit in mein Bett genommen. Vielleicht ist es seine Stimme. Ich mag es, wenn er erzählt. Es gehen Schwingungen von ihm aus. Von der Art, wie er Dinge benennt. Vielleicht bin ich auch einfach nur ausgehungert. Christina ist schon so lange weg. Ich kann mich nicht einmal mehr daran erinnern, wann ich zum letzten Mal mit ihr geschlafen habe. Wie es war.

Natürlich ist es mit Gonzales anders. Als hätte ich meinen Körper ausgetauscht. Ich bin die Frau und schlafe mit mir selbst als Mann. Irgendetwas stimmt da nicht. Aber ich will nicht darüber nachdenken. Es gefällt mir. Ich mag es, wie er mich anfasst.

Am Morgen nach der ersten Nacht hatte ich Befürchtungen. Dass Gonzales mich nicht mehr mögen könnte. Das ist seltsam, denn früher war ich froh, wenn nichts folgte. Es gab nur wenige Frauen, die ich behalten wollte. Die mich am nächsten Morgen noch interessierten. Vielleicht, denke ich, habe ich mich so sehr in Christinas Leben eingewöhnt, dass ich zu fühlen beginne wie eine Frau.

Der Bauer grüßt nicht mehr. Er ist zurückgekehrt in sein Schweigen, seit er mitbekommen hat, wo Gonzales schläft. Dafür finde ich nun manchmal Geschenke vor meiner Tür. Körbe mit Kirschen. Einen Karton mit nestwarmen Eiern. Ein Stück frisch gebackenen Kuchen. Die Bäuerin lächelt mir zu, wenn sie mich sieht. Sie wirkt erleichtert.

Meine Zeit zerfließt mir. Die Hitze lässt nicht nach, obwohl die Tage schon bald beginnen, kürzer zu werden. Ich führe einen Wettkampf mit den Käfern. Gonzales hat mir erklärt, dass meine Pflanzen absterben müssen, damit ich ernten kann. Es macht also nichts, dass sie braun werden. Im Gegenteil. Wir werden die Käfer aushungern. Müssen sie nur oft genug wegtragen. Sie auf Abstand halten. Damit die Pflanzen sterben können, bevor sie von den Käfern abgefressen werden. Während die Käfer damit beschäftigt sind, zu den Kartoffeln zurückzuwandern, können die Pflanzen in Ruhe eingehen. Dann bleibt, sagt Gonzales, eine Chance für die Knollenfrüchte.

Das stand in keinem meiner Bücher. Ich weiß kaum noch, was ich ohne Gonzales täte. Sara erzähle ich trotzdem nicht von ihm. Ich möchte glauben, dass sie eifersüchtig wäre. Sie ist ohnehin schon misstrauisch, weil ich sie zu oft vertröste. *Willst du mich nicht bei dir haben,* schreibt sie. *Was ist denn da los.*

Meine Mutter ruft an. »Sohn, bist du das?«, sagt sie. »Du klingst so komisch.« Ja, sage ich, ja, Mama, ich bin das. Und, Mama, noch was. Ich schlafe mit einem Mann.

Die Verbindung knistert. Draußen an den Amerikanischen Goldruten summen die Bienen des Imkers. Sie klingen matt in der aufgeheizten Luft. Als meine Mutter wieder spricht, ist ihre Stimme leise, wie von sehr weit her. Als führten wir ein Überseegespräch. »Du wirst«, sagt sie, »verstehen, dass ich jetzt nachdenken muss.« Und legt auf.

Sie ruft am Abend wieder an. In der Zwischenzeit habe ich nochmal nach den Kartoffelkäfern gesehen. Sie haben sich seit dem Morgen wieder vermehrt. Eine Schwemme ist das, denke ich, eine Amikäferschwemme. Ein paar von ihnen sind gereift. Sie haben jetzt schärfere Umrisse. Wie Kaulquappen, die Konturen annehmen, wenn sie älter werden. Der Schritt vom wabbeligen Froschlaich zum Lebewesen. Farbe haben sie auch bekommen. Schwarze Längsstreifen auf weiß-gelbem Grund. Eine plötzliche Veränderung der Kolorierung. Ich muss an Garnelen denken. Den Moment, wenn man die gekrümmten, durchscheinenden Körper in die Pfanne wirft und sie im aufspritzenden Fett plötzlich Farbe annehmen. Vielleicht hole ich mir morgen welche vom Fischmarkt.

Meine Mutter spricht plötzlich englisch mit mir. Ich weiß nicht, warum. Kann sein, dass es ihr leichter fällt. Schließlich ist ihr Sohn jetzt schwul, ein plötzlich fremdes Wesen. Man könnte sich, denke ich, über die andere Sprache wieder näherkommen. Sich neu kennenlernen. Aber ich sage das nicht. Ich höre ihr zu.

Sie habe, sagt sie, ein bisschen im Internet geforscht. Surfing the net, you know. Und sei da über ein paar Dinge gestolpert. Sie atmet schwer und ich höre ein Klicken. Sie zündet sich eine Zigarette an. Vielleicht sogar einen Zigarillo. Hat sie seit Jahren nicht mehr getan. War so stolz darauf, am fünfzigsten Geburtstag mit dem Rauchen aufgehört zu haben. Jetzt das. Und ich bin schuld.

»Well«, sagt sie und pustet den Rauch auf die Sprechmuschel, »I just need to know one thing. Are you a taker or a giver.« Ich setze mich in den Korbstuhl am Küchenfenster. Denke: was ist das für ein Gespräch. Warum führe ich es mit meiner Mutter. Warum auf Englisch. Wieso überhaupt.

Ob ich empfange oder gebe, will sie also wissen. In der ersten Nacht habe ich empfangen. Ich habe mich auf den Bauch gedreht, ganz von allein. Habe mit der rechten Hand meine Hose in die Kniekehle gezogen. Meinen nackten Hintern Gonzales entgegengereckt. Er musste mich nicht darum bitten.

Man könnte sich, wenn man der Gebende ist, aus der Sache herausreden. Man könnte am nächsten Morgen aufwachen und sagen: naja. War eben gerade keine Frau da, du verstehst. Denn eigentlich liebe ich keine Männer. Dass das mal klar ist.

Aber es ist nicht klar. Darüber habe ich nachgedacht, während Gonzales bereits in einen ruhigen, tiefen Schlaf gefallen war. Ich lehnte auf seinem verschwitzten Brustkasten und dachte an das Gefühl, dass er in mir ausgelöst hatte. War verwundert. Über die Stellen in mir, die ich vorher nie gespürt hatte. Wie wenig man den eigenen Körper kennt. Später habe ich ihn in den Mund genommen. Ich bin an seinem Körper entlanggerutscht, habe die Bettdecke zur Seite geschoben, mit den Zähnen an seinen Schamhaaren gezupft, mit den Lippen seine Vorhaut zurückgeschoben. Ihn geleckt, bis er wach wurde vom eigenen Aufstöhnen. Ich habe empfangen und es hat mir gefallen. Tue es oft, seitdem. So ist das.

Ich fahre mit dem Finger über die Außenkante des geöffneten Küchenfensters. Das Holz splittert, ich muss es schleifen, lackieren. Das Moskitonetz stört mich. Dieses feine Gitter, das mir den Blick auf die Koppel verwischt. Auf die Pferde, die hinter dem brüchigen Holzzaun stehen und zu mir herüberblicken. Sie wiehern, ihnen ist warm. Ich werde das Netz abreißen. Die tänzelnden Insekten zu mir in die Wohnung lassen. Ich hole Luft. »I am a taker, Mum«, sage ich, »there is no doubt.«

Gegen Mitternacht beschließe ich, noch einmal aufs Feld zu gehen. Meine Taschenlampe glimmt schwach, ich muss neue Batterien kaufen. Aber der Mond scheint hell über die Felder.

Ich habe begonnen, mich für Sternbilder zu interessieren. Kassiopeia. Den Großen Wagen. Ich sehe immer nur die Hälfte des Himmels. Die Stadt leuchtet in der Ferne. Eine große Glocke aus gelb strahlendem Dunst. Die Sterne erlöschen, wenn sie in ihre Nähe kommen.

Die Kartoffelkäfer glitzern im Lichtkegel. Ich finde sie schön. Dass die Pflanzen absterben werden, mag ich kaum glauben. Ich lege mich auf den warmen Boden. Könnte ich mich eingraben, jetzt, hier, in diesem Augenblick, und bleiben. Ich würde es tun.

Am nächsten Morgen piept mein Handy. Sara hat wieder geschrieben. Sie schreibt: *Ich komme bald. Werde morgen den Flug buchen. Für Sonntag. Ist dir das recht.* Mir fällt nichts mehr ein, womit ich sie abwehren könnte. Ich habe alle Argumente verbraucht.

Vielleicht wäre es gut, wenn sie kommt. Ich möchte sie sehen. Ich möchte ihr den Hof zeigen, das Feld, die Kartoffeln. Könnte ja sein, denke ich plötzlich, dass sie nicht merkt, dass ich nicht Christina bin.

Ich lausche mir nach. Höre meine eigenen Gedanken. Weiß, wie aberwitzig sie sind. Aber irgendetwas lässt mich daran glauben, dass es funktionieren könnte. Ich habe mich verändert. Ich bin Christina sehr nah. Ihrem Leben. Ihrem Ich. Es könnte klappen.

Zögernd nehme ich das Handy hoch. Wiege es in meinen Händen. Lege es ab. Nehme es wieder auf und tippe. *Klar*, schreibe ich, *komm. Ich freu mich.*

Zwei Tage später meldet sich der Freund. Dessen Wohnung ich manchmal hüte. Es fällt mir schwer, mich an ihn zu erinnern.

Ich vergesse so viel. Aber seine Sprachmelodie erkenne ich wieder. Er setzt selten Punkte, seine Sätze bleiben offen, hängen im Zwischenraum. Als würde er auf etwas warten.

Er müsse für vier Wochen nach Pakistan, sagt er und atmet ein, er werde gebraucht, in Lahore, wo ich denn gerade sei. Tut mir leid, sage ich und suche nach den richtigen Worten. Tut mir leid, ich bin – weg. Oh, sagt der Freund, schade. Und ob alles klar wäre bei mir, ich klänge so anders. Ich räuspere mich, höre auf meine Stimme, als ich sage: ja klar, alles klar. Er hat recht. Meine Stimme ist heller geworden, ein rückgängig gemachter Stimmbruch. Wir schweigen. Dann erzählt er mir von Pakistan. Dass es dort eine der seltenen isolierten Sprachen gebe, sagt er. Ob ich davon schon mal gehört habe. Er wartet meine Antwort nicht ab, erklärt mir gleich, wie das sei mit diesen Sprachen, die mit keiner anderen Sprache der Welt genetisch verbunden seien. In Europa gebe es davon nur eine einzige: das Baskische. Und ob das nicht spannend sei. Die Wortstämme seien mit anderen unverknüpfbar. An diesem Punkt lege ich auf. Isolierte Sprache, denke ich. Was für ein Blödsinn.

Morgen kommt Sara.

VI.

Ich stehe am Bahnsteig. Ich solle sie nicht vom Flughafen abholen, hat Sara geschrieben. Sie wüsste schließlich, wohin. Also bin ich zu dem verwilderten, kleinen Bahnhof gefahren. Mir ist kalt. Seit heute Nacht weht ein scharfer Wind.

Die Kartoffelpflanzen sind abgestorben. Es ist jetzt soweit. Ich kann ernten. Donkers ist am Morgen um die toten, zerknitterten Blätter herumgeschlichen. Er hat nicht begriffen, dass das so sein muss. Er dachte, ich werde traurig sein. Hat von mir zu den Pflanzen gesehen, hin und her. Hat sich dann auf den Boden gesetzt, die verkrüppelten Pflänzchen fest im Blick. Seinen Kopf auf die Pfoten gelegt, die Schlappohren hängen lassen und gefiept. Ein Trauernder. Manchmal denke ich, er fühlt mehr als ich.

Wenn Sara jetzt aus dem Zug tritt, wird alles vorbei sein. Sie wird mich daran erinnern, wer ich wirklich bin. Vielleicht ist das gut so. Ich bin, denke ich manchmal, schon kurz vorm Verschwinden.

Es wird also aufhören. Fast macht mich der Gedanke traurig. Ich habe Sara lieb gewonnen. Hatte vorher nie so eine Freundin. Ich möchte sie nicht verlieren. Vielleicht könnte ich Dinge erfinden. Ihr sagen, dass Christina wegfahren musste, unerwartet. Dass sie mich beauftragt hat. Aber das wäre nicht das Gleiche. Und Sara wäre enttäuscht.

Ich könnte sie einfach vorbeilaufen lassen. Sie wird mich nicht erkennen. Kann sie ja gar nicht. Sie weiß nicht, wer ich bin. Ich selbst weiß es auch nicht mehr.

Die Bahn fährt ein. Sara ist die Einzige, die aussteigt. Ihre Augen leuchten auf, als sie mich sieht. Sie lässt ihre Tasche auf den Bahnsteig fallen, rennt auf mich zu. Fällt mir um den Hals. Süße, ruft sie viel zu laut in mein Ohr, es ist so schön dich wiederzusehen. Und: seit wann hast du einen Damenbart.

Dass wir etwas gegen diesen Bart unternehmen müssen, sagt Sara am Abend. Sie ruft es aus dem Badezimmer zu mir herüber. Sie hat die Tür offen gelassen, während sie auf die Toilette ging. Ich habe auf das Plätschern gelauscht und mich bemüht, nicht aufzublicken.

Am Nachmittag habe ich ihr alles gezeigt. Das Feld. Das zerfressene, verzwirbelte Kartoffelgestrüpp. Die Pferde. Den im Wald versteckten Felsblock, auf den jemand mit weißem Holzlack geschrieben hat: Das Ende vom Anfang. Sogar die große Runde sind wir gelaufen. Mit Donkers. Am Klärwerk vorbei und bis weit in die Heide hinein. Dass sie das Meer riechen könne, hat Sara gesagt. Und wie verwunderlich das sei, wegen des Klärwerks. Ich habe ihr erklärt, dass nur manchmal die Dämpfe vom Werk herüberwehen. Es kommt auf die Windrichtung an, habe ich gesagt. Aber selbst dann riecht es nicht unangenehm. Nicht so wie im Herbst, wenn der Bauer die abgeernteten Felder mit Pferdedung und Gülle odelt. Das Klärwerk riecht süß. Künstlich. Die Chemikalien sind das, die den Unrat im Abwasser zersetzen. Hätte der Geruch eine Farbe, habe ich gesagt, wäre er schweinchenrosa. Sara hat gelacht.

Jetzt lehnt sie in der Tür zum Badezimmer. Komm, sagt sie, wir nehmen ein Bad. Und danach kümmern wir uns um deine Beine. Die haben es auch mal wieder nötig. Du verlotterst mir noch hier draußen.

Ich denke an das Foto. Sara im Ehekarussell, mit blitzenden Augen und funkelndem Zehenring. Auch jetzt ist sie schön. Wie sie da im Türrahmen lehnt. Die Neigung des Halses, der Schwung ihrer Hüfte. Und trotzdem interessiert mich das nicht. Ich könnte nicht mit ihr schlafen, niemals. Ich versuche mich an die Frauen zu erinnern, mit denen ich geschlafen habe, aber mir fällt keine ein. Nicht eine. Stattdessen kann ich mich an Männer erinnern. Auch wenn das nicht sein kann. Einer war da, der mochte mich sehr. Ich habe ihn Hascherl genannt.

Also, sagt Sara. Kommst du. Und ich denke: ja. Warum nicht.

Meine Hüften sind breiter geworden, fast stoße ich mit den Beckenknochen an die Innenwände der Wanne. Überhaupt scheint mir alles an mir weicher, runder. Beim Einstieg will ich mir meinen Schwanz zwischen die Beine klemmen, damit Sara ihn nicht sieht. Ich kann ihn nicht finden. Das ist gut, denke ich, ich kann mich entspannen. Muss mich nicht verkrampfen, als Sara mir die Beine einschäumt und mir ihren kleinen, zierlichen Rasierer über die Haut zieht. Das Gefühl ist angenehm, fast schlafe ich ein.

Als Sara aus der Wanne steigt, kann ich ihr von schräg unten zwischen die Beine sehen. Sie ist rasiert. Schon vorher habe ich ihre Brüste beobachtet, die weich und rund auf dem Wasser lagen. Sie sind kleiner als die, die ich jetzt habe. Schöner.

Mich erinnert dieser Moment an etwas. Dieses glucksende Ablassen von Badewasser. Die herabfallenden Tropfen vom Körper dessen, der zuerst aufsteht. Da waren Zwei, die glaubten, sich gefunden zu haben. Deren Körper gerade noch ineinander versunken waren. Warmes Wasser um sich, knisternder Schaum. Leise Vogelstimmen vor dem Fenster, Rufe vom Hof, klackernde Pferdehufe auf Asphalt. Hinterher sehen sie sich an. Und wissen auf einmal nicht weiter. Ob es noch reicht. Man erkennt es in ihren Blicken, die – gerade noch offen – plötzlich fremd werden. Misstrauisch. Die Verletzung, die folgen wird, ist schon greifbar.

Ich erinnere mich an dieses Bild. Aber ich weiß nicht, wer ich darin war. Der, der sitzen blieb, als die Wanne längst leergelaufen war. Frierend, mit verrunzelten Fingerkuppen. Nicht fähig, sich zu erheben. Oder die, die ging.

Sara bleibt lang. Wir essen viele Kartoffeln. Kartoffelquiche, Kartoffelauflauf, Bratkartoffeln. Gonzales stelle ich ihr nicht vor. Ich treffe ihn manchmal nachts auf dem Feld, wenn Sara schon schläft. Die Sache mit meinem Schwanz scheint ihm nicht aufzufallen. Vielleicht hatte ich nie einen. Ich bin mir in Vielem nicht mehr sicher.

Ich habe auch nichts dagegen, dass Sara mich Christina nennt. Manchmal Chrissl. Tina. Nur Nana verbitte ich mir. Wieso denn das, will sie wissen und kneift die Augen zusammen, als müsste sie mich scharf stellen, so hast du dich doch früher selber genannt.

Ich erinnere mich. Ich war noch klein. Konnte meinen eigenen Namen nicht aussprechen. Da waren diese Münder. Die mir die Buchstaben formten, viel zu nah vor meinem Gesicht. Bis ich irgendwann sagte: Nana. Bin Nana.

Es tut gut, dass Sara da ist. Sie hilft mir, meine Vergangenheit zurückzuholen. Ich weiß jetzt wieder, wo ich gewohnt habe. Wie mein Vater aussah. Wann ich Sara zum ersten Mal traf. Dass es schwierig war ohne Mutter. Dass ich die Sonne mag, das Meer. Was für Sprachen ich spreche. Solche Sachen.

Langsam fügen die Dinge sich wieder zusammen.

VII.

Ein paar Wochen, nachdem Sara gefahren ist, gehe ich in den Keller und hole meine Kleider nach oben. Sie sind in den Plastiksäcken ganz verknittert, manche von ihnen schimmeln. Was ich mir gedacht habe, als ich sie dort unten lagern wollte, ist mir ein Rätsel. Meinen kleinen Fernseher habe ich auch dort stehen sehen. Wegschmeißen müsste man den. Vielleicht werfe ich ihn in einer der nächsten Nächte in den Straßengraben beim Klärwerk. Ist doch egal. Da liegt sowieso so vieles herum.

Gonzales sitzt auf der Küchenbank und beobachtet mich, während ich die Kleider aufbügle. Er ist jetzt immer da. Sein Blick ist traurig geworden. Er weicht mir nicht mehr von der Seite. Er glaubt, dass ich ihn verlassen werde. Er hat recht.

Meinen Spiegel habe ich auch wieder aufgehängt. Ich bin dicker geworden. Meine Proportionen haben sich verschoben. Etwas an mir ist unausgewogen. Das Gesicht zu kantig, denke ich, die Schultern zu breit, fast männlich. Vielleicht habe ich zu viele Kartoffeln gegessen.

Wenn ich jetzt vor dem Spiegel stehe, trete ich dicht heran. Manchmal kommt es mir vor, als würde ich etwas suchen. Fremde Gesichtszüge vielleicht, die meine überlagern könnten. Aber ich wüsste nicht, wessen.

Ich werde gehen. Gestern kam ein Anruf von der Chefin. Ich kannte die Nummer auf dem Display nicht. Bin trotzdem rangegangen. In Hongkong sei sie jetzt, sagte sie. Zufall, Glück. Ein alter Schulfreund, der ihr wieder über den Weg gelaufen sei. Eine irre Glitzerstadt mit boomender Industrie, warum sei sie da nicht schon früher draufgekommen. Sie sagte: Wir haben eine Firma gegründet, ich kann dich nachkommen lassen, Christina. Eine Badewanne wird es nicht geben im Büro. Dafür einen Schreibtisch im siebenundzwanzigsten Stock, mit Blick auf die Skyline von Hongkong Island. High Tea im Peninsula, Dim Sum und Meeresfrüchte in den Restaurants auf den Outlying Islands, sonnengetrocknete Garnelen. Und das Chinesische Meer direkt vor der Tür. Das ja auch eine große Badewanne sei, habe ich ihr geantwortet. Dann bist du dabei, hat sie gesagt.

Etwas an dem Gespräch mit der Chefin hat mich gestört. Da war etwas, irgendetwas, das mich verwirrt hat. Es hatte, glaube ich, mit der Art zu tun, wie sie mich anredete. Doch so sehr ich auch darüber nachdenke: es will mir nicht einfallen. Kann also, denke ich, so wichtig nicht sein.

Hongkong. Dim Sum. Warum nicht. Hier hält mich nichts. Gonzales. Er macht nichts aus seinem Leben. So einen brauche ich nicht. Der Hund. Von denen gibt es viele. Man soll sich nicht anbinden an jemanden. Schon gar nicht an ein Tier.

Eine Frau hat angerufen und behauptet, sie sei meine Mutter. Hatte sich wohl verwählt. Zuerst bin ich erschrocken. Dachte, nun wäre es so weit. Sie hätte mich gefunden. Sie hätte – schon das schien mir unmöglich – begonnen, mich zu suchen. Bis die Frau mir sagte, dass sie ihren Sohn sprechen wolle. Wir haben uns dann beide gewundert. Darüber, wie sie an meine Telefonnummer gekommen sein könnte. Anscheinend hat es da Fehlverbindungen gegeben. Sie war sich sicher, unter dieser Nummer mit ihrem Sohn telefoniert zu haben, mehrfach in den letzten Monaten. Vielleicht hat sie sich das eingebildet. Ich habe das Gespräch kurz gehalten, ich telefoniere nicht gerne mit Fremden.

Andererseits: ihre Stimme klang vertraut. Ich habe lange darüber nachgedacht, woher ich sie kennen könnte. Der Name, den sie mir nannte, sagte mir nichts. Auch der Ort nicht, in dem sie lebt. Nachts habe ich dann geträumt, ich würde aufstehen. Ich würde mir das Telefon greifen und im Anrufprotokoll nach ihrer Nummer suchen. Erst habe ich sie nicht gefunden. Da war diese lange Kolonne aus Zahlen und Buchstaben. Fast alle waren mir fremd, sinnlose Anordnungen. Und dann sah ich es. Ich hatte ihre Nummer bereits gespeichert gehabt. Unter dem Namen: Mutter.

Eigentlich hätte ich da aufwachen müssen. Ich hätte mit einem Aufschrei aus dem Bett hochstürzen müssen, mit schweißverklebtem Gesicht und angstvoll aufgerissenen Augen. Stattdessen träumte ich weiter. Schrieb mir schlafend die Zahlen auf den Rand der Tageszeitung, die auf dem Küchentisch lag. Und warf das Handy dann in den Müll. Der Traum fiel mir erst am nächsten Tag wieder ein. Als Gonzales mir die Zeitung entgegenhielt und sagte: »Brauchst du das noch?« Ich starrte auf die kleinen, krakeligen Zahlen über der Schlagzeile auf der ersten Seite. Riss mir die Nummer aus dem Blatt. Und steckte sie ein. Wer weiß. Vielleicht brauche ich sie irgendwann einmal. Die Dame klang nett.

Gonzales wird die Wohnung übernehmen. Ich finde das gut. Ich kann ihm zeigen, wo er die Setzkartoffeln bekommt. Er wird es einfacher haben als ich. Der Boden ist jetzt urbar. Der Hund wird auch bei ihm bleiben. Sie verstehen sich gut. Außerdem sind sie dann beide nicht so allein.

Wir fahren gemeinsam zum Bahnhof. Ich werde Gonzales das Auto hierlassen, ich brauche es nicht mehr. Viel nehme ich ohnehin nicht mit. Eine Tasche mit meinen Kleidern. Ein paar

Stangen Zigaretten. Eine Steinscherbe vom Feld. Man muss sich nicht mit Dingen belasten, die man überall kriegen kann.

Am Morgen bin ich noch einmal aufs Feld gegangen. Es war kalt, milchige Luft. Zwischen den Grashalmen schimmerten Spinnennetze im warmen, aufgehenden Licht. Es wird Herbst. Der Wind trägt Jungspinnen an fliegenden Fäden durch die Luft. Sie klettern in die Höhe, die Spinnen. Recken ihr Hinterteil nach oben und lassen Webseide austreten. Bis der Wind sie erfasst. Bis sie abheben, dahingleiten auf einer glänzenden, dünnen Tragfläche. Ein Auftrieb, Luftströmungen. Reisezeit.

Gerade als ich mich abwenden wollte, sah ich den Reiter. Seine Umrisse schälten sich aus dem Nebel. Eine dunkle, hohe Gestalt im aufglimmenden Gegenlicht. »Wirst du wiederkommen«, sagte der Bauer. Ich schirmte meine Augen ab, versuchte sein Gesicht zu erkennen, aber da war nichts, nur ein schwarzer, verschatteter Fleck. Ich schüttelte den Kopf. Hob die Hand zum Gruß. Drehte mich um und durchstach mit der Schuhspitze eines der flirrenden, leuchtenden Netze.

Gonzales weint. Ich sehe die Tränen, die von seinem Gesicht auf das Lenkrad tropfen. Aber ich sage nichts. Vielleicht werde ich Sara seine Nummer geben und behaupten, das sei meine, ich hätte den Anbieter gewechselt. Das wäre spannend. Eine Versuchsanordnung. Er könnte ihr gefallen.

Ich gebe ihm keinen Kuss zum Abschied. Ich möchte auch nicht, dass er mich ans Gleis begleitet. Er kann beim Auto stehen bleiben. Er kann mich aus der Ferne beobachten. Kann sehen, wie ich gehe. Wenn er unbedingt will.

Auf den Steinstufen zur Haltestelle fühle ich mich leicht. Als würde ich etwas zurücklassen, das mich nach unten gezogen hat. Einen Augenblick lang denke ich an die Wohnung. Es stimmt etwas nicht mit ihr. Sie stellt Ansprüche. Man muss sich ihr anpassen, wenn man sie bewohnen will.

»Christina!«, ruft Gonzales von der Straße herüber. Seine Stimme ist schwach, sie schafft es kaum bis zu mir auf den Bahnsteig. Ich drehe mich ihm zu. Werfe einen letzten Blick auf ihn. Er sieht fast ein wenig weiblich aus. Wie er da neben dem Auto steht. Mit eingeknickter Hüfte. Der Hund schnüffelt an seiner Hand. Einen Augenblick lang kommt mir sein Zuruf fremd vor. Mein Name. Als hätte ich früher anders geheißen. Aber dann vergesse ich den Gedanken. Er geht unter im Rauschen des einfahrenden Zuges. Ich muss mich verabschieden, denke ich. Von allem hier. Ich muss es vergessen. Das ist wichtig.

Als der Zug losfährt, schiebe ich die rechte Hand in meine Jackentasche. Die Kartoffel fühlt sich fest an, hart und klein. Ich weiß nicht, wer sie mir zugesteckt hat. Ob ich es war. Ich lehne meine Stirn an die Glasscheibe. Sie ist kühl und ein bisschen verdreckt. Hinter den Spritzern aus Staub und Schmutz sehe ich in der Ferne das Klärwerk in den Herbsthimmel ragen. Irgendwo links davon muss die Wohnung sein. Ich kneife die Augen zusammen. Glaube in der Ebene einen dunklen Fleck zu sehen, in Hufeisenform. Er verwischt mit dem Nebel, der sich von den Feldern hebt.

J'adoube

Weiß hat gezogen. Die Nachricht auf dem Monitor ist unmissverständlich. Weiß hat gezogen und wartet auf den Gegenzug. Die Buchstaben in dem blauen Kästchen sind fett gedruckt: Sie haben eine neue Partie, eine Herausforderung zum SunTzu-Schach von ghostbuster7.

Sie sitzt ganz still und starrt auf den Bildschirm. An der Bar hinter ihr klirren Eiswürfel, die in Cocktailgläser geworfen werden. Eine Kaffeemaschine faucht. Auf der Terrasse lachen die englischen, deutschen, griechischen Touristen laut, viel zu laut. Ventilatoren wirbeln Dunstschwaden aus feuchter Salzluft durch das Hotel. Neben dem Tresen übertragen zwei Flatscreens unterschiedliche Sportprogramme: Basketball und irgendein Fußballmatch englischer Clubs. Die Stimmen der Moderatoren überschlagen sich: goal!, defense!, score! Überall riecht es nach Sonnencreme.

41, 40, 39. Ein kleines Fenster ist auf dem Monitor aufgesprungen. In ihm zählen rote Digitalsekunden abwärts. Sie verdecken den Button, mit dem sie das digitale Schachbrett öffnen könnte. *38, 37, insert more money, your time is running out.* Aus ihren nassen Haarsträhnen löst sich ein Tropfen Meerwasser. Er rollt über ihren Rücken, fängt sich in der Knotenschleife ihres Bikinioberteils.

Sie rührt sich nicht. Sie müsste in ihrer Strandtasche nach

Münzen suchen, müsste sie in den Hotelcomputer einwerfen, die Zeit verlängern, zehn Minuten für einen Euro. Aber sie bewegt sich nicht. Weil das, was sie sieht, gar nicht sein kann. Denn das da, das ist die Spielaufforderung eines Toten.

Seit er gestorben ist, hat sie aufgehört zu spielen. Sie hat sich den Rhythmus abgewöhnt: aufstehen, noch im Schlafanzug den Rechner hochfahren, sich einloggen, den neuen Spielstand betrachten und dann, erst dann in die Küche gehen, um das Kaffeewasser aufzusetzen, jeden Morgen. Sie hat die Seite nicht mehr aufgerufen, seit es passiert ist. Hat alle Partien gegen andere Spieler auslaufen lassen, lost due to time-out, hat nie wieder nach ihrem Spielerrang gesehen oder auch nur ihren Usernamen eingegeben: snowfxingwhite. Nichts davon.

Ein halbes Jahr ist es her, dass mitten in der Nacht der Anruf kam. Die Verbindung war erschreckend klar gewesen, es gab kein einziges Hintergrundgeräusch, keine andere Raumakustik schwang mit, ganz so, als stünde seine Schwester nicht in Leipzig, sondern direkt bei ihr in Nürnberg neben dem Bett. Die Störung war in der Stimme der Schwester selbst gelegen, sie brach immer wieder weg, das Schluchzen zerhackte ihr die Sätze. Von seinen Brillengläsern, die zersplittert auf der 5th Avenue gelegen hatten, sprach die Schwester. Und von der Ratlosigkeit der amerikanischen Freunde, die immer wieder sagten: wir haben ihn doch gewarnt, in New York fährt man nicht mit dem Rad.

Ein Lieferwagen soll es gewesen sein, ein dunkelblauer Kombi von Schwartz's Deli. Der Fahrer hatte ihn nicht kommen sehen, natürlich nicht. Ganz leer sollen die Augen des Fahrers gewesen sein, dem noch bei der Befragung die Tabletts mit den Delikatessen aus der aufgesprungenen Tür des zerbeulten Lieferwagens entgegenrutschten. Er soll auf die am Boden zerplatzenden deviled eggs geblickt haben, auf die aufschlagenden, kreisrunden Pumpernickel-Scheiben mit den roten Kaviareiern auf Frischkäse, die zerquetschten, mit Kräutermayonnaise gefüllten Fleischtomaten. Und soll immer wieder gemurmelt haben, wie das denn möglich sei: dass da plötzlich jemand hatte auftauchen können, der vorher, im Seitenspiegel des Wagens, einfach nicht zu sehen gewesen war.

Sie war nicht zur Beerdigung auf dem Evergreens Cemetery in Brooklyn geflogen, der neben Trauerzeremonien auch Vogelführungen auf dem weitläufigen Friedhofsareal anbot: meet the American Goldfinch, the Red Tail Hawk, the Northern Mockingbird. Nach dem Telefonat mit der Schwester hatte sie den Hörer aufgelegt und die Stirn an die Wand gelehnt, die Augen geschlossen. Dann, als die Tränen nicht gekommen waren, war sie zu ihrem Rechner gegangen. Sie hatte seine Fotos von ihrer Festplatte geschoben, die kleinen, pixeligen Videos und die Handybilder, hatte seine mails gelöscht, seine Kontaktdaten, all die Nummern und Adressen, hatte dann die virtuellen Verbindungen zu ihm gekappt: die online-Kontakte, die Zugangsdaten zu seinem Profil, die bookmarks zu seinem blog. Sie sprach nie wieder von ihm und ihre Freunde lernten, über ihn zu schweigen. Das hölzerne Schachbrett, mit dem sie die Online-Partien nachstellte, hatte sie von ihrem Schreibtisch genommen. Sie hatte es eingeräumt, die Damen neben die Könige gelegt, die Bauern, Pferde, Läufer, Türme in die vorgeformte Samtverschalung gedrückt und den Deckel verschlossen.

Heute waren ihr noch drei überflüssige Minuten geblieben. Drei bezahlte Internet-Minuten am Hotelrechner im Urlaubsort Paleokastritsa auf Korfu. Und weil sie die Zeit nicht hatte verfallen lassen wollen und vielleicht aus alter Gewohnheit hatten ihre Finger die Buchstabenfolge eingegeben: www.schemingchess.com.

3,2,1. Mit einem leisen Klicken wird jetzt der Bildschirm blau, eine Laufschrift erscheint: *welcome to apollon hotel, please insert 1 euro.* Sie dreht sich um. Hinter ihr verlegt ein dicklicher, glatzköpfiger Mann ein Kabel zu seinem E-Piano. Er lächelt sie an, deutet auf ein Schild neben der Rezeption: tonight – Karaoke with DJ Kostas.

Sie bückt sich, greift sich ihre Basttasche und verlässt das Hotel. Draußen auf der Straße ist es noch immer heiß, der aufgeheizte Asphalt gibt nach unter ihren Schritten. Es ist Anfang September, die Hauptsaison vorbei. Es dämmert. Oben am Gipfel des Klosterbergs haben sie schon das riesige Kreuz aus leuchtenden Glühbirnen eingeschaltet. Eine Schlange knatternder Mofas schiebt sich über die Serpentinen der Klosterhalbinsel abwärts, vorbei an den verrammelten Bretterbuden der Strandhändler, die dort Plastikförmchen in Muschelform anbieten, Flipflops und wild gemusterte Pareos, Schnorchelbrillen, Schwimmflügel und quietschbunte Gummiboote. Mit offenem Verdeck fährt ein schwarzmetallenes Tabuchi Cabrio an ihr vorüber, auf dem Beifahrersitz hält eine alte Frau ihre grauen Haare in den Fahrtwind, sie hat die Augen geschlossen.

Hinter Sokrates' Supermarkt mit den riesigen, fast tiefgefrorenen Pflaumen in der viel zu kalt eingestellten Kühltruhe biegt sie von der Hauptstraße ab. Der Weg ist schmal und steinig, er führt hangaufwärts, vorbei an den schon winterfest verbretterten Pensionen, an den abgenutzten, noch bewohnten Apartmenthäusern, auf deren Brüstungen sandverkrustete Strandtücher erstarren. Kurz bleibt sie stehen, ihr Herz klopft schnell, viel zu schnell, es trommelt einen eigenen Rhythmus, wieder

und wieder: *Sie haben eine Herausforderung von ghostbuster7.*
Am mit Wickenflechten überzogenen Abhang drängt sich ein
Rudel streunender Hunde und leckt an leeren Joghurtbechern.
Sie läuft wieder los, beschleunigt ihren Schritt und biegt in den
Vorgarten zu Jannis' Apartments.

Das Haus ist fast leer. Seit am Morgen die Samstagsflieger
abgereist sind, sind nur noch wenige Einheiten belegt. Die Ter-
rassen neben ihrem Zimmer auf der unteren Ebene sind verschlossen, nur in den oberen Stockwerken hängen noch wenige tropfende Badesachen an aufgespannten Leinen. Holger ist
schon da. Er sitzt rittlings auf dem ausgebleichten Plastikstuhl
und blättert in einer alten Tageszeitung. Auf seinem Rücken
pellt sich die krebsrote Haut. »Alles gut?«, sagt er und legt ohne
hochzusehen eine Hand auf ihre Hüfte. Sie nickt und wendet
sich ab. Erst später, als sie allein in der Küchenzeile des viel
zu dunklen, schlauchartigen Zimmers steht, als sie sich dann
hinten an der Felswand unter den feuchten, nach Schimmel
riechenden Hängeschrank beugt und sich mit beiden Händen
am stotternden Kühlschrank abstützt, schüttelt sie den Kopf.

Am nächsten Morgen ist sie schon früh im Hotel Apollon. Im
Frühstückssaal klappern die Hotelgäste mit Kaffeetassen und
Besteck, die Hotelrechner neben der Bar sind nicht hochge-
fahren, die Flatscreens für die Sportübertragungen noch tot.
Eine Putzfrau wischt mit einem schäumenden Lappen auf der
Tischfläche zwischen den Tastaturen herum.

Sie sieht sich um. An der Rezeption sitzt der braungebrannte,
langhaarige Barkeeper und blättert in einem Aktenordner. Sie
tritt zu ihm, deutet fragend auf den Computer. In ihrer Tasche
klirren die Münzen.

Diesmal klickt sie direkt auf die laufenden Partien. Sie lehnt sich vor, schiebt ihr Gesicht nah an den Monitor, dicht an die Buchstaben heran. Nichts hat sich verändert. Noch immer steht da: *ghostbuster7 invites you for a game of SunTzu-Chess.*

Ihr Blick sucht die Daten ab. In der Nacht konnte sie nicht schlafen. Sie hat sich in den Laken gewälzt, Holgers Schnarchen im Ohr, das Rauschen der Brandung, unten, in der Felsbucht, vor dem Fenster. Hat sich eingeredet, immer wieder, dass es so gewesen sein muss: dass er die Herausforderung noch abgesetzt hat, bevor er in New York auf dieses Rennrad stieg. Dass er danach den Laptop geschlossen hat, ihn in sein Rucksackfach geschoben und dann losgefahren ist, auf zur 5th Avenue, Corner of 14th Street, während irgendwo an der Upper Eastside ein Fahrer von Schwartz's Deli den sicheren Sitz der Tabletts überprüfte, bevor er den Lieferwagen startete und sich aufmachte in Richtung downtown. Aber das Datum, das da neben der Herausforderung steht, ist nicht von jenem Märztag, seinem Todestag. Es ist das Datum von gestern.

Einen Moment lang sitzt sie ganz ruhig. Ein kicherndes Kind mit Schwimmflügeln rennt hinter ihr vorbei, hinaus auf die noch verschattete Terrasse. Sie atmet ein. Dann öffnet sie die Partie. Da ist es, das Nebelfeld, das sie so gut kennt. Das sie so lange nicht mehr gesehen hat. Die Hälfte des Schachbretts ist von einem blickdichten Schleier überzogen, 1 bis 4, A bis H verschwunden hinter einer grauen Fläche. Sie kann nur die eigenen, schwarzen Figuren sehen, ihre Seite des Spielfelds. Hinter der geschlossenen Bauernlinie ist alles durcheinandergewürfelt. Ihre Dame steht nicht auf D8, sondern Linksaußen auf der Turmposition. Der König wird auf F8 von einem Turm und einem Pferd flankiert. Die beiden Läufer sind nicht auf F und C8, sondern nebeneinander, D8 und C8, der zweite Turm thront auf seinem Standardplatz rechts außen, links neben ihm das zweite Pferd. Als Ausgangsposition ist das nicht schlecht. Sie lehnt sich zurück und kneift die Augen zusammen.

Das erste Spiel hatten sie vor zwei Jahren gespielt, kurz nach seinem Umzug nach New York. Hey Schneeweißchen, hatte er ihr geschrieben, komm, triff mich bei schemingchess, ich bin jetzt ghostbuster7. Und sie hatte den Brief beiseitegelegt, den sie gerade an ihn frankieren hatte wollen, den echten Brief, Kugelschreiberschrift auf echtem Briefpapier, in dem stand: du bist zu weit weg, wir verlieren uns, ich kann das so nicht. Stattdessen hatte sie sich eingeloggt, sich ein Profil zugelegt, hatte ihn gesucht, ihn herausgefordert, a challenge from snowfxingwhite for ghostbuster7.

Im Standardschach hatte sie online keine Chance gegen ihn. Das hatte sie schnell feststellen müssen. Früher war das anders gewesen, in Leipzig, in Nürnberg, in den Cafés, den Kneipen, in denen sie sich trafen. Oder bei ihm zu Hause, an seinem wackeligen Küchentisch, bei ihr auf dem Sofa, wo sie Knie an Knie saßen, in Kissen versunken, das kippelnde Schachbrett zwischen sich – da hatte sie ihn manchmal besiegt. Er zog viel schneller als sie, wusste immer längst die Antwort auf ihre lang überlegten Züge. Aber sie wurde besser durch seine Gegenwart, sie konnte sich unter dem ruhigen Rhythmus seines Atems leichter konzentrieren. Sie mochte seine Ruhe, seinen konzentrierten Blick, wenn er mit der Ansage »J'adoube – ich korrigiere« die verrutschten Figuren auf dem Brett zurechtrückte. Etwas daran schärfte ihre Gedankengänge. Online entglitt ihr der Faden. Jeden Tag spielten sie nur zwei bis drei Züge, morgens und abends, er von New York, sie von Nürnberg aus – das brachte sie durcheinander, sie kam so in keinen Spielfluss, stieg morgens in eine Partie ein, die sie in der Nacht schon wieder vergessen hatte, die ihr völlig fremd war. Oft bereitete sie Angriffe vor, deren Struktur sie schon nach drei Zügen selbst nicht mehr verstand. Und so verlor sie, sie verlor ein Spiel nach dem anderen. Doch dann, als er über Weihnachten und Neujahr zurück nach Deutschland gekommen war, und sie sich gemeinsam durch die Partien anderer Mitglieder klickten, da waren sie auf ein laufendes Spiel gestoßen: iamrufus (USA) gegen lupolina (D). Verblüfft hatten sie das Spielfeld betrachtet, auf dem sie nichts erkennen hatten können, nur graue Flecken überall. *SunTzu-Schach* stand bei den Angaben zur Spielhistorie. Und die Erklärung der Spielregeln unter dem Help-Button gleich daneben.

Benannt war das Spiel, stand da, nach dem früheren, chinesischen General Sun Tzu. Dessen Kriegstaktiken hätten den Erfinder – irgendeinen Amerikaner – zu einer eigenen Schachvariante inspiriert. Die verrücktesten Regeln der Schacharten Dark Chess, Crazy House und Fischer Random wären hier miteinander kombiniert. Sie lasen. Lasen wieder. Brauchten eine Weile, bis sie verstanden.

1. Bei Beginn des Spiels sieht man nur die eigene Hälfte des Schachbretts. Ein undurchsichtiger Schleier legt sich über das gegnerische Feld.

2. Weiß und Schwarz werden hinter der Bauernlinie unterschiedlich aufgestellt, ausgelost nach dem Zufallsprinzip von Fischer Random. Keiner der Gegner weiß, wo die Figuren des anderen stehen.

3. Die gegnerischen Figuren werden sichtbar, wenn man sie direkt bedroht. Nach Schlagen der ersten gegnerischen Figur lichtet sich der Nebel: nur die tatsächlich belegten Felder des Gegners bleiben grau verfärbt.

4. Geschlagene gegnerische Figuren können in der eigenen Armee eingesetzt werden.

Sie hatten sich angesehen und gelacht. »Perfekt«, hatte er gerufen und sie noch am gleichen Abend herausgefordert. Später, als er wieder in New York war, schickte er ihr zum Geburtstag ein Buch über Kriegstaktiken, verfasst vor 2500 Jahren von General Sun Tzu.

Jetzt hebt sie die Hand und schiebt einen neuen Euro in den Rechner. Sie löst ihren Blick nicht vom Monitor, fährt blind mit dem Euro am Münzschlitz hin und her, bis sie trifft. Noch während das Kupfer über das Metall schleift, geht sie auf sein Profil, ghostbuster7, sie klickt hektisch, viel zu hektisch. Das Bild flimmert kurz auf, als sie die laufenden Spiele öffnet.

Ihre Partie ist die einzige, die ghostbuster7 spielt. Ihr Blick irrt über die Tabelle, aber es gibt dort keine weiteren, neuen Spiele, keine anderen Aktivitäten seit einem halben Jahr. Die Erstellung der Herausforderung ist von gestern, der letzte login war: heute.

Sie starrt auf die Buchstaben. Fährt mit dem Mauszeiger das Wort nach: heute. Heute. Es ist nicht möglich. Jemand muss sich die Zugangsdaten zu seinem Profil verschafft haben. Irgendjemand anderer ist ghostbuster7. Das ist die einzige Erklärung. Aber warum? Wer macht so etwas?

Sie kehrt zurück zum virtuellen Schachbrett und betrachtet noch einmal die Aufstellung ihrer schwarzen Figuren. Sie schüttelt den Kopf. Dann zieht sie probehalber den Bauern von D7 auf D6. So fängt sie oft an. Sie benutzt die Läufer als Scheinwerfer, als Bewegungsmelder auf überwachten Feldlinien. Ihr einer Läufer steht wie beim Standardschach auf der Originalposition C8, er hat jetzt freie Sicht, strahlt eine Überwachungslinie schräg durch das Feld bis H3 und schneidet in den Nebel hinein. Jede Figur, die in diese Linie läuft, wird für sie erkennbar sein. Sie betrachtet den Zug. Zögert noch einen Moment. Dann richtet sie sich auf. Drückt: enter. Links neben dem Schachbrett springt ein Vermerk auf. *Snowfxingwhite accepted ghostbuster7s challenge.*

Sie hat die Seite schon verlassen, hat schon das Browserfenster geschlossen und ist aufgestanden, eine Hand noch auf die Tischkante gelegt, als sie innehält. Sich wieder setzt und noch einmal schemingchess aufruft. Sie klickt auf das Kommentarfeld neben der Spielfläche und wartet, bis der Cursor blinkt. Dann schreibt sie. Sie schreibt: who are you?

Das Wasser schlägt über ihr zusammen. Es ist wärmer als ihr Körper und so unfassbar klar. Von unten kann sie den schaukelnden Boden des überdachten, knallroten Tretboots sehen, das sie in der Bucht neben der Tauchschule gemietet haben. Sie sieht die Blätter des Schaufelrads, die im Kunststoffgehäuse eingeritzten Schleifspuren von den Kieselsteinen am Strand. Holger ist oben im Boot geblieben, er wagt sich nicht unter dem Sonnensegel hervor, seine Haut schält sich jetzt in breiten Bahnen vom Rücken. Sie dreht unterwasser ihren Körper herum und stößt sich weiter abwärts. In ihren Ohren rauscht das Blut. Das Licht der Sonne fällt schräg durch die Wasseroberfläche, es bricht sich an ihrem Körper. Tief unten, am Meeresgrund, kann sie zwischen tanzenden Lichtreflexen ihren schwimmenden Schatten erkennen. Wie ein Rochen gleitet er über die mit Korallen überzogenen Felsen. Einen kurzen Moment lang hat sie das Gefühl, ihr Schatten wäre langsamer als sie, eine kleine, kaum merkliche Verzögerung. Bei dem Gedanken muss sie lachen, sie schluckt Salzwasser, der Sauerstoff schießt ihr in

Bläschen aus der Nase. Keuchend taucht sie auf. Das Tretboot ist uferwärts getrieben, es schaukelt und wippt in den Wellen auf und ab. Holger winkt unter dem Segel hervor und ruft ihr etwas zu, aber sie legt sich auf den Rücken, drückt ihre Ohren unter Wasser und schwimmt von ihm weg, in Richtung des offenen Meers.

Am Abend muss sie fast zwanzig Minuten warten, bis einer der Rechner frei wird. Sie bestellt sich einen Ouzo auf Eis an der Bar und schwenkt das Glas in ihren Händen. Ihre Finger sind kalt, als sie sich einloggt, *snowfxingwhite is now online*. Ihr Blick fliegt zum Kästchen mit den Kommentaren. Nichts. Niemand hat auf ihre Frage geantwortet. Das Fragezeichen hängt vor einer leeren Fläche.

Aber im Spielprotokoll steht jetzt eine 2 und daneben zwei Kreuze: der verdeckte Antwortzug des Gegners. Irgendwo hinter der Wand aus grauem Nebel hat ghostbuster7 gezogen. Hat einen Bauern bewegt, oder vielleicht die Bauernmauer mit einem Pferd übersprungen. Sie überlegt nur kurz. Dann schiebt sie den Läufer eine Bahn höher: Ld7.

In den nächsten Tagen behält sie den Rhythmus bei. Morgens und abends geht sie in das Hotel Apollon. Wer auch immer hier gegen sie spielt – er zieht im alten, gewohnten Rhythmus: einmal morgens, einmal abends, mit transatlantischer Zeitverschiebung. Etwas daran macht sie fast glücklich. Sie schläft besser, sie isst mehr und Holger scheint erleichtert. Sogar nach Achilleion fährt sie mit ihm, zum ehemaligen Sommerschloss von Kaiserin Elisabeth. Sie steht an der Brüstung, an der schon Sissi gestanden hat, und blickt überland, auf die korfiotischen Hügel, das leuchtende Meer, die gewundenen, sich schlängelnden Straßen, die Dächer von Korfu-Stadt. Und plant, während

Holger sich vom Geplapper des audio-guides in seinem Ohr durch das Innere des weiß gleißenden Palasts leiten lässt, ihre nächsten Züge.

Abends sitzen sie in einem der Fischrestaurants am Hafen. Ein grell erleuchtetes Glasbodenschiff gleitet an ihnen vorüber. Die übersteuerten Klänge von Yellow Submarine zittern über die Wasseroberfläche. Sie summt die Melodie mit und will gerade nachsehen, ob sie noch ein Euro-Stück in ihrem Geldbeutel hat oder ob sie den Kellner bitten soll, als Holger ihre Hand nimmt und fragt: »Was macht dich hier so glücklich?« Sie antwortet zu schnell. Und sieht die Verletzung, die ihm in die Augen springt, als sie ihm die Hand entzieht. Als sie lächelt und sagt: »Ich spiele wieder Schach.«

Der Schreck kommt, als sie die erste Figur schlägt. Es ist der sechste Zug: der weiße Bauer ist auf B4 vor ihr aus dem grauen Nebel aufgetaucht, im Drohbereich ihres schwarzen Bauern auf C5. Sie überlegt nicht lang, schlägt sofort, cxb4. Endlich wird ihr der Blick auf seine Aufstellung freigegeben. Zwar kann sie noch immer nur graue Felder sehen, aber sie bilden jetzt ein Muster, keine geschlossene Fläche mehr, die grauen Boxen sind nun konkrete Platzhalter.

Eines der Pferde ist bewegt worden, der Ablauf ist verräterisch, zwei hoch, eins links, das lässt sich zurückverfolgen: Sed3, sie erkennt es sofort. Daneben fächern die Bauern auf, sie bieten eine geöffnete Phalanx für die ausstrahlenden Figuren. Wenn sie recht hat, befinden sich auf H1 und G1 seine Läufer. Es könnte sich auch um seine Dame handeln, aber so unvorsichtig wäre er nicht.

Die Eröffnung ist nicht ungewöhnlich. Aber etwas daran beginnt, sie zu beunruhigen. Sie hat zu viele Partien mit ihm gespielt, um es nicht zu erkennen. Das hier, das ist seine Handschrift. Auch wenn er sicher nicht der Einzige ist, der so eine Partie eröffnet: er hat so gespielt. Genau so.

Die mail an den administrator hat sie schnell verfasst. Dass ein unbekannter Teilnehmer sich unberechtigt Zugang zu dem account eines verstorbenen Mitglieds verschafft habe, schreibt sie. Ob man den Datenstrom zurückverfolgen könne, die ID, die Länderzuordnung des vom Eindringling verwendeten Rechners. Die Antwort kommt, noch während sie vor dem Hotelrechner sitzt. Sorry, but we can't provide that kind of information. Solche Userdaten unterliegen bei uns dem Datenschutz. Solange keine Verletzung gegen die Hausordnung vorliege, könne man da nichts machen. But we are sincerely sorry for your loss.

Bereits am Nachmittag ist ihr Bauer von B4 verschwunden. Sie hat es am Strand nicht mehr ausgehalten. Das Knattern der Motorboote, die vom Steg des Bootsverleihers ablegten, hämmerte in ihrem Kopf. In dem Krimi, den sie zu lesen versuchte, sprangen ihr die Worte durcheinander, sie verstand nicht, was sie da las, um irgendeinen Serienmörder ging es wohl, sie blätterte vor und zurück, fuhr mit dem Finger über sinnlose Zeilen. Der Wind rüttelte am Stoff ihres Sonnenschirms, die Schatten der hoch und herunter klappenden Zierborte hüpften auf dem Kiesstrand hin und her. »Mistral is coming«, sagte die Frau mit dem sonnengegerbten Gesicht, die an ihre Liege herantrat, um die Mietgebühr abzukassieren, 1 umbrella + 2 sets = 8 €, und deutete auf den Himmel, auf die Wolken hinter den steil aufsteigenden Festungsklippen des Angelókastro. Nur einmal schwamm sie zu dem Felsen hinaus, der sich weit draußen ganz dicht unter der Wasserfläche verbarg, sie wollte sich auf ihn stellen, aber der Sog des Meeres zog sie zurück und warf sie dann in der Gegenbewegung an den mit Moos überzogenen Stein, am linken Oberschenkel riss ihre Haut ein. Als sie zurückkam, griff sie sich ihr Handtuch, ihr Strandkleid, ihren Geldbeutel und ließ den schlafenden Holger unter dem im Wind hin- und herwankenden Sonnenschirm zurück.

Das Pferd hat ihren Bauern geschlagen. Es muss jetzt auf B4 stehen, hinter dem grauen Schleier. Es könnte geschützt sein, von der Figur auf B1. Das hieße dann, dass sich dort einer der Türme befände – oder die Dame. Für die Königsposition blieben dann noch: F1, D1 oder C1. A1 ist unwahrscheinlich, zu ungeschützt ist das Feld durch die Öffnung des schon geschlagenen Bauern. Sie vergräbt den Kopf in ihren Händen, schließt die Augen.

Wenn er es wäre, gegen den sie spielt, dann wüsste sie, wie sie jetzt denken muss. Sie kennt seine Gedankengänge, ist oft genug gegen ihn angetreten, über hundert Partien müssen das gewesen sein, mindestens. Er liebte die neuen Möglichkeiten, die sich ihnen online auftaten. Nachdem sie Sun Tzu entdeckt hatten, begannen sie, alles auszutesten. All die verrückten Schachvarianten, die ihnen das Internet bot. Oft spielten sie mehrere Partien gleichzeitig. Das Benedict-Schach, bei dem man die bedrohten Figuren des Gegners nicht schlug, sondern zur eigenen Farbe bekehrte. Das Atomic960, in dem die geschlagenen Figuren explodierten und die angrenzenden Felder gleich mit in die Luft sprengten. Und natürlich die unterschiedlichen Versionen von Fischer-Random, der Schachvariante, die Bobby Fischer doch gar nicht wirklich erfunden hatte. Sie lasen sich ein in die Schachliteratur, Bobby Fischer begann sie zu faszinieren. Das Leben des genialischen, hasserfüllten Schachmeisters wurde zum Inhalt ihrer Korrespondenz. Er schickte ihr Fotos aus Brooklyn, er suchte Fischers Spuren in New York, das Haus von Fischers Jugend, den Brooklyn Chess Club, die Erasmus High. Sie antwortete ihm mit Links zu den Videos, in denen der gealterte Fischer mit wirr abstehendem Haar und stumpf gewordenen Augen seinen Hass auf Amerika herausstieß, seine Flüche, seine unerklärliche Häme nach 9/11. Im Sommer, dem letzten, den sie gemeinsam verbrachten, waren sie dann in die Fränkische Schweiz gefahren und hatten sich in der Pulvermühle einquartiert, in der Fischer sich in den Neunzigern drei Monate lang versteckt gehalten hatte. Sie setzten sich mit verkreuzten Beinen auf den Dielenboden, stellten die Figuren in einer der 960er-Varianten hinter die Bauernlinie. Und planten dabei eine Reise nach Reykjavik, zu Bobby Fischers Grab.

Sun Tzu blieb ihre liebste online-Variante. Egal, was sie sonst spielten: eine Partie Sun Tzu lief immer parallel. Es gelang ihr auch hier nicht, ihn zu besiegen. Aber ihre Spiele wurden länger, sie hielt ihn immer mehr auf Trab, zögerte den Moment des Schachmatts immer weiter hinaus. Manchmal gelang ihr ein Remis. Die letzte ihrer Partien hatte er erst nach vierundsiebzig Zügen gewinnen können, das war ihr persönlicher Rekord gewesen.

Wäre er ihr Gegner, würde sie jetzt sein Pferd angreifen. Sie würde ihn von B4 vertreiben, würde danach versuchen, die ungeklärten Felder auszuleuchten, eines nach dem anderen. Sie würde den Nebel durchdringen, bis sie sicher sein kann, welche Figur wo genau steht. Darin war sie immer gut, sie hatte seine Aufstellung manchmal durchschaut, bevor er ihre auch nur erahnte. So hatte sie sich einen Vorsprung verschaffen können, einen winzigen Vorteil, der ihr gegen ihn half. Aber er ist es ja nicht. Er ist nicht der, gegen den sie hier spielt. In den sie sich hineindenken muss. Trotzdem. Sie öffnet die Augen. Sie zieht den Bauern nach oben und bedroht das Pferd: a5.

Holgers Blick ist müde geworden. Das Licht der viel zu schwachen Glühbirne an der Decke verstärkt die Schatten unter seinen Augen. Etwas Ermattetes liegt in seinem ganzen Körper, er betrachtet sie über den Tisch hinweg, löst diesen erschöpften Blick auch nicht von ihr, als er jetzt mit dem Messer eines der gefüllten Weinblätter aus der Dose neben seinem Teller hebelt und zu seinem Mund balanciert. Öl tropft über die Tischplatte. Draußen rüttelt der Wind an den Fensterläden zur Terrasse. Das Holz springt im Rahmen herum, schlägt gegen den Stein der Türöffnung. Sie legt ihre Gabel auf den Tisch, sagt: »Was ist.« Holger kaut, schüttelt stumm den Kopf.

Später wartet sie, bis er schläft. Sie betrachtet seine Schultern, seinen Hinterkopf, die Trennlinie von der weißen Haut unter seinen Haarspitzen hin zum noch immer rot verbrannten Nacken und wartet auf die tiefer werdenden Atemzüge. Als es soweit ist, hebt sie das Moskitonetz an, schiebt sich unter dem straff gespannten Schleier hervor. Ihre Schritte klackern über den Steinboden. Vorsichtig öffnet sie die Tür zur Terrasse.

Der Wind reißt ihr den Türknauf aus der Hand. Die Glasscheiben klirren, als sie gegen die Holzverblendung krachen, hinter ihr ruft Holger, aber sie tritt nach draußen, drückt die Tür hinter sich zu und läuft über die Terrassenstufen zur Toreinfahrt. Als sie den Weg erreicht hat, beginnt sie zu rennen. Der Wind zerrt an ihren Haaren, Steine spritzen seitwärts unter ihren schneller und schneller werdenden Schritten, sie hastet bergab, durch Verwirbelungen, durch Schichten aus Luft, kalt, warm, warm, kalt. Tief unter ihr hebt und senkt sich die Meerfläche, die Bäume auf den Abhängen biegen sich in den Windstößen, an einem der Ferienapartments knattert eine zerrissene, umschlagende Fahne. Selbst das Leuchtkreuz drüben auf dem dunkel aufragenden Klosterberg scheint im Wind zu schwanken.

Das Hotel Apollon ist hell erleuchtet. Die ansteigenden Rhythmen eines mit Drumbeats unterlegten Sirtaki schallen aus der geöffneten Tür der Bar. Sie läuft über die Steinplatten, tritt in den Raum, steht, schwankt kurz, als der Gegendruck des Winds schlagartig aussetzt. Die Bar ist fast leer, die Stühle an den Tischen sind schon hochgestellt. Nur am Tresen sitzt noch ein Paar, ein älterer, grauhaariger Mann mit einer viel jüngeren Frau. Sie sprechen nicht, fixieren die schon abgeschalteten Monitore an den Wänden, der Fuß der Frau wippt im Takt der schneller werdenden Musik. Der Barkeeper hebt den Kopf, nickt ihr zu, deutet auf den Computer in der Ecke.

Er hat noch nicht gezogen, das Pferd steht noch auf seinem Platz. Nichts hat sich bewegt. Sie atmet aus. So heftig, dass sie sich fragt, wie lange sie schon die Luft angehalten hat. Gerade will sie sich ausloggen, sich erheben, sich auf den Weg machen, zurück ins Apartment, zurück zu Holger, sich schlafen legen, zur Ruhe kommen, endlich – als plötzlich in der rechten oberen Ecke eine Notiz aufblinkt: *ghostbuster7 is now online.*

Sie starrt auf die Buchstaben, auf den kleinen, grünen Punkt neben seinem Namen. Draußen auf der Terrasse fällt ein Schirm. Das metallene Gestänge schrammt über den Stein. Ihre plötzlich kalten Finger rutschen an der Maus ab. Sie greift nach, hält die Maus fest. Klickt dann, geht zurück zur Partie. Und, ja, da ist es. Er hat sein Pferd bewegt, er ist ausgewichen: Sd5.

Es bleibt keine Zeit. Sie beißt sich auf die Lippe, weiß, dass sie sich beeilen muss, dass sie ziehen muss, handeln, bevor er – wer? – sich wieder ausloggt, bevor er verschwindet. Und so ignoriert sie das Pferd, sie denkt kaum, rechnet nicht die vielen, möglichen Antwortzüge durch. Stattdessen bewegt sie den Läufer von D7. Sie schiebt ihn quer über das ganze Feld, so weit vor, wie es nur geht, hinüber, hinüber auf seine Seite – *who are you?* – und leuchtet in seine Grundlinie hinein: Lh3. Und als sie jetzt enter drückt, lüftet sich das Grau auf dem bedrohten Feld und sie sieht die Figur, die dort steht, dort auf F1: einen der Türme.

Auf den Antwortzug muss sie nicht lange warten. Zweimal nur aktualisiert sie die Seite, da ist der Turm schon ausgewichen, ist geflohen auf F3. Und sie rückt nach, schiebt den nächsten Bauern an ihn heran, g5, greift seinen Bauern auf F4 an und öffnet gleichzeitig eine Drohlinie für ihre Dame auf H8: sie leuchtet bis hinüber zu seiner Grundaufstellung auf A1. Und da steht er, der nächste Turm.

ghostbuster7 zieht gegen, er weicht nicht wieder aus, wahrscheinlich ist der Turm von der daneben stehenden Figur gedeckt. Stattdessen schiebt er seinen Läufer von G1 an sie heran: Lb6. Er bedroht ihre Figur auf D8, aber da kommt er nicht weit, denn dort steht ihr Läufer und sie zögert nicht lange und schlägt.

Draußen auf der Terrasse bricht jetzt der Regen los, ein großes Aufrauschen ist das, ein prasselnder Applaus, die Tropfen springen wie gläserne Murmeln über die Steinplatten der Terrasse, hüpfen vom metallenen Geländer, kollern über die Steinfliesen, sammeln sich in den Fugritzen.

Sie sieht nicht auf, merkt kaum, wie ihr der Barkeeper den gekühlten Ouzo zuschiebt, den sie irgendwann bestellt haben muss. Ihr Gesicht ist jetzt nah am Monitor, fast berührt sie mit der Stirn die Kante des Metallrahmens, die Fläche beginnt schon von ihrem Atem zu beschlagen. Ihre Augen sind viel zu dicht am Bildschirm, alles flimmert. Sie bewegt die Figuren vorwärts, vorwärts, sie rückt an ihn heran, leuchtet ihn aus: wer bist du. Zum Teufel: wer bist du.

166

Er wehrt sich. Natürlich wehrt er sich, auch er kommt näher, einer seiner Bauern findet heraus, wo ihr König steht. Aber sie schlägt den Bauern, verliert einen Läufer, einen Bauern, das Gleichgewicht kippt, während ihr der Ouzo durch die Speiseröhre läuft und die Finger ihrer linken Hand auf der Tischplatte herumzutasten beginnen, dort, wo noch vor einem halben Jahr bei ihr zu Hause auf dem Schreibtisch das Schachbrett mit den Holzfiguren stand.

Ein tropfnasser Mann steht plötzlich in der Bar. Sie hat ihn nicht kommen hören. Das Wasser läuft ihm in den Kragen, sein Hemd klebt ihm am Rücken, in seinen grauen Locken haben sich kleine Äste verfangen. Wild gestikulierend begrüßt er den Barkeeper, seine Hände fliegen auf und nieder, er ruft griechische Sätze, zeigt wieder und wieder hoch zum Klosterberg, baut sich vor dem Paar am Tresen auf, rollt mit den Augen, ruft auch ihr etwas zu. Aber sie reagiert nicht, sie wendet ihm den Rücken zu, schiebt die Hände über ihre Ohren, sie sieht nur das Feld vor sich, dieses nebelverhangene Feld, in das sie hineingreifen möchte, die Figuren ertasten, ihre Stellung in den Feldern berichtigen, j'adoube.

Er ist es. Das ist es, was ihr immer klarer wird: ghostbuster7 ist er selbst. Sie kennt diese Art zu spielen. Sie erkennt diesen Angriff wieder. Und wie früher ist sie nicht in der Lage, das Ruder herumzureißen, das Spiel zu bestimmen. Immer mehr drängt er sie in die Defensive: sie verteidigt, verteidigt, greift nicht mehr an. Und als er jetzt, beim dreizehnten Zug, mit der Dame vorrückt, als er sie von der Grundlinie aus quer über das ganze Feld zu ihr herüberzieht und den Bauern auf B7 schlägt, obwohl er doch gar nicht wissen kann, ob dieses Feld geschützt ist, ob er nicht damit den Sturz seiner Dame riskiert – da ist sie sich sicher. Er muss es sein. Es ist diese Waghalsigkeit, die sie wiedererkennt, nein besser: diese Arroganz. Das Wissen darum, dass er, auch wenn sie seine Dame schlägt, noch immer gegen sie gewinnen wird.

Ihre Hände zittern, als sie das Chatfenster öffnet. Fast trifft sie die Buchstaben nicht, als sie zu schreiben beginnt. Sie muss ihre Finger auf der Tastatur ablegen, ganz leicht, um die Sätze zu formulieren. Um zu schreiben: *bist du das?! verdammt ... das bist doch du!* Die Antwort kommt schnell. Nur ein Wort steht da. Auf dem Bildschirm vor ihr flammt es auf: *ja.*

Die schlagartige Dunkelheit versteht sie nicht. Sie starrt auf die Schwärze vor sich, auf das Nichts, in dem plötzlich ihre Finger verschwunden sind, die Tastatur, das nachleuchtende Wort auf dem Monitor. Ihr Schrei ist spitz, er schneidet durch das Heulen und Pfeifen des Sturms, der sich in den Gängen des Hotels verfangen hat, der – plötzlich so laut – von innen heraus an dem Gebäude rüttelt. »Black-out«, sagt eine Stimme hinter ihr und eine nasse Hand greift nach ihrer Schulter. Ein Glas zerklirrt. Eine Frauenstimme ruft: »No worries.«

Aber sie springt schon auf, hinter ihr kippt klappernd der Stuhl zu Boden, schlägt mit der Lehne auf die Kacheln. Im Dunkeln wirbelt sie herum, sie weiß nicht wohin, stößt mit dem Oberschenkel gegen die Tischkante, kracht mit dem Fuß an den Tresen. Ihr Gesicht ist nass, die Tränen fallen ihr aus den Augen, und das Schluchzen, das ihr aus der Kehle steigt, ist so laut wie der Wind. »No worries«, sagt die Frauenstimme noch einmal.

Sie tastet in die Finsternis hinein, findet die Tresenkante, die irgendwo vor ihr in die Höhe ragt, will sich festhalten, aber ihre Hände rutschen ab, fallen ins Nichts, immer wieder.

Ja.

Das leise Sirren hört sie kaum. Einen Moment lang ist es in

der Luft, bevor das Licht wieder anspringt, bevor die Musik losplärrt und der Computer hochzufahren beginnt. Nur kurz muss sie sich orientieren – hier steht sie, wieso steht sie hier? – die Augen der anderen auf sich, diese erst belustigten, dann ratlosen Blicke. »Are you alright«, fragt die junge Frau und lächelt ihr zu, »it was just a black-out«, und greift nach ihr, aber sie weicht aus, hechtet an den Rechner, zerrt den Stuhl vom Boden hoch. Viel zu langsam baut sich der Desktop auf, viel zu langsam ist der Kellner, dem sie einen Fünf-Euro-Schein für Münzen hinwirft, viel zu schnell rinnen noch immer die Tränen über ihr Gesicht.

Sie hämmert auf der Tastatur herum, schnell, schnell, schemingchess, ihr ganzer Körper biegt sich dem Bildschirm zu, aber als endlich die Seite aufspringt, als sie endlich wieder online ist, ist das chatfenster geschlossen, daneben der Vermerk: *ghostbuster7 is now offline.*

Sie öffnet das Gesprächsprotokoll, sie will dieses Wort noch einmal sehen, diese Bestätigung, *ja*, aber da ist nichts. Eine blanke Fläche gähnt da und davor steht ihre eigene, unbeantwortete Frage, ihr Ausruf: *das bist doch du!*

Mit einem Ruck stößt sie den Rechner von sich und schnellt hoch. Kurz steht sie still. Dann zerrt sie an den Kabeln, an den Verbindungssteckern, reißt den Monitor vom Tisch, rafft – unter dem empörten Ausruf des Barkeepers – alles in ihre Arme: den Bildschirm, den Rechner, das Wirrwarr aus Kabeln, sie stemmt es hoch über ihren Kopf, dreht sich um sich, in die Fliehkraft hinein, vorbei an den ausgestreckten Armen des nassen, noch immer tropfenden Mannes, zwischen den Tischen mit den aufgestellten Stühlen hindurch, zur immer fieberhafter werdenden Musik, schneller, schneller, bis sie loslassen kann, bis sie mit einem Aufbrüllen alles gegen den Tresen schleudert.

Das Splittern des Bildschirms ist leise, erstaunlich leise. Fast lautlos fällt er vor den Füßen des zurückspringenden Paares zu Boden, auf der LCD-Oberfläche bilden sich sandige Muster, er verkeilt sich mit der Sichtseite nach oben in das nur leicht verdellte Gehäuse des Rechners. Mit ihren Füßen sticht sie nach, wieder und wieder, sie zermalmt den heraushängenden Lüfter unter ihren Absätzen, Schrott soll alles werden, Elektroschrott, und sie packt noch einmal das Rechnergehäuse und schwingt es hoch gegen die Lampen über dem Tresen, gegen die Monitore an der Wand, sie schlägt und schwingt, bis sie ein Knacken hört, bis ihr von oben die Glassplitter ins Haar regnen. Da wird sie still.

Aber so ist es nicht, nein, natürlich springt sie nicht auf, stumm sitzt sie noch immer hier vor diesem Bildschirm, sie starrt auf das Schachbrett, auf die Dame auf B7 und ihre Finger machen das schon, die klicken den Materialfundus an, nehmen aus den Figuren, die sie von ihm geschlagen hat, den Bauern heraus und setzen ihn auf B2. Ein Klick und der Nebel verfliegt, sie bedroht jetzt ein Pferd und den Turm. Und nun weiß sie auch, wo sein König steht, endlich weiß sie das, es bleibt keine andere Möglichkeit, kein anderes Feld: D1. Aber sie ist nicht dran, sie muss den Gegenzug abwarten, *ghostbuster7 ist am Zug* – und sie wartet. Sie wartet und wartet, sie wirft Münzen nach, sie starrt auf den Bildschirm, ihre Augen schmerzen, immer wieder öffnet sie das Chatfenster, sie fixiert die Leere nach diesem Wort: *du!*, sie wartet und nichts geschieht, nur das Licht über ihr beginnt irgendwann, sich zu verändern.

Wenn sie die Nebelfelder des Schachbretts mit nur halbgeöffneten Augen betrachtet, bilden sie ein Muster. Buchstaben könnte man daraus herauslesen, ein gestürztes T, ein gespiegeltes L, ein eckiges C. Zerbrochene Linien, die Fragmente einer

Straße vielleicht, einer auseinandergezogenen, leerlaufenden Kreuzung. 5th, 14th. Eine Frauenstimme jauchzt auf. Ein Laptop schlittert über Asphalt, schlägt gegen den metallenen Fuß einer Laterne. Glas splittert. Es riecht nach Abgas, verbranntem Gummi, Mayonnaise mit Kräutern. Eine Sirene heult, kommt näher, jemand lacht, lacht, bis ein anderer ihm den Mund zuhält.

Langsam, ganz langsam, dreht sie sich um, sie sieht hoch zu dem Barkeeper, der plötzlich direkt hinter ihr steht und sie von oben betrachtet. Um ihn herum der leere Raum, die abgeschaltete Deckenbeleuchtung, niemand mehr da, keine Musik, auch kein Wind mehr, von draußen das Glucksen des ablaufenden Regens, und sie sagt: »I need a phone.«

Wie ist er genau gestorben. War es die Kopfverletzung, der Sprung im zerbrochenen Helm. Die inneren Blutungen. Hast du seine Leiche gesehen. Seid ihr sicher, ganz sicher, dass er tot ist. War der Sarg geöffnet, bevor ihr ihn begraben habt. Wer hat die Glasscherben von der 5th Avenue gefegt. Diese Brille, die Scherben, die Splitter: gehörten die tatsächlich zu ihm. Liegt er wirklich dort auf diesem Friedhof. Wisst ihr das genau. War das sein Körper, wirklich sein Körper, der da in den Lieferwagen raste. Der zerschmettert wurde, der zerschellte durch diesen Aufprall. Warum habt ihr ihn nicht nach Deutschland geholt. Ist sein Grab verschlossen. Gibt es Beweise, Beweise für diesen Tod. Sag.

Die Stimme seiner Schwester klingt verschlafen, aber sie wird wacher, wird schärfer, mit jedem Satz. »Schnee, bist du das?«, sagt sie, »Verdammt, du hättest dich melden können, wenigstens die Beerdigung absagen, Mutter hat das nicht verstanden, niemand hat das verstanden.«

Sie schweigt. Vor ihr im Flur der sich entfernende Schemen des Barkeepers, der sich in den abzweigenden Gängen des Hotels verliert. Seine leiser werdenden Schritte. Im ersten Stock knarzt eine Stiege, eine Klospülung rauscht. Hinter ihr das spitze Ticken einer Wanduhr, das Haus atmet.

»Er ist tot, Schnee, natürlich ist er tot, wieso fragst du sowas. Und das wüsstest du, du wüsstest das, wenn du gekommen wärst, wenn du dich gemeldet hättest. Wenn du einmal an jemand anderen denken würdest als an dich. Du bist nicht die Einzige, die hier trauert, ist dir das überhaupt klar.«

Sie räuspert sich, ihre Stimme klingt dünn. Sie ist leise, viel zu leise, sie kann sich selbst kaum hören: »Gibt es jemanden, der Zugang zu seinen Daten hat? Jemanden, der Schach spielt? Sagt dir das was: ghostbuster7? Spielst du?«

Kurz bleibt alles still. Dann das Geschrei. Die wütend hervorgeschleuderten Worte, die aus der Hörmuschel dröhnen. Sätze, so viele Sätze. So viel Empörung. So viel Verletzung. Sie legt den Hörer auf dem Tisch an der Rezeption ab, zwischen aufgeschlagenen Gästebüchern, zwischen Prospekten, Notizzetteln, Bleistiften und dreht sich weg.

Das Meer so dunkel vor ihr. Irgendwo dort unten all die Fische, all die farbenfrohen Meerespflanzen, all die Grotten und Felsenriffs, nach denen die vielen Inselbesucher tauchen, die glitzernden, sich verschiebenden Fischschwärme, die leuchtenden Unterwasserhöhlen, die Seeigel, Meerespfauen, Riesenmuscheln. Sie taucht ihre Zehen in das Wasser, das so merkwürdig dickflüssig wirkt, ein Meer aus Gelee. Selbst die Wasseroberfläche riecht nach Regen.

Der Turm. Sie hat ihren Turm nicht gedeckt. Das ist sein logischer Antwortzug, weiße Dame schlägt schwarzen Turm,

Dxa8. Ein anderer Spieler würde stattdessen die Figuren, die sie mit ihrem Zusatzbauern bedroht, in Sicherheit bringen, er würde ihren nächsten Zug vereiteln, das Erreichen der Grundlinie, den möglichen Austausch des Bauern zur Dame. Aber er denkt so nicht. Nicht er.

Dxa8. Das Wasser ist kühl geworden, *Mistral is coming*. *Natürlich ist er tot. Schnee, wieso fragst du sowas.* So viel Finsternis, die Strömung ist stark. Oben am Klosterberg erlischt das Licht. Ein Fisch vor ihr, schillernde Schuppen. Wenn man den Sog nutzt, kann man den Fels meerwärts besteigen. *We are sincerely sorry for your loss.*

Schlägt er den Turm, muss sie eine Rochade versuchen, das macht sie viel zu selten, er rechnet nicht damit. Im Standardschach hat er ihr das eingebläut: immer rochieren, so schnell wie möglich. Und hat ihr den englischen Begriff beigebracht: to castle.

… weil der Läufer …

Die Umrisse der gespiegelten Engelsburg. Ein Sprung von der Klippe, Wasser überall. Das Ticken einer Uhr. Jemand lacht. *Where are you going*, fragt der durchnässte Mann aus der Bar. Er steht vor ihr in einem erhöhten Garten. Seine feuchten Finger knipsen Blütenköpfe von ihren Stängeln, Wasser tropft ihm aus dem Haar. Über den verrosteten Drahtzaun wirft er ihr eine der Blumen zu. Die rote Nelke sinkt durch die Luft, fällt in ihren aufgespannten Handteller. *In einer Stadt wie dieser fährt man nicht mit dem Rad.* Von einem stürzenden Tablett springen hölzerne Figuren.

Die Rochade verschiebt alles, sein Angriff stimmt nun nicht mehr, er wird jetzt doch ausweichen, wird seinen Turm oder sein Pferd vor ihrem Bauern in Sicherheit bringen, das Pferd vielleicht: Sd3. Irgendwo zersplittert ein Glas. Unter einem

Moskitonetz ein leeres Bett, verschlungene Laken, auf dem zerlegenen Kopfkissen ein abgerissener Zettel mit Holgers Handschrift: *falls du merkst, dass ich weg bin: adieu.*

Ein Vogel kreist über einer Schlucht. Meet the American Goldfinch, the Red Tail Hawk, the Northern Mockingbird. J'adoube. Ein Lieferwagen von Schwartz's Deli fährt vorüber, der Fahrer winkt ihr zu. Eine Stimme flüstert: Schnee, bist du das.

… weil der Läufer im Englischen bishop heißt …

Die Buchstaben seines Namens sind in die Grabplatte gemeißelt. *Ich weiß nicht, was sie hat. Ich kann in diesem account keine Aktivitäten feststellen.* Gelächter hallt durch einen Flur. Das Rascheln von Reifröcken. Sie lebte hier, sagt jemand. Sie lebte hier in den Sommermonaten, sie hat immer auf ihn gewartet, aber er kam nie. Einmal war er auf der Insel, aber er hat sie nicht besucht. Stellen Sie sich das vor.

bxa1 = D + . Der Bauer erreicht die Grundlinie, wird eingewechselt gegen eine Dame, bedroht den weißen König. Schach. Ein weißer Turm auf C1, ein Vogelschrei. Und sie steigt abwärts, durch schalltote, bleiche Felsschluchten, die rote Grabblume in der frei schwingenden, rechten Hand.

Ein neuer Zug: der geschlagene, weiße Turm verwandelt sich, verfärbt sich mit dem Aufsetzen auf dem Spielfeld in tiefes Schwarz, bedroht jetzt den weißen König, noch einmal: Schach. Aber schon schiebt sich ein eingetauschter Läufer dazwischen. Es beginnt zu schneien. Schnee, ruft eine Stimme, Schnee. Holger vor ihr, sein Blick so müde, seine Stimme kaum hörbar, sie versinkt im aufsteigenden Nebel: »Sind Sie ghostbuster7?« In den Händen dreht er eine rote Nelke.

Das Muster der Steinplatten unter ihren Füßen. Dunkel, hell, dunkel, hell. It is just a black-out. Das Pferd steht falsch. In der

Materialsammlung steht es, nein, in der Pulvermühle, es trägt noch die Farbe des Gegners. Aber sie kann es hochnehmen, sie kann es einsetzen, es abstellen auf B2. Der König ist dann eingekeilt zwischen seinen eigenen Figuren. Er kann nicht mehr flüchten, dieser König, Schach, Schach, Schach – und niemand kann das Pferd schlagen. Das Quietschen eines bremsenden Wagens, ein Schrei. Glas splittert, es splittert ganz leise, fast stumm. No worries. ghostbuster7 ist Schachmatt.

Es ist so still. Wo bist du. Wo.

Sie liegt mit dem Kopf auf der Brüstung des Hotel Apollon. Unter ihr einer der Terrassenstühle, ihr Oberkörper lehnt auf ihren untergeschobenen, angewinkelten Armen. Vorsichtig richtet sie sich auf. Ihr Nacken schmerzt, auf ihren Lippen schmeckt sie Salz. Die Morgensonne brennt auf ihrem Scheitel. Hinter ihr lachen Kinder, ein gepunkteter Gummiball springt vorbei. Aus der kleinen Bäckerei im angrenzenden Gebäude duftet es nach frisch gebackenem Brot, nach Croissants, nach warmem Zimt. Ein Bus rollt die Hauptstraße abwärts, hält mit großem Seufzen vor dem Eingang des Hotels. Engländer tasten sich aus den geöffneten Türen, mit Ausrufen des Entzückens: oh, my! Ungläubig blinzeln sie in die Sonne, sie starren auf die Blütenkaskaden aus lilafarbenen und flammroter Bougainville, die über die Hausfassade fällt, auf die tänzelnden, hüpfenden Lichtreflexe des Meers.

Langsam steht sie auf, streicht über den Stoff des zerknitterten Kleids. Dann betritt sie die Bar. Die Computer sind schon hochgefahren, über die blau leuchtenden Monitore bewegt sich die Laufschrift, *welcome to hotel appollon, please insert 1 euro*. Aus dem Frühstücksraum dringt lautes Lachen, Kaffeetassen klappern, jemand singt. Der Barkeeper ist nirgends zu sehen.

Sie kann die Partie nicht finden. Sie fährt mit dem Mauszeiger hin und her, aber da ändert sich nichts: *snowfxingwhite has no current games*. Aber sie klickt, sie klickt einfach alles an und so öffnet sie die beendeten Spiele, completed games. Ja. Da. Die Partie ist abgeschlossen, ghostbuster7 versus snowfxingwhite, a game of Sun Tzu. Der graue Schleier ist von den Feldern verschwunden, der Nebel hat sich gelüftet, es sind jetzt alle Figuren zu sehen. Der weiße König steht eingekeilt zwischen dem Pferd und dem Turm. Und da ist es, da ist es tatsächlich: das schwarze Pferd auf B2, das den weißen König bedroht, unschlagbar. Die Spielhistorie lässt sich zurückverfolgen. ghostbuster7 ging Schachmatt, snowfxingwhite hat gesiegt, irgendwann heute Nacht, *game completed: today*, S@b2#

»May I get you anything«, ruft ein blondes Mädchen, das hinter der Theke auftaucht und dort die Gläser poliert. Ihr Akzent ist sehr britisch, auf ihren Schultern klimpern lange, bunte Ohrringe, in den Grübchen ihrer Wangen sammeln sich die Sommersprossen.

Sie schüttelt den Kopf, reibt sich die Arme, sieht dem Mädchen zu, das die letzten Gläser aufreiht und mit einem Stupsen ihrer leuchtpink lackierten Fingernägel die Kaffeemaschine einschaltet. Und sagt dann doch: »Yes, please. Coffee would be nice.«

Sein Profil ist tot. Sie starrt auf das Fenster, das aufploppt, als sie seinen Namen anklickt und ghostbuster7 zu einer Revanche herausfordern will. *This profile is no longer active*, jemand hat es gelöscht. Die Schrift ist nüchtern, schnörkellos. Dieses Profil ist nicht länger aktiv. Auf dem Bildschirmhintergrund sind noch seine Einträge zu sehen, aber sie sind bereits verblasst, sind ausgebleicht oder eingefroren, der Administrator hat sie noch nicht entfernt.

Ob sie Schach spiele, will das Mädchen wissen, das an den Computertisch herantritt und ihr den Kaffee reicht. Sie habe früher auch mal gespielt, gegen ihren Vater, als der so todkrank war und ihnen beiden die Worte fehlten. Im Krankenhaus hätten sie gespielt, drei Partien, jeden Nachmittag, auf dem wackligen Klapptisch über seinem Krankenbett. Wie eine Verabschiedung sei das gewesen, sagt sie, ein Loslassen, Zug um Zug. Das Mädchen beugt sich vor, um das Schachbrett zu betrachten. Verständnislos starrt es auf die Figuren, auf die wilde Zerwürflung der Sun-Tzu-Partie: »You winning or loosing?«

»I am not sure«, sagt sie, ich bin mir nicht sicher, gar nicht sicher. Und legt jetzt den Kopf schief, während sie in ihren Handflächen die Wärme der Kaffeetasse aufsteigen spürt und sie noch einmal die Worte betrachtet: Schwarz gewinnt, Weiß: Schachmatt: Game over. Game fucking over. Tief in ihrem Brustkorb spürt sie eine Bewegung. Etwas löst sich.

Sie hebt den Blick vom Bildschirm, blickt in die klaren Augen des Mädchens, das sie fragend ansieht. Dann nimmt sie einen Schluck Kaffee. Die Wärme läuft durch sie hindurch. Sie lächelt und sagt: J'adoube. Ich berichtige.

I guess, I won.

Der Erlkönigjäger

Der Mann, der auf ihn zielt, steht im Nichts. Seine dunkle Silhouette hebt sich scharf von der gleißenden Schneelandschaft ab. Der Hochstand, auf dem der Mann steht, ist vereist und vor dem weiten, hellen Hintergrund kaum zu erkennen. Das rissige Holz hat den Schnee aufgefangen, hat sich gepanzert mit einer Tarnschicht aus Frost.

Er steht breitbeinig und reglos auf der Plattform, dieser Mann, an den Außenkanten seiner Schnürstiefel bilden sich kleine Kristalldünen. Die abwärts, aufwärts tänzelnden Flocken flirren um ihn herum, aber der Mann bewegt sich nicht, er steht ganz still und zielt. Nichts rührt sich, nur der schwergesogene Saum seines Mantels schlägt mit den Verwirbelungen des Eiswinds zwischen den Seitenwänden hin und her. Das Gesicht ist hinter dem Zielfernrohr nicht zu erkennen. Es ist verhüllt von der tief in die Stirn gezogenen Kapuze, dem schwarzen Wollschal, den er sich bis über die Nase geschlungen hat, den aufsteigenden Wolken seines Atems. Trotzdem ist Berger sich sicher: dort steht der Mann, der ihm den Weg hierher verraten hat.

Berger presst das Okular der Kamera fester gegen sein rechtes Auge. Durch das Teleobjektiv starrt er über den Schneeweg, über die gefrorenen Reifenspuren hinweg, zu dem Mann, der da so plötzlich aufgetaucht ist. Er fokussiert auf dessen Oberkörper, auf die erhobene Waffe und holt sie sich mit dem Zoom noch ein bisschen näher heran, näher, näher, bis er direkt in die Mündung des Gewehrlaufs blickt. Ja. Es ist auf ihn gerichtet, unmissverständlich. Berger unterdrückt einen Fluch.

In der Nacht zuvor hat Berger dem Barkeeper knapp vor der Sperrstunde das Zeichen zum Zahlen gegeben. Er hat die zerknitterten Geldscheine aus der Hosentasche gezogen, das Ginglas von sich geschoben, den Bierdeckel mit den Kugelschreiber-Strichen in Tannenbaumform, als sich die Tür der Bar öffnete und der Mann mit einem Windstoß aus Schneeflocken den Raum betrat.

Etwas ging von diesem Mann aus, eine Schwere, die ihn nach unten zu ziehen schien. Seine Füße schoben sich über den Boden, sein langer, offener Mantel schlug ihm beim Gehen gegen die Knöchel. Auf seinen eingefallenen Wangen stachen graue Bartstoppeln in die Luft und am Hals flockten Wollflusen auf dem groben Rollkragen. Die Augen unter den dünnen Augenbrauen waren hell, erschreckend hell, fast bleich. Berger weiß noch, dass er ein wenig zurückzuckte, als er kurz, ganz kurz den Blick dieses Mannes streifte, der direkt auf ihn zuging. Er erinnert sich daran, sich auf seinem Barhocker leicht abgedreht und plötzlich diesen Geruch wahrgenommen zu haben. Ein würziger Geruch war das gewesen, nach offenem Feuer, nach Ruß, schmorenden Nadelbaumzweigen.

Der Mann stellte sich ihm nicht vor, er beugte sich nur seitwärts, scheuchte den sich nähernden Barkeeper mit einer Kopfbewegung zurück – hinein in dieses Tresenkabinett aus zerfranstem Weihnachtsschmuck und halbblinden Spiegeln – und sagte mit dem schwerfälligen, kantigen Akzent der Lappländer: »Ich weiß, wo Sie finden, was Sie suchen.«

Zuerst glaubte Berger, er habe sich verhört. Man sagt solche Sätze nicht, dachte er, das ist doch albern. *Ich weiß, wo Sie finden, was Sie suchen.* Lachen sollte man über solche Sätze, vor allem wenn sie knapp irgendwo unterhalb des Polarkreises in schummrigen Kneipen dahergeraunt werden. Albern fand er das, wirklich. Hatte er nicht sogar geschnaubt? Ja, wahrscheinlich hatte er das. Und sich sein Glas zurückgeangelt, den flach geschmolzenen Eiswürfel darin herumgeschwenkt, schnell und schneller, gegen den Uhrzeigersinn, einfach nicht hochgesehen und die nächsten Worte des Mannes abgewartet.

Natürlich kennen ihn alle in Arjeplog, es ist seine siebte Saison. Dass man Berger anspricht, ist nicht ungewöhnlich. Erst vor vier Wochen, gleich nach seiner Ankunft, war er in das Büro des Bürgermeisters bestellt worden, in dieses winzige, quietschblau gestrichene Häuschen, das sie ernsthaft als Rathaus bezeichnen. Der Bürgermeister hatte geschwitzt, als er Berger die Briefe der Konzerne unter die Nase gehalten hatte, dabei war es im Zimmer ganz kalt gewesen. Die Logos auf den Briefköpfen hatte Berger sofort erkannt: die Stempel, die Wasserzeichen, die Insignien der größten der internationalen Firmen. Sogar ein paar der Unterschriften konnte er auf den ersten Blick entziffern. Die Konzerne ließen sich nicht lumpen, die Sache bekam Priorität: die Führungsetagen unterzeichneten selbst. Den ganzen Sommer über mussten die Briefe hier eingetroffen sein, es war ein dicker, aufgeblätterter Stapel. Dass er baldmöglichst von hier verschwinden müsse, hatte der Bürgermeister gesagt und sich die Stirn mit seiner Krawatte abgetupft. Seine Stirn war breit, er musste ziemlich viel tupfen, wahrscheinlich waren seine Vorfahren Samen und hatten keine Lust mehr auf Rentierzucht gehabt. Berger hatte dem Bürgermeister die oberen drei Briefe aus den klebrigen Fingern gezupft, hatte sich auf den Bürgermeistersessel fallen lassen und gelesen. Als er seinen Blick wenig später wieder gehoben hatte, war der Bürgermeister an der weiß gekalkten Wand gelehnt. Er hatte erschöpft ausgesehen, seine Krawatte von Schweiß ganz schlaff. »Reisen Sie ab«, hatte der Bürgermeister gesagt und beschwörend seine Hände gerungen, »bitte. Ich kenne meine Leute. Die lassen sich sowas nicht gefallen. Ohne die Konzerne sind wir hier nichts, verstehen Sie. Da stirbt unsere Stadt. Reisen Sie. Ich kann sonst für nichts garantieren.« Berger hatte seine tropfenden Schneeschuhe auf den Schreibtisch geschwungen und gelacht.

Immer noch bewegt der Mann sich nicht. Das Gewehr liegt ganz ruhig auf seiner linken Hand auf. Berger hält mit seiner Kamera dagegen, ihm fällt nichts anderes ein. Unter seiner Fleecemütze bilden sich kleine Schweißperlen, die ihm auf der Kopfhaut jucken. Er versucht, das aufsteigende Muskelzittern in seinem Oberarm zu unterdrücken, und rammt seine spikebesetzten Schuhsohlen tiefer ins knirschende Eis.

Er hat sich direkt neben dem Tor zum Testgelände aufgestellt. Normalerweise würde er sich besser verstecken. Hinter von Schneetürmen tief hängenden Baumzweigen, im Weggestrüpp, zwischen Bodenwellen aus Eis. Oder etwas weiter von den Werktoren entfernt, am Straßenrand, an den Wegabzweigungen, die zu den geheimen Geländen führen, in der Nähe seines Mietwagens, eines weißen Audi A8, der sich mit seiner hellen Lackierung so wunderbar in die verschneite Landschaft einfügt. Sein neues Telezoom schafft auch größte Entfernungen, er muss jetzt gar nicht mehr so nah ran. Und mindestens ein Fluchtweg sollte auf jeden Fall offen sein, darauf hat er immer geachtet, schon in der ersten Saison, damals, als er begann.

Aber hier ist nichts, auch seinen Audi hat er nicht dabei und der Pilot wartet auf einem Schneefeld fast einen Kilometer entfernt. Der Mann hat ihm das schon gesagt, gestern Abend in der Kneipe: dort werden Sie keine Deckung finden, weit und breit. Und dann, gleich heute Morgen, hat Berger es selbst gesehen, als er sich mit dem Hubschrauber zum Spähflug über die Schneewälder und über diesen riesigen, gefrorenen See tragen ließ. Er hat von oben aus auf das nicht enden wollende Weiß heruntergestarrt, hat die zerknitterte Karte mit den Gradangaben in der Hand gedreht, hat unten am Boden die kreisrunden Schneespuren gesucht, die er so gut kennt. Er hat seinen dröhnenden Kopf an die vibrierende Fensterscheibe des Hubschraubers gepresst, hat den Restalkohol in seinem Körper verflucht, sich zwei Tabletten gegen die aufschwappende Magensäure in den Mund geschoben, gekaut, geschluckt, auf Schwedisch in den Lärm der rotierenden Propellerblätter hineingeschrien: »Hier soll es sein, sind Sie sicher, sind Sie wirklich sicher.« Nichts war dort unten zu sehen gewesen, gar nichts, außer blendendem Weiß. Das Gebiet ist ein blinder Fleck, es ist, das muss er zugeben, ideal: ein See, so weit von Arjeplog entfernt, dass ihn selbst im Sommer kaum jemand finden wird. Und der jetzt, im klirrend kalten Polarwinter, mit seiner gefrorenen Oberfläche nahtlos in die Helligkeit der verschneiten Landzunge übergeht und dadurch fast unsichtbar wird. Wahrscheinlich haben sie die Eisoberfläche von den Spezialfahrzeugen der örtlichen Eismacher so lange verdichten lassen, bis sie alles trägt. Die Menschen. Die Container. Die Fahrzeuge. Es ist ein perfekt getarntes Testgelände. Selbst den Zaun, mit dem sie den See vom Ufer abgrenzen, haben sie, das hat Berger vorhin gesehen, weiß gestrichen. Und wenn es stimmt, wenn alles stimmt, was ihm der Mann in der Kneipe erzählt hat, dann ahnt bisher kaum jemand von diesem Ort.

Da. Eine leichte Bewegung des Gewehrlaufs. Berger zuckt zusammen, fast rutscht ihm die Kamera aus der Hand. Schon glaubt er, den Schuss knallen zu hören, mit dem ihn der Typ da drüben erledigen wird. Aber alles bleibt still, nur der Eiswind schabt ihm durch den Stoff seiner Mütze hindurch über die Ohrmuscheln.

Berger zittert jetzt am ganzen Leib. Er kann es nicht unterdrücken, er beißt sich von innen auf das Wangenfleisch, bis er Blut schmeckt. Er versucht, sich zu beruhigen, sich zuzureden, einzureden, dass er eben fröstelt, weil sein Körper den Polarkreis spürt, der nun nur noch wenige Kilometer – vielleicht sogar Meter – entfernt sein kann. Dass all das ein Missverständnis ist. Der Mann da drüben meint gar nicht ihn. Und Berger zittert auch gar nicht. Die Kälte muss das sein, genau: die Stacheln dieser knispelnden, gefrorenen Luft. Das Schütteln, das in ihm aufsteigt, bekommt er trotzdem nicht in den Griff. Vor seinem Auge springt ihm die Kamera auf und ab, das Bild des Mannes vor seinem Objektiv beginnt zu hüpfen, das Gewehr ruckt aus dem Bildausschnitt heraus und tänzelt zitternd wieder zurück.

Berger atmet tief, zoomt heraus, verkürzt die Brennweite, bis er den Mann wieder komplett einfängt. Bis er ihn dort wieder ganz stehen sieht, seine dunkle Gestalt so aufrecht, so unbewegt auf diesem steil aufsteigenden Hochstand. Der Lauf des Gewehrs ist leicht abwärts gerichtet und steht wieder still, er zeigt auf Berger, immer noch. Eine Waffe für lange Distanzen muss das sein, denkt er plötzlich. Das da, das ist das Präzisionsgewehr eines Scharfschützen.

In den Falten von Bergers Jacke beginnen sich Flocken zu

sammeln. Mit jedem kleinen Zittern rutschen Schneehäufchen über die glatte Nylonhaut auf den Eisboden. Aber der Schnee ist auf ihm kaum zu sehen: alles an Berger ist weiß. Die Farbe der Skihose, die Outdoor-Jacke, selbst die Fleecemütze auf seinem Kopf. Dass das die beste Tarnfarbe in dieser Gegend sei, hat er zu Hause oft stolz erklärt: niemand sieht mich, ich werde zum Schneehasen im Winterkleid.

Bald muss es dunkel werden. Der Himmel beginnt schon, sich langsam zu verfinstern. Die Polarnächte sind lang, die Tage um diese Jahreszeit so kurz. Die Dämmerung wird sich über den See herabsenken, ein blaues Aufleuchten, einen kurzen Moment lang, in dem Berger die Lichtempfindlichkeit an seiner Kamera erhöhen wird. Bevor es dunkel wird, richtig dunkel, zu dunkel für die kurze Belichtungszeit, die er braucht, zu dunkel für gute Bilder, und dann, was dann. Was kann ihm die Nacht gegen den Typ mit dem Gewehr nützen. Der da drüben hat wahrscheinlich einen Restlichtverstärker am Zielfernrohr, vielleicht sogar einen Laserentfernungsmesser. Bergers Oberarm schmerzt. Er will zu dem Mann hinüberbrüllen. Er will die Kamera sinken lassen und schreien: »Was soll das!«. Er will auf den Auslöser drücken, den Typen da digital festhalten, einfach festhalten, und dann die Kamera sinken lassen und schreien, aber etwas hält ihn davon ab. Die Furcht, dass, wenn er den Auslöser betätigt, wenn er den Mund öffnet, sich nur irgendwie bewegt, der Mann dort drüben zeitgleich mit gekrümmtem Finger und stumm den Abzug drücken wird.

»Fahr nicht«, hatte Cynthia gesagt, »ich halte das nicht mehr aus. Wir halten das nicht mehr aus.« Sie stand im Türrahmen seines norddeutschen Wohnzimmers und schwankte leicht. Der Körper ihrer kleinen Tochter, die an ihrem Hosenbein zog, schob sie aus der Balance. Er hatte sie angesehen und versucht, nicht hinzuhören. Er kannte diese Sätze von ihr, er hätte sie mitsprechen können. Jedes Jahr, jeden Winter das Gleiche, diese Verneinungen, immer wieder: »Weihnachten ohne dich, Silvester ohne dich, schon wieder – das geht nicht mehr, verstehst du nicht, ich kann nicht mehr.«

Sie wusste es doch. Sie hatte immer gewusst, was er tat, worauf sie sich einließ. Nur nicht am Anfang, ganz am Anfang. Da hatte er ihr nur gesagt, er sei Fotojournalist. Sie hatte ihr blondes Haar zurückgestrichen, hatte seinen neuen Termin eingetragen, seine Zahnarztakte zugeklappt und ihn angelächelt. Auf dem Terminzettelchen, das sie ihm über die Anmeldung hinweg zuschob, fand er auf dem Nachhauseweg ihre Nummer.

Von den Erlkönigen hatte er ihr erst später erzählt. Die Bezeichnung faszinierte sie. Erlkönige! Tatsächlich waren ihr sogar die ersten Zeilen des Gedichts eingefallen, wer reitet so spät. Mit den Bildern allerdings konnte Cynthia dann nichts anfangen. Ratlos starrte sie auf die erfolgreichsten seiner Fotos: den BMW X6, nachts in einer Schneekurve erwischt, ein frühes Modell des Skoda Yeti, der eine meterlange Bremsspur über eine gefrorene, glitzernde Flussmündung zog, das erste Bild des noch schwer getarnten Panamera, der damals – ein Viertürer von Porsche! Undenkbar! – ja nicht einmal ein Gerücht gewesen war, der Audi Q5 beim Driften, der Nissan Quashqai, der Opel Insignia. Mit schief gelegtem Kopf hatte Cynthia die Motorsportzeitschriften und Autoillustrierten auf dem Tisch herumgeschoben, war mit dem Zeigefinger die Umrisse der Autos nachgefahren und hatte ihn schließlich zweifelnd angesehen: »Und wo sind die Erlkönige?«

Es hatte eine Weile gedauert, bis sie begriff. Dass das da die Erlkönige waren, tatsächlich: von den Konzernen getarnte Prototypen, geheime, neueste Modelle im Entwicklungsstadium, die im verschneiten Areal von Arjeplog, in der Abgeschiedenheit Lapplands, auf ihre Wintertauglichkeit geprüft wurden. ABS- und ESP-Tests auf künstlich verstärkten Eiszonen, spiegelglatter Slalom-Parcours auf Fahrdynamikflächen aus Schnee – Berger hatte Cynthia mit Fachbegriffen überhäuft, bis er ihren müder werdenden Blick bemerkte und noch einmal von vorne anfing.

»Stell dir vor«, sagte er, »du willst dir ein brandneues Auto kaufen, einen Stadtflitzer, einen Mini zum Beispiel, was tust du dann?« – »Ich gehe zum Händler.« – »Ja. Wenn du aber weißt, dass von deiner Lieblingsmarke ein neues Modell rauskommt, bald schon – was tust du dann?« – »Ich warte. Oder ich gucke mir mal andere Marken an.« Genau. Das war, erklärte er Cynthia, der springende Punkt. Sobald bekannt werde, dass ein Konzern etwas Neues plane, stocke der aktuelle Verkauf, die wirtschaftlichen Verluste gingen in die Millionenhöhe. Deswegen müsse die Entstehung neuer Entwicklungen geheim bleiben, so lange wie möglich. Mal abgesehen davon, dass die Konkurrenz nichts von den neuesten, technischen Errungenschaften erfahren durfte. Die Prototypen würden also im Geheimen getestet. Und weil nicht verhindert werden könne, dass die Autos da draußen doch mal jemand zu Gesicht bekäme, würden sie getarnt: durch Veränderungen an der Außenhülle, durch schwarze Folie, Verklebungen an den markantesten Stellen. Erst dann schicke man sie los, auf Testfahrten, durch Nacht und Wind. Wo er ihnen mit seiner Kamera auflauere. Was nicht immer ganz einfach sei. »Erlkönige«, sagte Berger, »sind scheue Wesen.«

Dass er also ein Industriespion sei, hatte Cynthia da geflüstert, die Automagazine mit seinen Fotos zu sich herangezogen und ihre blaugrauen Augen aufgerissen. Berger hatte gelacht und ihr mit den Fingerspitzen die Stirnfalten glatt gestrichen. Dass er das anders sehe, sagte er. Ein Paparazzo für Geistergestalten sei er vielleicht. Oder besser: ein Erlkönigjäger.

Ein ehemaliger Schulfreund hatte ihn darauf gebracht, ein Sounddesigner, Geräuschentwickler in der Autoindustrie, der zur Vertonung eines neuen Geländewagens nach Dubai abberufen worden war und dort den Klang sich schließender Türen designte. Von Arjeplog erzählte ihm der Freund wenige Abende vor dessen Abflug in den Mittleren Osten beim Wein, the coldest secret place on earth. Wie froh er sei, dort nicht hin zu müssen. Weil er stattdessen in die Wärme der Wüste fliegen dürfe. Gelacht hatte der Freund, als er von den Strapazen seiner Kollegen plauderte, der Ingenieure, Testfahrer, Hydrauliker aus unterschiedlichsten Konzernen, die Winter für Winter nach Arjeplog versetzt wurden. »Gepökeltes Rentierfleisch zum Frühstück«, hatte der Freund gerufen, »ein nordisches Kuhkaff bei minus dreißig Grad, kaum Weiber und dann immer Nacht, Mann, da kann man eigentlich nur noch saufen.« Berger hatte genickt und ihm nachgegossen und am nächsten Tag die Flugverbindungen ins nordschwedische Binnenland überprüft. Von dem Freund hatte er seitdem nichts mehr gehört. Irgendetwas war da wohl schiefgelaufen in Dubai, es hieß, er sei jetzt in einer Klinik im Schwarzwald auf Entzug.

Aber für Berger war das ein Neuanfang gewesen. Die Autoindustrie hatte ihn schon seit Langem fasziniert, er war immer gern auf die Messen gegangen, ließ sich manchmal zu Presse-Reveals und Händlereinführungen einschleusen, er verfolgte die neuesten Entwicklungen, wusste um jedes Gerücht über kommende Facelifts.

Cynthia hatte das verstanden. Seine Begeisterung. Und dass

sein Beruf in Jahreszeiten gegliedert war. Dass er immer wieder seine Ausrüstung zusammenpackte und monatelang verschwand. Aber seit das Kind da war, war alles anders. Jetzt stand sie da so hohlwangig in diesem Türrahmen herum, jeden November das Gleiche, und konnte nicht begreifen, dass er wieder losmusste, dass schon wieder Winter war.

Berger hört ein Sirren in der Luft, ganz leise, noch weit entfernt: die Obertöne eines sich nähernden Motors. Um ihn herum ist es dämmrig geworden, ein flüssig auslaufendes Blau, das vom Horizont aus durch Luft und Schnee schwemmt.

Der Mann vor seiner Linse hat sich noch immer nicht bewegt. Seine starre Kontur taucht in die sich verdunkelnde Landschaft hinein, sie gleicht sich an, bald wird der Mann nicht mehr zu erkennen, das Gewehr nicht mehr zu sehen sein.

Berger weiß nicht, wie lange er schon neben diesem Werktor steht. Sein Körper scheint sich an die Bedrohung gewöhnt zu haben, er ist ruhiger geworden, sein Puls schlägt wieder langsamer. Auch die Kamera kann er besser halten. Unmerklich hat er den Brustkorb nach vorne geschoben und sein Gewicht verlagert, hat die verkrampften Muskeln entspannt. Er steht jetzt ganz stabil, auch wenn in seinem Kopf die Gedanken hin- und herkippen.

Das Surren wird lauter, es nähert sich, wird im Herankommen unterfüttert von einem abgründigen, immer lauter werdenden Basston, der die Schneefläche unter Bergers Fußsohlen zum Klirren zu bringen scheint.

Berger atmet scharf ein und kann sich nur mit Mühe davon abhalten, den Kopf herumzureißen und sich dem Brummen zuzudrehen. Der Mann in der Kneipe hat nicht gelogen, Berger kennt dieses Motorengeräusch. Er kennt es gut. Gleich am Anfang hat er begonnen, sich das beizubringen: die Wagen an ihrem Sound zu erkennen. Und das hier, dieses tiefe Brummen mit dem leisen, fiependen Oberton, das ist Tabuchi, eindeutig Tabuchi, der exzentrischste aller Sportwagenhersteller. Der Mann in der Kneipe hat es ihm ja gesagt, aber er hat es kaum glauben wollen, denn das geht nicht, ist unmöglich, die Japaner haben hier kein Testgelände, das kann gar nicht sein. Die Franzosen, ja, die Deutschen, ja, alle Europäer, auch die Amerikaner, die Chinesen, die Koreaner, fast dreißig Weltkonzerne und ihre Zulieferer sind hier vertreten, Hyundai, Fiat, Haledex, Bosch, GKN. Aber nicht die Japaner, zumindest nicht Tabuchi, irgendeiner seiner Informanten hätte ihm längst davon erzählt. Und Tabuchi hat ja noch nicht einmal einen neuen Prototyp in der Planung, seit dem letzten, kapriziösen Reveal auf der Rennstrecke von Ascari hat es da nichts mehr gegeben, keine Anzeichen für eine Neuentwicklung, keine Hinweise auf irgendwelche Concept Cars, noch nicht einmal Gerüchte. Wenn das aber wahr wäre, wenn dieses Testgelände Tabuchi tatsächlich gehört, und wenn Tabuchi an einer neuen Produktlinie dran ist, an einem weiteren, verrückten Sportwagen vielleicht, dann, ja, dann wäre das unglaublich, es wäre sensationell. So ein Enthüllungsfoto wäre Bergers Meisterstück.

Berger schwitzt jetzt wieder, der Schweiß bricht ihm aus allen Poren, es riecht nach Alkohol, diesen viel zu vielen Getränken der letzten Nacht. An den Handgelenken hämmert sein Puls. Schon kann er unter dem Geräusch der sich nähernden Motoren das Knirschen platt gefahrenen Schnees ausmachen, ein Lichtschein schiebt sich ihm von seitwärts in den Bildausschnitt hinein, sie sind nicht mehr weit.

Vor ihm spannt der Mann seinen Körper ein wenig an. Eine unmerkliche Aufrichtung ist das, ein Zusammenziehen der

Körpermitte, als Bewegung kaum wahrnehmbar, schon gar nicht vor dieser dunklen und dunkler werdenden Fläche. Aber Berger kann das erkennen, Berger sieht jetzt alles, er ist ganz wach und ganz klar.

Das Brummen schwillt an, der Boden vibriert tatsächlich. Vier, fünf Wagen müssen das sein, mindestens. Außerhalb von Bergers Blickfeld bahnen sie sich ihren Weg durch die Eisrinnen, in einem Konvoi halten sie links von Berger auf das Tor des Testgeländes zu. Sie werden im idealen Winkel an Berger vorbeifahren, schön seitwärts, so dass man ihre Form, ihre Designlinien erkennen kann, die Einzelheiten des Exterieurs und – durch das Fenster des Beifahrers aufgenommen – wahrscheinlich sogar des Interieurs. Berger kann es spüren, sein ganzes Bewusstsein ist darauf ausgerichtet, obwohl er hier steht und sich nicht regt und rührt, obwohl er fest gebannt ist und noch immer in die Mündung des Laufs blickt, während sein Puls ihm gegen das Handschuhfutter pocht, ja: sie kommen.

Und Berger kann nicht anders. Er schnaubt einmal aus und krallt seine Finger fester in das Gehäuse seiner Kamera. Kurz schließt er die Augen. Dann fixiert er ein letztes Mal den Mann, das Gewehr, die Laufmündung. Er atmet ein. Fährt mit einem Ruck herum. Die Kamera im Anschlag richtet er das Objektiv schräg auf die sich nähernden Wagen, den aufstrahlenden Scheinwerfern entgegen.

Ich weiß, wo Sie finden, was Sie suchen. Der Mann sagte es noch einmal. Er beugte sich vor und legte mit einem Klacken etwas auf dem zerkratzten Tresen ab. Berger sah jetzt von seinem Ginglas hoch, ließ seinen Blick über die Holzoberfläche gleiten und entdeckte den Schlüssel. Er erkannte die Form des eingravierten Wappens sofort. Einen kurzen Moment lang blieb er ganz still sitzen. Dann winkte er den Barkeeper zurück, drehte sich dem Mann zu, fixierte diese hellen, klaren Augen und sagte: »Was möchten Sie trinken?«

Berger hatte in dieser ganzen Saison noch keinen einzigen brauchbaren Tipp bekommen. Fast alle seine einheimischen Quellen waren verstummt. Schon im letzten Jahr hatte das Schweigen begonnen, aber in diesem Winter war die Lage völlig verfahren. Kaum jemand fütterte Berger mit neuen Informationen, niemand ließ ihn wissen, wenn einer der Erlkönige an der Tankstelle, auf den Waldwegen, den Schneefeldern gesichtet wurde. Keine Anrufe, keine zugeflüsterten Hinweise, nichts. Die Briefe waren daran schuld. Die Briefe, die ihm der Bürgermeister bei seiner Ankunft gezeigt hatte. In ihnen drohten die Konzerne mit Abzug. Wenn die Stadt, schrieben die Vorstände einhellig, das Problem der jährlich steigenden Anzahl von Erlkönig-Jägern nicht in den Griff bekäme, werde man sich eben nach einer Alternative für die Testgelände umsehen müssen. China zum Beispiel sei da durchaus eine Möglichkeit, oder die Tundra, dort gäbe es genügend geeignete Orte, die zum Austausch für Arbeitsplätze und wirtschaftlichen Aufschwung gerne bereit wären, Ungestörtheit und Diskretion zu garantieren.

Die Feindseligkeit war seitdem überall zu spüren, sie breitete sich über Tröpfchenübertragung aus, über das Gewisper der Einheimischen, die Worte, die sie sich zuflüsterten: Erlkönigjäger, Schließung, arbeitslos. Viele hatten aufgehört, Berger zu grüßen. Andere begannen, die Straßenseite zu wechseln, sobald sie ihn kommen sahen. Manchmal spuckte jemand vor ihm aus oder weigerte sich, ihn zu bedienen. Dabei kannten sie ihn seit Jahren, er war schließlich einer der Ersten gewesen. Selbst die schöne Eir war schweigsam geworden, im Bett sah sie ihm nicht mehr in die Augen dabei und stahl sich dann aus dem Zimmer, sobald er schlief. Die meisten von Bergers Konkurrenten hatten schon aufgegeben. Einer war vor ein paar Wochen an einer Tankstelle verprügelt worden, irgendein vorgeschobener Grund, der war mit glattem Schlüsselbeinbruch abgereist. Auch die Frau – so selten in seiner Zunft! – war von einem Tag auf den anderen verschwunden. Jemand, so erzählte man sich, war nachts in ihrem Pensionszimmer beim Silbermuseum aufgetaucht und hatte ihr Gesicht mit einem aufgeheizten Bügeleisen bedroht.

Und jetzt der Mann. Dieser Mann mit seiner merkwürdig dumpf wirkenden, Licht schluckenden Kleidung. Dieser Mann, der den Mantel nicht auszog, obwohl es plötzlich so unerträglich heiß wurde in dieser Bar. Der ihnen beiden einen Klaren kommen ließ, irgendein vom Wirt gebranntes, hochprozentiges Zeug. Und dessen erstaunlich dürre, langgliedrige Finger, während er redete, mit dem Schlüssel zu spielen begannen, den er vor sich auf den Tresen gelegt hatte. Mit dem Schlüssel eines Wagens von Tabuchi.

Ein Schuss kracht über die Ebene. Berger wirft sich zu Boden. Noch im Fall spürt er, dass er seinen Schließmuskel nicht unter Kontrolle hat. Der Schwall aus Kot schießt ihm aus dem Darm in die Unterwäsche, sein Gesicht schrammt über spitze Krustenstücke aus Eis. Berger zittert am ganzen Körper, die Kamera springt ihm aus der Hand, schlittert neben ihm herum, wird zurückgerissen von dem Lederriemen um Bergers Hals.

Berger stößt sich hoch, will irgendwohin, aber dann hechtet er doch wieder abwärts, keine Deckung gibt es hier, stattdessen Splitter aus Eis, aus Glas vielleicht, er weiß es nicht, er zerrt die Kamera zu sich, das Objektiv ist heil und sein Körper, doch, ja, sein Körper, der auch. Beine, Arme, Kopf, alles unversehrt. Keine pochende Wunde scheint da zu sein, er spürt zumindest nichts, sieht nichts, kein aufplatzendes Fleisch, kein in den Schnee sickerndes Blut. Nur in seinem Schritt, da fühlt er diese klebrige, stinkende Wärme, diese Schmach.

Ein Luftschuss muss das gewesen sein, ein Warnschuss. Dieser Schütze, da ist Berger sich sicher, hätte ihn getroffen, wenn er gewollt hätte. Aber was der Mann da drüben nun vorhat, was er damit bezweckt, das versteht Berger nicht, immer noch nicht.

Berger liegt jetzt auf dem Bauch, presst sich flach in den Schnee, die Kühle von Schmelzwasser auf Stirn und Schläfen, Schneekristalle auf den Wimpern der geschlossenen Augen, das eigene, flach klingende Keuchen in den Ohren, ein Hecheln ist es eher, der gepresste Atem eines gehetzten Tieres, und darunter, unter diesem Geräusch der lauter werdende Klang der sich nähernden Motoren. Er kann es hören: die Wagen sind jetzt nur noch Meter, Zentimeter von ihm entfernt.

Noch ein Schuss peitscht über die Ebene. Und auf einmal weiß Berger es. Der Gedanke blitzt mit dem Knall des Schusses in ihm auf. Er weiß, dass er, wenn er überleben und nicht hier, auf offenem Flachland erschossen werden will, nicht aufblicken darf. Dass das seine einzige Chance ist: nichts sehen. Den Kopf in seinen Händen vergraben, ein Blinder sein, wie früher in den Märchen: dreh dich nicht um. Er muss die Augen weiter zukneifen, die Stirn tiefer in den Schnee bohren, hinein ins nachgebende, schmelzende Eis, nicht aufblicken, die Kamera loslassen, von sich schieben, weit weg, am besten in die Fahrrinne hinein, direkt unter die heranrollenden Räder, während er die Hände an den Hinterkopf legt, als weithin sichtbares Zeichen der Aufgabe, als Signal an den Mann auf dem Hochstand, an die Testfahrer, wen auch immer, als Signal, das allen zeigt: Berger hat verstanden, er gehört nicht hierher.

Und Berger, den jetzt wieder das Zittern schüttelt, denkt nicht mehr, er wägt nicht mehr ab, er kneift stattdessen die Augen noch fester zusammen, schiebt die Arme an seinem liegenden, weißen Leib entlang, vorsichtig, während er die Hände spreizt und auf noch einen, einen endgültigen Schuss lauscht. Durch die geschlossenen Lider erkennt er das Licht, das helle Licht von vorüberhuschenden Scheinwerferkegeln, die von links kommen und in einer Ellipse um ihn herum biegen, um dann durch das sich quietschend öffnende, elektrische Tor zu verschwinden. Er kann das alles deuten. Die Scheinwerfer. Die nicht ganz so lichtstarken Rücklichter. Ein erster Wagen fährt jetzt an Berger vorbei, so langsam, dann, ja, ein zweiter – aber da stimmt etwas nicht. Etwas stimmt nicht mit den Abständen, die Karosserien der Fahrzeuge sind zu lang, viel zu lang für einen Tabuchi, was kann das sein, was kann das nur sein. Berger kämpft auf dem Eisboden. Er kämpft gegen seine eigenen Hände, die ihm den Hinterkopf nach unten pressen wollen, während er selbst – was ist da, was ist da nur – sich doch aufrichten und nachsehen will.

Andererseits. Wenn man eine direkte Linie von dem Mann dort drüben zu Berger zöge, dann wären einem womöglich die Fahrzeuge im Weg, die sich so langsam und majestätisch an ihm vorüberschieben. Und es ist ja auch Unsinn, denkt Berger plötzlich, alles Unsinn, was er sich bisher zu der Existenz dieses Mannes zusammengereimt hat. Schließlich kann sich das kein Konzern der Welt leisten, so eine negative Publicity: dass ein Wächter, ein offizieller Angestellter des Konzerns einen Erlkönigjäger, einen respektablen Fotojournalisten, erst hierher lockt und dann direkt vor dem Werktor des firmeneigenen, geheimen Testgeländes erschießt. Nein, unmöglich ist das, völlig unrealistisch, und da, beim Aufscheinen der Lichter des dritten Wagens, da kann Berger nicht mehr anders: er hebt den Kopf und reißt die Augen auf.

Sie sind so schön. In einer fließenden Bewegung gleiten die Erlkönige an Berger vorüber, durch den Schnee. Zwischen den Rücklichtern und Scheinwerfern der einander folgenden Wagen tanzen die Flocken, hüllen die Wagen ein in flirrende, schimmernde Luft. Sie sind alle schwarz. Berger kann von schräg unten die Verklebungen erkennen, die abgecachten Scheinwerfer, deren typische Form sie durch Klebefolie verändert haben, die Verdunklungen an Heck und Front. Sie sind sorgfältig gewesen, haben alle charakteristischen Linien an der Außenhülle vertuscht. Ein Laie würde einen Tabuchi hinter dieser Tarnung gar nicht vermuten. Aber Berger erkennt alles. In den Keramik-Bremsscheiben sieht er die versetzten, riesigen Löcher, typisch für Tabuchi, und das leicht gebogene, gedoppelte Endrohr. Aber noch etwas sieht er: Das da ist keiner der üblichen Tabuchis. Das, was Tabuchi hier testet, ist völlig neu für diesen Sportwagen-Konzern. Es ist eine Limousine.

Bergers Hände schießen zu seiner Kamera. Schon kauert er im richtigen Winkel, stellt mit einem Daumendruck die Kamera auf kontinuierliche Aufnahme, vergrößert er die Blende, drückt auf den Auslöser, wieder und wieder. Er kümmert sich nicht mehr um Luftlinien, um Verbindungsstrecken zu auf ihn gerichteten Waffen. Er zielt, tut das, was er am besten kann: mit dem Objektiv die Bewegung der vorüberrollenden Karawane einfangen, sie nachahmen und die Kamera in gleicher Geschwindigkeit mitziehen, so dass der Wagen, den er ins Visier genommen hat, auf dem Bild scharf wird, gestochen scharf, während der Hintergrund – der Schnee, die Weite – zu

Schlieren verschwimmt. Springend und tänzelnd arbeitet Berger gegen das schwindende Licht, das ein Weiterfotografieren gleich unmöglich machen wird. Er kalkuliert den Bildaufbau, variiert die Blende, die Ausschnitte, die er auf seinen Speicherchip bannt. Von der Seite, nur von der Seite fotografiert er die Form, die Länge der Wagen, die Anzahl der Türen, dieser Türen, die alles preisgeben: ein Sechstürer ist das, ein Sechstürer von Tabuchi.

Und dann, als gerade der letzte Wagen an ihm vorbeibiegt, als er hinter dem Fahrerfenster die Silhouette eines der Testfahrer ausmacht, der sich zu ihm zurückgedreht hat, der eine Hand vom Lenkrad abhebt und sie als geballte Faust gegen ihn schüttelt, da hört er es plötzlich zwischen dem Brummen der Motoren und dem Klicken seines Auslösers: das Aufpeitschen des nächsten Schusses.

Berger wirft sich nach links. Er strauchelt, rutscht, die Kamera schlägt ihm gegen den Brustkorb, springt ihm gegen das Kinn, aber er fängt sich, hechtet hinter den rot aufscheinenden Rücklichtern des letzten Wagens her, durch das sich schon schließende Stahltor.

Die Augen des Mannes. Etwas war da gewesen mit diesen Augen. Zu hell waren die gewesen, zu klar waren sie ihm zuerst vorgekommen und je später der Abend geworden war, je länger sie an diesem Tresen saßen, desto mehr schienen sie sich zu verändern. Zu viel Weiß war in den Pupillen gewesen, nein, eher ein Gelbstich, ein Schlagschatten über der Iris, oder: ein glasiger Schleier. Erst zögerlich, dann immer schneller schienen diese Augen zu altern. Sie blichen aus, diese Augen, sie veränderten im Lauf des Gesprächs ihre Farbe. Für blind hätte man den Mann schließlich halten können, aber das hätte keinen Sinn gemacht, was hätte ein Blinder Berger schon über Gesehenes erzählen können, und der Mann hob ja auch grüßend diese knochige Hand, sobald hinter ihm jemand die Tür öffnete, er hob die Hand und murmelte einen Willkommensgruß mit dem Namen dessen, der da durch die Tür trat, er musste also etwas sehen, in den gebrochenen Spiegeln des Tresen vielleicht, obwohl er den Blick gar nicht von Berger abwandte, diesen wässriger werdenden Blick.

Dass er ein Geschäft für Berger vorzuschlagen habe, sagte der Mann schließlich und spielte noch immer mit dem Schlüssel, dessen metallene Bartkanten er über seine Fingerkuppen raspeln ließ. Und Berger hörte zu und ließ weitere Schnäpse kommen, immer mehr davon, die leeren Gläser bildeten schwankende, abkippende Türme vor den erblindenden Spiegeln, Flaschen klirrten, ein verstaubter Weihnachtsstern löste sich und fiel zu Boden, jemand begann zu lachen, haltlos, vielleicht war es Berger selbst, als der Mann ihm etwas – was nur? – sagte, das niemand hätte glauben können. Und dann, dann gab es da diesen Moment, irgendwann spät, viel zu spät, als all die anderen Gäste schon gegangen waren und der Barkeeper schon mit nacktem Oberkörper in diesem so unerträglich heißen, aufgeheizten Raum an der Spüle sitzend schlief. In diesem Moment lag da plötzlich dieses Stück Papier vor Berger auf dem Tresen, das die Blutstropfen auffing, die Berger aus der auf einmal eingeritzten Fingerkuppe troffen, die noch troffen und troffen, nachdem Berger seinen Daumen in das Blut gedrückt hatte – war da wirklich Blut? – und so irgendetwas unterschrieb, woran er ohnehin nicht glaubte. Und Berger erinnert sich nicht mehr, was da stand auf diesem Papier, er weiß nur noch, dass er grinste, dass er grinste, bis ihm der Kiefer schmerzte und sich beglückwünschte, denn der Mann, der war so dumm, der wollte für seine unfassbaren Informationen nur diese eine Unterschrift, der wollte keine Prozente, kein Geld, der wollte etwas anderes, etwas ganz anderes, aber was.

Und dann war da noch mehr Schnaps, und eine Wegkarte für den Hubschrauber und ein tanzender Raum voller reflektierender, hüpfender Scherben, und alternde und sich wieder verjüngende helle Augen und eine Tür, die sich schloss und immer noch Gelächter, ein Gelächter, das zwischen den Spiegeln irrlichterte, das von den schwankenden Wänden absprang, so schrill.

Bergers Fäuste trommeln auf den Kotflügel des letzten, jetzt stehen gebliebenen Wagens, er schreit. Um Hilfe schreit er, auf deutsch, englisch, schwedisch, in allen Sprachen die ihm einfallen. Er hämmert gegen die Türen, gegen die Fenster, aber hinter den Scheiben regt sich nichts, und als er sich jetzt herabbeugt, als er flehend seine Stirn gegen das Glas der Windschutzscheibe presst, sieht er – und das kann gar nicht sein –, dass da gar niemand mehr im Wagen sitzt. Berger starrt auf die leeren Sitzpolster, die abgedeckten Armaturen, das tickende Blinklicht des im Dachhimmel eingebauten Alarms, dann wirft er sich auf den Boden, schnell, und rollt sich unter das Auto.

Es ist still. Einen kurzen Moment lang bleibt alles ruhig, keine Schüsse sind mehr zu hören, kein Motorenlärm, auch kein Wind, der unter das Auto fährt, nur noch das Knistern der gefrierenden Luft und das Knacken von Bergers Kieferknochen, von Bergers Zähnen, die er so fest aufeinanderpresst, dass sie kurz davor sind zu splittern. Bergers Augen sind weit aufgerissen, er stiert auf die geschwungene, aerodynamische Unterbodenverkleidung, auf die Abgasanlage mit den gedoppelten Edelstahl-Endrohren.

Wohin. Das ist das Wort, das durch Bergers Schädel pocht, wohin, wohin. Das Auto spannt sich über ihn, wird sich gleich absenken, auf ihn herab, ihn zermalmen. Oder es wird losfahren, fahrerlos, ihn freigeben, frei geben zum Abschuss, denn dort drüben steigt gerade, da ist Berger sich sicher, der Mann, dieser dunkle Mann, mit schweren Schritten von seinem Hochstand herab und kommt langsam herüber, läuft durch das aufschwingende Tor auf Bergers Versteck zu, das Gewehr schussbereit auf dem angewinkelten Arm.

Berger flucht. Der Schweiß rinnt seitwärts an seinem Gesicht herunter, tropft neben ihm in den Schnee. Dass er alles falsch gemacht hat, denkt er, alles so falsch. Eine andere Richtung hätte er einschlagen müssen, weg von hier, überallhin, nur nicht auf dieses Testgelände, denn wahrscheinlich stecken die hier alle unter einer Decke und der Mann aus der Kneipe war von Anfang an angeheuert, ihn, den Jäger, zu jagen. Eine Exekution wird das, denkt Berger, ein Exempel, eine Falle, die sie für ihn gebaut haben, eigens für ihn. Vielleicht stechen sie ihm die Augäpfel aus, ja, die Japaner wären dazu vielleicht fähig, und dann spießen sie seinen abgeschlagenen Kopf wie im Märchen auf dem Eisenpfeiler neben dem Stahltor auf, wo er mit blicklosen Augenhöhlen alle Neugierigen abschrecken soll. Abdrehen hätte er müssen, weg von dem Tor, weg von dem Hochstand, über die Ebene rennen, als ein Haken schlagender Schneehase. Schließlich wartet doch der Hubschrauber auf ihn, der Hubschrauber, der ihn wegbringen kann – aber wer weiß schon, wer weiß, zu wem der Pilot in Wahrheit gehört, wer hier mit wem zusammensteckt. Und Berger stöhnt auf und sieht sich über die verschneite Fläche hetzen, sieht, wie seine Fäuste gegen die Außenhülle des Hubschraubers schlagen, und wie der Pilot ihm den Einstieg nicht öffnet, wie der stattdessen dasitzt und sich abwendet und dann wieder ein Schuss und Blutspritzer auf den Hubschrauberkufen und im Schnee.

Berger presst sich tiefer, schiebt sich seitwärts, versucht, den Kopf zu drehen, seinen Blick unter dem Wagen hindurchzuzwängen. Der Unterbau ist nicht so tief gelegt wie bei den Sportwagen, kein typischer Tabuchi, aber es ist trotzdem eng, Berger bekommt kaum noch Luft. Nichts kann er erkennen da draußen, niemand schaltet die Schweinwerfer am Werktor ein, es ist jetzt wirklich dunkel geworden. Und es schneit auch kaum noch, wahrscheinlich wird das eine sternklare Nacht.

Was tun. Berger hört sich selbst schlucken, sein Mund ist so trocken, sein Hals brennt von der Kälte der Schneeluft und in seiner Hose kühlt langsam der Kot. Ruhig werden muss er jetzt, logisch denken. Es gibt so viele Gründe, ihn loswerden zu wollen. Das wird ihm plötzlich klar. Hier, in der Abgeschiedenheit Lapplands scheint ihm gerade alles möglich. Dass Tabuchi ihn abknallen lässt und verscharrt. Dass die Einheimischen von Arjeplog sich zusammengeschlossen haben, um ihn zu beseitigen. Ein ganzer Ort, der zusammen einen Mord begeht, der Mann, der Pilot, der Barkeeper, möglich wäre das, man liest von sowas in Büchern. Und schließlich: wer weiß, wie weit die gehen würden, um ihre Stadt zu retten, es gibt hier fast nur noch die Autokonzerne, keine anderen Wirtschaftszweige mehr, der Bürgermeister hat es ja selbst gesagt: da stirbt unsere Stadt. Und auch Eir, die schöne Eir hat, das muss er sich eingestehen, einen Grund. Schließlich war sie schwanger geworden in der letzten Saison, und er, ja, er hatte in Deutschland diese Geldscheine in ein Kuvert gesteckt und sie ihr per Luftpost geschickt, mit der Bemerkung, es täte ihm leid. Und war Eirs Vater nicht Testfahrer gewesen, war er nicht dieser Waffennarr, vor dem seine eigene Tochter sich fürchtete, hatte sie nicht von seinem Blick erzählt, diesem glasigen Blick? Oder war der Mann mit dem Gewehr einfach doch der Mann aus der Kneipe, konnte das sein? Etwas war da an ihm, seine Haltung auf dem Hochstand, die Neigung des Kopfes, die Berger von Anfang sicher hatte sein lassen, wem er da gegenüberstand. Und was, was war da überhaupt passiert in dieser Kneipe, was genau war die Gegenleistung gewesen, die der Mann von ihm verlangt hatte, was hat er da unterschrieben, war da wirklich Blut gewesen, was hatte er da für Worte unterzeichnet, die ihm jetzt einfach nicht mehr einfallen wollen.

Berger versucht, ein Keuchen zu unterdrücken. Seine Schläfe schlägt von unten gegen das Getriebe, als er sich erinnert. Die Berührung mit dem Metall lässt ihn gleich noch einmal zusammenzucken. Das kann nicht sein. Nein. Berger versucht den Kopf zu schütteln, bekräftigend, ihn durch den Schnee hin und her zu wälzen: nein, nein, er glaubt an soetwas nicht, niemand verkauft seine Seele, unmöglich ist das, es gibt sowas nicht, nur deswegen hat er doch überhaupt unterschrieben. Nein.

Nicht mehr denken jetzt. Er muss hier raus. Berger ruckt mit seinem Körper hin und her, schiebt sich in Hecknähe. Es gibt einen Ausweg. Das versucht er sich zu sagen: es gibt einen Ausweg. Wenn er realistisch bleibt, dann ist es doch so: die Sache mit der Unterschrift ist Unsinn. Hier geht es um Wirtschaft. Um Macht. Sie wollen ihn einschüchtern. Also wird er jetzt die Kamera unter dem Auto hervorschieben. Jemand wird kommen – wo sind die Testfahrer, verdammt, sie müssen doch hier irgendwo sein, irgendjemand muss hier doch sein, warum helfen sie ihm nicht –, wird kommen und die Kamera an sich nehmen. Dann werden sie den Speicherchip zerstören und ihn vom Testgelände jagen. Er wird seine Sachen einpacken, er wird nach Hause fahren, zu Cynthia, der er sagen wird, dass jetzt Sommer ist, dass jetzt immer Sommer sein wird und er nie wieder in der Wintersaison nach Arjeplog zurückkehren wird. So einfach ist das.

Oder es ist alles ganz anders. Er hat sich da in etwas hineingesteigert, das da drüben war ein ganz normaler Jägerhochstand, vielleicht ist hier ja ein Jagdgebiet für Rentiere. Rentiere, genau, das ist es. Rentiere. Und Berger hat sich da etwas zusammenphantasiert, vielleicht haben die Briefe der Konzerne, die Worte des Bürgermeisters ihn nervös gemacht, oder dieser vom Wirt zusammengebraute Schnaps.

Berger hört das Knirschen von sich nähernden Schritten im Schnee. Mit der rechten Hand krallt er sich in das Abgasrohr. Die Wärme des noch aufgeheizten Metalls schießt durch die Handschuhe hindurch bis hinauf in seine Schulter, aber Berger beißt die Zähne zusammen und zieht sich langsam höher. Dann fingert er sich mit der linken Hand den Lederriemen der Kamera vom Hals, schlingt ihn sich um das Handgelenk. Langsam schiebt er seine Hand mit der Kamera unter dem Endrohrdoppel hervor nach draußen und lauscht. Die Schritte kommen näher. Sie stocken. Jemand atmet aus. Wie ein Schmunzeln klingt das. Wie das Einatmen mit amüsiert verzogenem Mund. Kurze Stille. Dann ein leises Klicken.

Berger stößt sich zurück. Er schiebt sich zur Fahrerseite, drückt sich seitwärts unter der zweiten Tür des Wagens heraus, richtet sich auf, und rennt. Ein Schuss fällt. Berger wirft sich herum, kommt ins Rutschen, schlittert weiter, auf die gefrorene Seefläche hinaus. Im Halbdunkel erkennt Berger die Hindernisse, mit denen sie den Slalom-Parcours markieren. Auf dem Fahrkreis muss er schon sein, auf dieser künstlich verdichteten Eisdecke, die bei Tauwetter nur zögernd schmilzt. Noch im Sommer treiben hier die Eiskreise herum und die

Einheimischen, das weiß Berger, erzählen ihren Kindern, die Schollen würden nachts von Seegeistern bewohnt.

Berger keucht. Er stolpert, knallt mit der Kamera an seinem Handgelenk auf den Boden. Und da, gerade als Berger sich aufrichtet, da sieht er eine Bewegung auf dem Eis. Ein dunkler Schemen ist das, der leise, so leise, über den See gleitet. Lautlos rollt der Erlkönig über das gefrorene Eis. Aber das ist nicht möglich, denn in diesem Wagen sitzt niemand, Berger kann das erkennen, die Fahrerkabine ist leer und ein Motor ist auch nicht zu hören. Und doch wendet sich jetzt der Wagen, er wendet sich ihm zu. Berger erstarrt, will rufen. Er öffnet den Mund. Die Scheinwerfer gleißen auf. Sie tauchen ihn in ein Licht, das so grell ist, dass er die Arme nach oben reißt, um seine Augen zu schützen. Schwankend steht er im aufstrahlenden Schnee, dem Erlkönig gegenüber. Einen kurzen Atemzug lang ist alles ganz still. Auch Berger atmet nicht ein. Dann fällt der Schuss. Aber Rentiere sind keine zu sehen.

Später, sehr viel später, im Sommer, treibt irgendwo im nördlichen Lappland eine schmelzende, kreisrunde Eisscholle auf einem See. Darauf liegt ein Körper, gekleidet in Weiß. Und während die Sonne vom wolkenlosen Himmel strahlt, schleift an der glasigen Eiskante eine leblose Hand schon im Wasser. An ihrem Gelenk scheint etwas zu hängen, ein Gewicht an einem Lederriemen. Das zieht den in der Schmelze langsam abrutschenden Körper tief, immer tiefer, durch das Wasser nach unten, durch tanzende Luftblasen und schwebende Algen, bis hinab auf den Grund.

Wo viel Licht ist

für Frieder Weiss

Gleich ist es soweit. Ihr Schatten dehnt sich über den weißen Tanzboden, ihr linker Fuß klopft kurz an die Wade des rechten Standbeins, battement frappé, dann eine Drehung um die eigene Achse, das eng anliegende Kostüm verschärft die Konturen ihres Körpers auf meinem Monitor, ich schwitze – warum schwitze ich –, meine Finger schweben über der Tastatur, über den Kombinationen, die ich gleich eingeben werde, f1, f2, enter. Im Kontrollfenster der Infrarotkamera sehe ich jetzt die Wirbel ihres oberen Rückens hervortreten, sehe, wie sie sich zum düsteren Notenlauf der Geigen nach vorne krümmt und sich dann mit einem Einatmen rückwärts durchbiegt, rechter Fuß auf Spitze, das Spielbein nach hinten gestreckt, der Arm als Gegengewicht, eine Arabesque, ihr Hals so lang. Eine kurze, gefrorene Pose, bevor sie ansetzen wird zum Sprung, zum Grand Jeté. Jetzt, zischt der Regisseur, der hinter mir steht, der mir in den Nacken atmet, jetzt!, als hätte ich den Rhythmuswechsel in der Musik nicht selbst gehört. Meine Hände zucken auf mein Keyboard, meine Finger fliegen über die Tasten, der Umriss der Tänzerin im Kontrollfeld meiner Software gehört mir. Ströme von Zahlenkombinationen laufen über den Monitor, ich entwerfe Algorithmen, schnell, schneller, ich greife mir ihren Schatten, ich manipuliere ihn, gebe die Befehle: analysieren, verzögern, f2, f3, enter. Stop. Und mitten im Sprung, mitten im Luftspagat ihrer Beine, bleibt unter der Tänzerin ihr weit ausgespreizter Schatten einfach stehen. Noch im Flug dreht sie sich um, sie blickt abwärts, auf ihren erstarrten Schemen, ihr Gesicht ein Schreck. Dann fällt sie. Sie fällt. Ihr Sturz ist choreographiert, ich weiß das, wir alle wissen das, aber so sieht es nicht aus. Im Aufprall krachen ihre Beckenknochen gegen den Boden, das Geräusch ist dumpf, es zerschlägt das plötzliche Pianissimo der Musik. Die Tänzerin liegt jetzt auf dem hellen Tanzteppich, ihre Gliedmaßen verdreht, ihr ungläubiger Blick noch auf den Boden geheftet, als sich der Schatten plötzlich zu bewegen beginnt. Zum elektronischen Aufkreischen der Melodie reißt der Schatten die Beine noch ein bisschen höher, er regt sich, holt Schwung. Dann springt der Schatten ihr nach, er legt sich auf sie, über ihren unbewegten Körper, er dunkelt sie ein, sie schließt die Augen. Black. Irgendjemand im Probenraum keucht auf.

Drei Sekunden, sagt der Regisseur, als sie das Arbeitslicht einschalten. Bist du sicher, sage ich und fahre mit dem Mauszeiger über die Kolonnen aus Berechnungen, über das Muster aus Zahlen. Er schüttelt den Kopf.

Später stehe ich allein auf der leeren Bühne. Die anderen sind gegangen, genug für heute, enough for today, hatte der Regisseur gerufen. Um Mitternacht werden mich die Sicherheitskräfte aus dem Theater begleiten, die Regeln sind streng in diesem Land. Mir bleibt gerade mal eine Stunde Zeit zum Weiterarbeiten. Es ist kühl im Probenraum, die Klimaanlage ist zu kalt eingestellt, wie überall in den hoch aufschießenden Häusern dieser erhitzten Stadt, sie legen die Bewohner auf Eis. Ich reibe mir die Hände, dann breite ich die Arme aus und suche die Lichtquelle, prüfe den Winkel, in dem die Projektion auf den Boden fällt. Der Beamer ist passgenau eingerichtet, sein Bild überlappt exakt mit dem Beobachtungsfeld meiner Infrarotkamera. Meine Berechnungen sind korrekt, ich weiß das. Ich laufe ein paar Schritte, ahme die Schrittfolge der Tänzerin nach. Die Kamera schickt die Aufnahme meines Körpers an den Rechner. Meine Software reagiert sofort und wandelt mein Wärmebild in einen virtuellen Schatten, den der Projektor neben mir in Echtzeit auf den Tanzboden wirft.

Aber etwas stört mich. Es ist der Moment nach der Erstarrung. Der Augenblick, in dem ich den Schatten der Tänzerin angehalten habe, um ihn dann zeitverzögert hinter ihr herzuschicken. Ich bin mir nicht sicher über die Länge der Verzögerung. Drei Sekunden, denke ich, das kann so nicht sein, wir täuschen uns, das ist zu lang. Ich habe es gestoppt, immer wieder. Und habe etwas herausgefunden. Bei zwei Sekunden Verzögerung gehört der Schatten noch zur Tänzerin, der Zuschauer begreift ihn als Teil von ihr. Aber dann kippt etwas. Schon bei drei Sekunden empfindet man den Schatten als Verfolger. Irgendwo dazwischen also passiert die Abkopplung, irgendwann zwischen der zweiten und der dritten Sekunde.

Ich trete zurück an meinen Arbeitsplatz, beuge mich über den Rechner, kehre meinen Befehl um. Das Negativbild wird zum Positivbild, statt eines Schattens ziehe ich, wenn ich jetzt über die Spielfläche laufe, eine Lichtspur hinter mir her. Das reicht nicht, ist nicht das, wonach ich suche. Ich setze mich vor den Monitor. Weitere Programmierungen, weitere Clicks, ich verliere die Zeit – das unruhige Scharren des Sicherheitsmannes schon im Raum, jaja, I'm coming, I'm coming –, und die Spur zerstäubt zu Partikeln, zu kleinen Schwebeteilchen, die von mir wegfließen. Vielleicht ist es das, denke ich und blicke auf den Lichtstrom, den meine Schritte auf dem Boden auslösen. Vielleicht geht es um Auflösung, nicht um Ablösung, vielleicht müssen die Umrisse der Tänzerin zerfallen.

Als ich die Geräte ausschalte, das Licht lösche und die Tür des Probenraums hinter mir schließe, muss ich grinsen. Zu genau kann ich mir das Gesicht der Tänzerin vorstellen, ihren Blick, wenn ich ihr das sage: I think I need you to dissolve. Sie wird mich so ansehen, wie in dem Moment, in dem sie mich ihr vorgestellt haben. Das, haben sie ihr gesagt, als ich am ersten Probentag vor ihr stand, ist der Softwarekünstler aus Deutschland, an engineer of the arts. Er ist der Mann, der deinen Schatten stehlen wird.

In dieser Nacht kann ich nicht schlafen. Das wundert mich, ich bin schon seit zwei Wochen hier und war stolz darauf, keinen Jetlag zu haben. Womöglich ist es die Stadt, denke ich, als ich nackt an die breite Fensterfront meines Hotelzimmers trete. Hongkong unter mir, vor mir, zusammengefügt aus blinkenden Pixeln. Das Flirren der Werbeflächen und Reklameschriften strahlt bis zu mir hinauf in den fünfundzwanzigsten Stock, das Flackern der LED-verkleideten Hochhausfassaden, das spasmische Zucken der Neonröhren hinter den endlosen Schaufensterketten unten auf den Straßen von Kowloon.

Wenn ich mich ein wenig zur Seite drehe, kann ich das benachbarte Hochhaus sehen. Steil steigt es über mir in den Nachthimmel, es stapelt Wohnung über Wohnung, Fenster auf Fenster, zappelnde Fernsehbilder über funzelnde Glühbirnen, es nimmt kein Ende, niemand scheint zu schlafen, immer schaltet gerade jemand eine Beleuchtung an oder aus, betritt jemand ein Zimmer oder verlässt es, sucht einer die Finsternis.

Dass sie hier Licht als Baustoff nutzen, denke ich, als ich mich abwende und mich wieder auf das Bett fallen lasse, sie bilden eine reine Lichtarchitektur. Im Dunkeln würde diese Stadt aufhören zu sein.

Auf dem Nachttisch schweigt mein deutsches Mobiltelefon. Ich müsste es ausschalten, müsste die örtliche Sim-Karte einlegen, die mir das Theater gegeben hat. Ich sollte nicht mehr auf Nachrichten aus Deutschland warten, die nicht kommen. Vor sechs Tagen hat sie mir zum letzten Mal geschrieben. Grüße aus der Gruft, schrieb sie. Und: ich melde mich, sobald es mir besser geht, verzeih. Seitdem antwortet sie nicht. Sie geht nicht ans Telefon, sie verweigert sich, sie schweigt. Am Tag vor meinem Abflug wollte sie zu mir kommen, sie wollte so sehr. Wann kannst du hier sein, hatte ich ihr zurückgeschrieben, ich freu mich, ich hol dich ab. Aber der Tag verging, der Nachmittag, der frühe Abend, nichts kam von ihr, und auf meinem Monitor, auf der website der Deutschen Bahn, gab es immer weniger Züge, die sie noch hätte nehmen können. Als ich sie schließlich auf ihrem Festnetz anrief, hob sie nach dem siebten Klingeln ab und meldete sich nicht. Sie atmete in den Hörer – dieses Geräusch, zwei, drei Atemzüge, so tief, so langsam –, sie sagte nichts, sagte einfach nichts, gar nichts, und dann, bevor ich reagieren konnte, bevor ich sagen konnte: ich bin es, was ist mit dir, sprich doch, sprich mit mir, legte sie auf. Ich hielt den Hörer in der Hand, starrte darauf, auf die poröse Plastikverschalung, hörte das Knistern in der Leitung, den anspringenden Besetztton, und konnte mich plötzlich kaum noch rühren.

Jetzt lehne ich mich zum Nachttisch, fahre mit dem Finger über den Ausschaltknopf, sehe das Aufblinken im Display, lausche auf die Melodie, mit der sich mein Telefon abschaltet. Ich weiß nicht, was los ist, was ich tun soll, wogegen ich antrete. Ihr Schweigen ist eine Mauer. Von dort aus stürzt sie, sie stürzt von mir weg und ich kann sie nicht halten.

Dass ich aufhören muss mit den Schatten, denke ich und drücke, um das Flimmern und Blinken vor dem Fenster loszuwerden, mein Gesicht in das Kissen. Immer diese Schatten, ob virtuell, ob echt, das kann nicht gesund sein, für niemanden. Aber dann, kurz bevor mein Bewusstsein absinkt, bevor ich verschwimme, denke ich: im Gegenteil. Ich muss mich beobachten. Meinen eigenen Schatten. Dort liegen die Antworten. Zwischen der zweiten und der dritten Sekunde.

Die Tänzerin steht in einem Strudel aus Farben. Sie bewegt sich nicht, hat den Kopf in den Nacken gelegt, die Augen geschlossen. Ihre Arme sind neben ihrem schmalen Körper erschlafft. Bässe wummern aus den Lautsprechern, mein Projektor gibt Videobild aus, die Animation eines kantonesischen Künstlers, sich verquirlende, quietschbunte Lackfarben. Der Regisseur wollte das so, es sieht albern aus, retro, eine sinnlose Spielerei. Es passt nicht in unsere Konzeption, in unsere Ästhetik, wir wollten uns auf den Schatten und die Tänzerin konzentrieren, auf die Momente der Trennung, der Wiederfindung. Aber ich sage nichts. Stattdessen betrachte ich den Schatten meiner Hände auf der Tastatur.

Wenn ich die Finger ausspreize, mischt sich der Umriss meiner Hand mit der Spiegelung auf den abgegriffensten meiner Tasten, dort, wo die Oberfläche unter den Buchstaben von meinen vielen Berührungen ganz blank gewetzt ist. Der Schatten selbst ist nur auf dem Touchpad richtig zu sehen, aber auch dort wirkt er unscharf, die Lichtausläufer meines Monitors sind zu diffus.

Vielleicht müssen wir mehr Lichtquellen in die Inszenierung einbeziehen, denke ich und bewege die Hand in der Luft langsam hin und her. Vielleicht ist es das, was uns fehlt. Wir sollten heller werden, brauchen eine Lichtbrechung, ein Prisma.

Once more, ruft der Regisseur in die plötzliche Stille hinein, noch mal, come on, was ist denn los. Seine Stimme klingt ungeduldig, er muss es schon mehrfach gesagt haben. Ich fahre zusammen. Den Blick noch auf meinen Schatten geheftet, springe ich auf, um das Video am Videorechner neu einzustarten. Und da sehe ich es. Ich sehe es im Aufspringen, sehe es, während mein Körper sich schon über die Maus des Videorechners beugt, während meine Augen noch immer meiner Tastatur zugewandt sind. Ich sehe es genau. Und erstarre mitten in der Bewegung.

Dort, auf der Bruchkante zwischen dem Touchpad und der Tastatur meines Rechners, liegt noch immer der Schatten meiner Hand. Zögernd bewegt er sich hin und her, streicht über die Anordnung der Buchstaben, hält dann plötzlich inne, stockt, und schnellt jetzt mit einem kleinen Schlenker, einer Rückbewegung, auf mich zu.

What is it, brüllt der Regisseur, seine Stimme noch lauter, noch gepresster, once more, once more! Ich will nicken, will einen Arm heben, zur Beschwichtigung – warum bewege ich mich nicht –, coming!, will ich rufen, aber meine Stimme ist ein Krächzen. Es gelingt mir gerade noch, den Blick zu heben. Ich sehe auf die Bühne, sehe das Gesicht der Tänzerin, die sich mir schweigend zugedreht hat, ihren Kopf seitwärts geneigt, fragend. Muss man denn alles hier alleine machen, faucht der Regisseur auf Deutsch. An seiner Schläfe pulst eine hervortretende Vene. Ich lehne mich vor, drücke endlich auf replay.

Draußen, auf dem Vorplatz des Theaters, blendet mich die Sonne. Dass ich mal kurz an die frische Luft müsse, habe ich der Assistentin zugeflüstert, I need some fresh air, und, mit Blick auf den Rücken des Regisseurs, der auf seinen Stuhl zurückgesunken ist: tell him.

Der Platz vor mir ist leer, eine weiße, gleißende Fläche, mit geduckten, zurechtgeschorenen Bäumchen am Rand. Die Schwere der Mittagshitze staucht alles in die Tiefe, selbst die Hochhäuser sehen im Sonnenschein niedriger aus als in der Nacht. Vorne, an der Straße zur U-Bahn, zieht langsam eine alte Frau vorüber. Sie hält eine aufgefaltete Zeitung über ihren Kopf und bückt sich dabei fast bis zum Boden.

Ich sehe nicht abwärts, drehe mich nicht um. Ich will meinen Schatten nicht anstarren, nicht hier, wo mich von der Galerie des Theaters aus alle beobachten können. Stattdessen biege ich in die Straßenschluchten ein, die landeinwärts zum Kowloon Park führen.

Ich betrete den Park von der Südseite her. Auch hier, unter den ledrigen Blättern der Banyanbäume, kühlt die Luft nicht ab, viele der Spaziergänger tragen Schirme aus bunten Stoffen über die Asphaltwege. Eine schwitzende Braut eilt mit gerafftem Brautkleid an mir vorüber. Unter dem Dachschutz des Pavillons setze ich mich auf eine Steinbank. Neben mir kauern ein paar alte Männer und spielen Mah-Jongg. Das leise Klackern ihrer Spielsteine vermischt sich mit dem Zwitschern der Vögel aus den gegenüberliegenden Volieren. Ich stütze den Kopf in die Hände, schließe die Augen.

Es kann nicht sein. Ich muss mich getäuscht haben, kann nicht gesehen haben, was ich da sah. Ich bin erschöpft, übermüdet, es ging in den letzten Wochen alles zu schnell. Der Anruf des Regisseurs, die Vorbereitungen, der hektische Abflug. Die ersten Proben schon am Abend meiner Ankunft. Der wenige Schlaf der letzten Nacht. Mein stummes, stummes Telefon.

Ich ziehe das Handy aus der Hosentasche, schalte es ein. Zwei Anrufe, ein Journalist, der für ein Schweizer Tanzmagazin ein Interview führen will, die wütende Stimme des Regisseurs – nichts von ihr. In Deutschland ist es noch früh, zu früh, aber das ist mir egal, sie ist die Einzige, mit der ich jetzt sprechen kann, der ich sagen könnte: hör mal, du, hier stimmt etwas nicht. Ich wähle ihre Nummer, presse den Hörer ans Ohr, heb ab, bitte, heb doch endlich ab.

Früher hat sie nie das Telefon ausgeschaltet, auch nachts nicht, sie hat mir oft vor dem Schlafengehen geschrieben, meist weit nach Mitternacht, einen Kuss aus der Nacht, schrieb sie, oder: ich denk an dich. Jetzt ist alles still, so still, die Stille hallt in meinem Körper.

Ich stehe auf. Über den Hochhaustürmen steht die Sonne fast im Zenit. Ohne mich umzusehen, gehe ich los, trete auf den sonnigen Weg hinaus, der mich zum Theater zurückführen wird.

In den tief liegenden Außenbecken des Schwimmbads ist niemand zu sehen, der Wasserspiegel liegt gläsern und unberührt. Alles ist ruhig, beinahe taub, auch in mir. Ich muss mich getäuscht haben vorhin, genau, so ist es: ich sollte mehr schlafen. Aber plötzlich, ich weiß nicht, warum – eine Ahnung, ein Gefühl –, bleibe ich mitten in der Hitze stehen, zähle zwei Sekunden ab, einundzwanzig, zweiundzwanzig, und drehe mich ruckartig um.

Auf dem Pechboden hinter mir löst sich mein Schatten aus den Konturen des Pavillons. Er ist klein, zurechtgeschrumpft durch die Mittagssonne, durch den steilen Fall ihrer Strahlen.

Ein kompakter, dunkler Fleck, der über den Boden wischt. Er läuft auf mich zu.

Ich stehe. Starre auf den Asphalt, den Schatten, der unter meinen Körper schlüpft. Plötzlich ist mir kalt. Hinter mir ruft ein Kind nach seiner Mutter. Ich schüttle mich, sehe mich um. Die Männer im Pavillon blicken nicht von ihrem Spiel auf, ein Kantonese liest in einer Zeitschrift. Am Eingang zum Schwimmbad drängt sich eine Gruppe erschöpfter Touristen vor einem Colaautomaten. Niemand scheint etwas bemerkt zu haben, auch das Kind hängt an der Hand seiner Mutter und dreht sich nicht nach mir um.

Vorsichtig bewege ich meinen Fuß hin und her. Mein Schatten zieht sich mit der Bewegung über den Asphalt, vergrößert sich, verkleinert sich im Lichtwinkel zur Sonne, Standbein, Spielbein, alles wirkt jetzt normal, es gibt keine Verzögerung, zumindest kann ich – auch nach ein paar hastigen Schlenkern mit den Armen – keine erkennen.

Ich hebe den Blick über die Baumkronen am Parkrand hinweg, prüfe die Spiegelungen des Sonnenlichts in den Hochhäusern. Es muss eine vernünftige Erklärung geben: Bewegungsillusionen, eine optische Täuschung, tanzende Reflexe von spiegelnden Glasfassaden, von sich öffnenden, sich schließenden Fenstern und Türen. Wäre mein Projektor über mir im Himmel installiert, hinge er im Zenit. Er würde die Sonne ersetzen, würde die Umfelder ausgrenzen und ich wüsste dann, womit ich es zu tun habe.

Aber so ist es nicht. Jetzt schon weiß ich nicht mehr, was ich da gerade gesehen habe, kann ich meinem eigenen Blick nicht mehr trauen. Ich sollte, denke ich, als ich mich zögernd in Bewegung setze, die Assistentin nach einem Augenarzt fragen, nach einem Spezialisten für Sehstörungen. Sicher könnte der mir sagen, woher sowas kommt. Fehlgedeutete visuelle Reize, flimmernde Nachbilder auf überanstrengten Netzhäuten – wahrscheinlich kommt hier sowas öfter vor. In einer Stadt aus Licht, beschließe ich, sind Illusionen sicher nicht selten.

Zuerst laufe ich langsam, achte mit gesenktem Kopf auf jeden meiner Schritte. Mein Schatten bleibt unter mir, ist im Gleichklang mit meinem Rhythmus. Er schleppt nicht nach, bewegt sich nicht an der Grenze zur Ablösung, er hängt, das kann ich sehen, nicht zwischen der zweiten und dritten Sekunde. Eher scheint es mir auf einmal, als wäre er jetzt ein kleines bisschen schneller als ich.

Da reiße ich mich los, richte den Blick auf die Straße, die vielen, drängenden Passanten, auf meinen Weg. Ich muss zurück ins Theater, kann die anderen nicht im Stich lassen, muss an die Arbeit, meinen Rechner. Ich laufe jetzt zügig, aber mir wird einfach nicht warm.

Dass er den Moment der Ablösung noch einmal überprüfen möchte, sagt der Regisseur. Er steht mir gegenüber, doch er sieht mich nicht an. Sein Blick verfehlt meine Augen, wahrscheinlich ist er noch wütend wegen vorhin. Beim Eintreten in den Probenraum konnte ich das schon spüren. Etwas zog an mir, ich wollte draußen bleiben, wollte zurück ans Licht. Die Stimmung hier drin, die Finsternis im Raum, macht mich ganz schwächlich. Auf der Bühne glimmt das eingerichtete Videofeld des leise surrenden Projektors. Sonst ist alles dunkel. Ich werde meinen Arbeitsplatz näher an die Bühne rücken müssen, dichter an die erleuchtete Spielfläche.

Wir gehen zurück, sagt der Regisseur und greift neben mir in die Luft, zurück auf den Anfang. Ich verstehe seine Geste nicht.

Diesen Luftgriff. Vielleicht wollte er mich gegen die Schulter boxen und hat nicht getroffen. Er könnte getrunken haben, während ich weg war. Bis zur Premiere sind es nur noch wenige Tage, wahrscheinlich ist er nervös.

Ich gehe vor dem Rechner in die Knie. Der Bildschirm ist im stand-by-Modus, ich aktiviere ihn, überprüfe die aufspringenden Felder meiner Software, schiebe mein Gesicht nah an den aufstrahlenden Monitor. Auf der Bühne dehnt die Tänzerin ihren Rücken. Sie kniet auf dem Boden, biegt sich weit nach hinten, bis ihr Scheitel den Tanzteppich berührt. Kurz überlege ich, ob ich es schaffe, online zu gehen, bevor wir beginnen. Es gibt, das weiß ich, ein leichtes W-Lan-Signal in diesem Raum, ein flatterndes Netz. Ich könnte nach optischen Täuschungen googeln, nach englisch sprechenden Augenärzten in Kowloon. Und noch etwas ist mir eingefallen. Ich werde mich melden. Nicht bei ihr, sie hebt ja nicht ab, sie will mir nicht sagen, was ist, das habe ich inzwischen begriffen. Aber es muss eine Verbindung geben, einen Umweg über die website ihres Galeristen. Mit ihm hat sie täglich Kontakt, sie vertraut ihm, das war so, seit ich sie kenne. Ich könnte diesen Galeristen aufspüren, ihn anrufen, ihm sagen, wie sehr ich mich sorge. Vielleicht fährt er dann zu ihr. Vielleicht lacht er mich aus.

Gerade will ich mir die Netzwerkverbindungen anzeigen lassen, will mich einloggen, schnell, aber da schaltet die Assistentin die Musik ein. Schon füllt der düstere Geigenlauf den Raum, schon balanciert die Tänzerin in der Arabesque, ihre lang gespannten Glieder bereit für den Absprung. Ich schließe die Anwendung, will mich konzentrieren. Aber etwas lenkt mich ab. Neben mir ist etwas. Eine Präsenz, ich kann es nicht deuten. Jemand ist bei mir, aber ich kann niemanden sehen. Jetzt!, flüstert der Regisseur von seinem Stuhl aus, aber ich ignoriere ihn, ich denke nicht mehr, bin im Inneren meiner Zahlengitter, gehorche meinem eigenen Rhythmus. Timing!, ruft der Regisseur und wird immer lauter, now! Now!

Ich weiß nicht, was es ist. Eine Dickflüssigkeit womöglich, die mich umgibt. Ja, so ließe es sich vielleicht beschreiben: alles ist zäh. Ich sehe, wie sich meine Finger über die Tasten heben. Aber sie hämmern nicht, sie hacken nicht auf die Buchstaben, auf die Zahlen ein. Stattdessen senken sie sich ab, sie schweben auf meine Kombinationen zu, so langsam, so ruhig, mit zwei Sekunden, drei Sekunden Verzögerung.

Und da, kurz bevor die Assistentin an der Lichtkonsole den Black, die absolute Dunkelheit zwischen den Szenen aktiviert, verstehe ich es. Etwas hat sich verschoben. Nicht der Schatten ist es, der hinterher schleppt. Ich selbst bin es.

Um mich herum ist alles hell. Ich liege im Licht. Neben mir ragt eine LED-Fläche in den Nachthimmel, monochrom gleiten ihre Farben ineinander über, wechseln gerade von orange auf rot. Mein Kopf liegt auf der Gehsteigkante, Menschen strömen an mir vorbei, steigen über mich hinweg. Sie laufen, sie stöckeln, sie quellen in die Hochhaustürme an den Straßenrändern, drängen zu den verglasten Fußgängerüberwegen, in die aufwärts rasenden Aufzüge hinein, alle wollen sie höher, höher hinaus, in den zwanzigsten, den sechzigsten, den siebzigsten Stock.

Ich weiß nicht, wie ich hierhergekommen bin. Möglicherweise bin ich im Probenraum ohnmächtig geworden und sie haben mich nach draußen getragen. Aber warum haben sie mich dann hier abgelegt, vor einer Leuchtskulptur mitten auf dem Gehweg, irgendwo in Kowloon, das macht alles keinen Sinn.

Etwas stimmt nicht mit den Perspektiven. Ich zähle zwei

Sekunden ab – warum tue ich das – und versuche, mich aufzurichten. Die Häuser schießen so hoch über mir in den Himmel, mir ist ganz schwindelig, es wirkt alles noch höher als sonst, eine ganze Stadt, die himmelwärts strebt.

Warum kann ich mich nicht erinnern. Irgendetwas muss geschehen sein bei dieser Probe, meine Finger, da war etwas mit meinen Fingern, aber es fällt mir einfach nicht ein. Jemand war da, jemand war neben mir, und er ist es auch jetzt noch, ich kann es spüren. Und dann diese Kälte, diese nicht nachlassende Eiseskälte in meinen Gliedern, während auf der anderen Straßenseite die digitale Anzeige einer Apotheke fast vierzig Grad anzeigt – das ist alles nicht zu erklären.

Auf dem Boden, am unteren Metallrand der LED-Fläche, klemmt eine zerfledderte Ausgabe der South China Morning Post. Ich entdecke ein Wort, zerre an der Zeitung herum, bis ich sie in den Händen halte. Eine Gruppe grüner Aktivisten verklagt die Läden eines Markenlabels wegen Lichtverschmutzung, due to light pollution. Über fünfzig Beschwerden seien allein in den vergangenen Wochen aufgrund von Lichtbelästigung eingegangen, verkündet das Environmental Protection Department. Das Flirren und Flackern der immer lichtstärkeren Werbeflächen sei für viele nur schwer zu ertragen.

Es ist diese Stadt, denke ich und lasse die auf einmal so schwer gewordene Zeitung aus meinen Händen gleiten, dieses verdammte, gleißende Hongkong. Ich hätte gar nicht herkommen dürfen, niemals. Wenn ich irgendwohin hätte fahren sollen, dann: zu ihr.

Das Flugzeug betrete ich hinter einem dicklichen, schnaufenden Chinesen. Ich bin so müde, lehne mich an ihn, aber er scheint es nicht zu bemerken. Einmal wischt er kurz über die

Stelle, an der ich ihn berühre. Dass seine Hand durch mich hindurch fährt, müsste mich überraschen – müsste es doch – aber ich bleibe ganz ruhig.

Mir gehen Dinge verloren. Wo habe ich das Ticket gekauft, wann habe ich meinen Pass aus dem Hotelzimmer geholt. Habe ich den Regisseur noch von meiner Abreise verständigt, die Assistentin. Wo ist mein Rechner, mein Equipment. War ich noch im Probenraum, habe ich abgebaut. Ich weiß es nicht. Mein Bewusstsein hat – Blackouts, wenn man so will. Mit Licht hängt das tatsächlich zusammen. Ich kann Dunkelheit nicht mehr ertragen, beginne, mich darin zu verlieren.

Auf meinem Fensterplatz lehne ich mich gegen die Fensterscheibe. Ich will die Stadt sehen, wenn wir gleich abheben, ihren leuchtenden Umriss. Vielleicht sollte ich hierbleiben, ich fange schon an, mich an das Fluoreszieren und Strahlen zu gewöhnen. Aber ich habe darauf keinen Einfluss. Jemand hat entschieden, dass ich in diesem Flugzeug sitzen soll. Dass es besser ist, wenn ich gehe. Ich selbst war es nicht.

In der Hosentasche suche ich nach meinem Handy. Ich möchte ihr schreiben. Möchte sie wissen lassen, dass ich komme, dass bald alles anders werden wird. Aber als ich das Telefon aus der Tasche ziehe, ist es grau. Die Tastatur ist verschwunden, das Display tot. Alles überzogen von einem fahlen Schleier. Ich drehe das Gerät in den Händen, halte es an mein Ohr, klopfe darauf herum, schüttle es hin und her. Der Anblick erinnert mich an etwas, aber ich weiß nicht –

»Er hat doch bestimmt schon eine andere«, sagt jemand hinter mir auf Deutsch. Ich drehe mich um, sehe zwei junge Frauen. Die eine hat ihren Kopf gegen das Nackenkissen gelehnt und starrt an die Decke, ihr Blick so leer.

Wir fliegen nicht. Wir müssten längst abheben, zumindest

glaube ich das. Ich verschätze mich jetzt auch in der Zeit. Warum fliegen wir nicht, frage ich den vorüberhuschenden Steward. Aber er hört mich nicht, beachtet mich gar nicht, blickt nicht einmal auf.

»Sir, why are we not taking off«, ruft die Freundin der Frau hinter ihm her. Der Steward hält inne, dreht sich um, kommt lächelnd zurück. Dass er die Verzögerung entschuldige, sagt er im perfekten Britisch. Einer der Passagiere sei wohl verloren gegangen, man müsse sich noch einen Moment gedulden. Und dann deutet er, mit einer kleinen Bewegung aus dem Handgelenk, auf meinen Platz.

Ich will protestieren, will etwas sagen, aber ich kann meine Stimme nicht hören. Ich fange an, mich zu winden, will auf mich aufmerksam machen, mich ihnen mit Gesten erklären, aber da dreht sich der Steward schon weg, da lehnt sich die Freundin schon wieder zurück, flüstert beruhigend auf ihre reglose Nachbarin ein. Und plötzlich ahne ich etwas, plötzlich beuge ich mich vor.

Am Ende des Ganges eilt der Steward einer Gestalt entgegen, die gerade um die Ecke biegt. Ich höre die Rufe, sehe die Geschäftigkeit, mit der sie ihm den Weg zu meinem Platz weisen, die Eile, mit der nun alles vonstatten geht, Sir, where have you been, wir haben nur noch auf Sie gewartet.

Ob er mich bemerkt hat, kann ich nicht sagen. Ich will glauben, dass ich in seinen, in meinen Augen etwas gesehen habe, ein kleines Aufflackern, als er auf mich herabblickt, als er die zusammengefaltete Flugzeugdecke unter mir hervorzieht und sich auf mich setzt.

Mein Schrei bleibt stumm. Nicht einmal ich selbst kann mich mehr hören. Und während wir uns langsam in Bewegung setzen, während das Flugzeug auf die Rollbahn zufährt, ahne ich, was gleich kommt. Ich ahne, was geschehen wird, wenn wir diese Stadt verlassen, diese Stadt und ihre Lichter. Wenn sie gleich die Bordbeleuchtung ausschalten. Ich werde –